S.T.E.P.

陳浩基×寵物先生

辨識惡者是否不切實際？
關於《S.T.E.P.》

（本文涉及部分情節設定，請斟酌閱讀）

【文字工作者】臥斧

一九五六年，菲力普・K・迪克發表短篇小說〈少數報告〉。

故事裡有個能夠預先測知某人即將犯罪的機構，執法人員只要照預測逮捕罪犯，便可完全防止罪行發生，將犯罪率降到零。某日，執法主管收到自己即將犯下殺人罪的預測，受害者是一個自己不認識的人；執法主管大惑不解，更怪的是，三份預測當中，有兩份指稱他將犯罪，但有一份認為他並不會殺人。面對這樣的預測，他將採取什麼行動？

二零零二年，導演史蒂芬・史匹柏將這個故事搬上大銀幕，國內片名譯為《關鍵報告》。《關鍵報告》的改編並不算好：電影劇情裡一樣出現三份報告中有一份不同的情況，但解釋這個結果的說法與原著相較，有極大的邏輯漏洞。不過，無論小說還是電影，創作者們都提出了一個問題：在罪犯還沒成為罪犯之前將其逮捕以防杜犯行，是正確的嗎？這個問題涉及的層面其實很廣，從基本人權、刑法定義，一直到「社會安全」與「個人自由」的相互扞格都牽涉在內，除此之外，還有個最根本的疑問：可能有某種預測機制完全準確、不會出錯嗎？

一九七二年，心理學家卡勒來到美國太空總署「ＮＡＳＡ」。

ＮＡＳＡ一向會對應徵者（包括太空人及地面科學家）進行嚴格的性格評估，以預測他們在高壓的情況下能否如常地與同僚互動並冷靜地完成任務；卡勒應邀前來的原因，在於他有一套能夠精準判讀性格、做出預測的系統。這套有效的方法後來開始為各個大型企業採用，被編寫成各式演算法（八〇年代後電腦科技的大幅進步提供了極重要的助力），在外撥推銷電話或接聽客服電話時快速精確地分類客戶性格，將客戶分派給合適的應對人員，大大提升業績與服務滿意度。這套系統大多只需依靠客戶說話的方式就能進行判斷，準確率高得驚人，如果加入其他細節參數，是否真能做出更準、更確定，真的用來預防犯罪？

在《S.T.E.P.》這本小說當中，我們將看到創作者們對上述種種問題的進一步思索。《S.T.E.P.》裡香港的陳浩基及臺灣的寵物先生合力完成，陳浩基負責發生在美國的故事，寵物先生負責發生在日本的故事，兩條故事線的時間走向並不相同，但在結局前會巧妙地扣接。這兩位華文推理創作者在《S.T.E.P.》中也提到了犯罪預測的機制，但挪動了應用位置，將之使用在預測獄中囚犯出獄後再度犯案的機率，以此決定該囚犯是否能夠回歸社會。

閱讀《S.T.E.P.》時，會得到許多奇妙的感受。

有時像是以犯罪者視點主述的犯罪小說，有時則像是摻混了超能力的奇妙故事，除了推理小說裡必然存在的懸疑謎團之外，我們也會在故事的行進間不斷好奇：這樣的情節最後要如何自圓其說？所幸，陳浩基與寵物先生沒有讓我們失望，不管是陳浩基以扎實理論構築的邏輯，還是寵物先生充滿奇想的情節，都回到對於科技與人性之間複雜的關係，探究兩者的優點與缺陷、以及人性當中的糾結。

美國殺人魔泰德・邦迪曾說，想要辨識惡者是不切實際的，因為邪惡並無固定型式。科技加入之後，可以改變這個說法，或是會讓情況變得更加複雜、無法測知？在《S.T.E.P.》中，或許我們可以找到某些答案。

CONTENTS

本作品純屬虛構，與現實的人物、地點、團體、事件無關。

PROLOGUE

巧合是樣本數的女兒。

「哈囉，」一名女性朝費美古揮手。「還記得我嗎？」

許久以前，一位精通機率的朋友與美古閒聊。話中他將英國古諺「Truth is the daughter of time.」改成這麼一句話，意思是：即使看似多麼偶然的事物，只要樣本空間夠大，都可視為必然發生。

此刻見到眼前的女人，美古不禁想起這句話。

「新島……亮子小姐？」

「看來還沒忘呢。」亮子朝美古嫣然一笑。

二十分鐘前，美古進入這家立食拉麵店，他一向不喜歡站著吃東西，若是一般情況，他不可能會進來。在平時不會光顧的店裡，在非常情況下遇上好久不見的人，正是人們常說的「巧合」。

和印象中相比，亮子的臉上多了幾道細紋。有七年了嗎……還是八年？不過想想，自己也已邁入三十大關，或許在對方眼中，自己的改變更大吧。

十分鐘後，亮子端了一碗醬油拉麵，來到美古身旁。

「趕時間？」

「有一點。『目標』等一下會搭二十八分的電車，我得趕在那之前吃完。」美古低聲回道。

「當偵探辛苦了……我會不會妨礙到你？」

「我很想說不會，但是那個人就在妳的兩點鐘方向六公尺處。別轉頭。說話別太大聲。」

「對不起。」

「沒關係，多給我一些案子就好。政府的錢很好賺。」

亮子點頭，捧起碗喝了一大口湯，不再說話。

美古不禁苦笑，雖說很久沒碰面，但兩人一直保持連繫。身為法務省高級官員的亮子，經常委託美古查案，那些案子都與政府醜聞有關，見不得光，兩人除了當年第一次委託時見過幾次，之後都以電子郵件聯絡。美古對調查內容守口如瓶，也因為如此，即使他後來加入了「人科共進會」，亮子也向上頭保密到底。

兩人是有著共犯意識，互不侵犯的祕密「夥伴」。

一旁的亮子保持沉默。這讓美古反倒有些不自在，他一邊持續盯著目標，邊低聲道：「最近聽『人科』的人說，費雷被放出來了。」

「費雷？那個衣服品牌（Fred Perry）嗎？」

美古皺起眉頭。「是馬修・費雷。」他將名字的字母一一唸出。

「誰啊，外國人？」

「妳忘了嗎？美國奧克拉荷馬州的囚犯，有嚴重反社會人格的那個……他最近出獄啦！」

「啊，想起來了。」

亮子敲了敲頭，一副恍然大悟貌。近幾年的風波，和馬修・費雷多少有點關聯，美古還以為她有印象。沒辦法，畢竟是檯面下的人物吧。

此刻視野的一隅，「目標」有了動靜。美古立刻放下筷子。

「要走了嗎？」亮子問道。

「對方好不容易現身，可不能跟丟。好久不見。再見。」

目標開始往店外移動，美古踏出腳步。

「啊，我剛好有帶隱藏式發信器，可以射出、黏在衣服上的那種。這樣就不用辛苦跟蹤了。」

亮子朝包包內探尋。

「謝謝，但妳知道的，比起科技……」

美古轉過身來。

「我更相信自己。」

他朝門口快步走去……

EP.1〈SA.BO.TA.GE〉

sabotage /ˈsæbəˌtɑʒ, ˌsæbəˈtɑʒ/
〔動詞〕（尤指從內部發動的）蓄意破壞、妨礙
〔名詞〕破壞或妨礙的行動

檔案編號：cas05-n-0002741-17829
檔案日期：二〇二八年六月十九日
囚犯姓名：馬修．費雷（三十八歲）
服刑紀錄：Y／~~N~~
服刑原因：二〇〇八年　恐嚇
二〇一二年　刑事損毀
二〇一九年　襲擊（家庭暴力）
控罪：縱火、嚴重襲擊、意圖謀殺
刑期：——

1

那天殺的黃皮豬總有一天會燒死自己。

如果你以為我擁護種族主義，你就大錯特錯。雖然我是個白人，但我從不支持三K黨或新納粹，我甚至沒投過票給共和黨。我在獄中跟不少黑人稱兄道弟，我想沒有種族主義者會這樣做吧？當然，如果有選擇的話我也不會跟他們廝混。在監獄裡不學懂圓滑一點，就很難活下去。

不過我既然已出來了，就不用看他人面色過活吧？

我的說法大概又會讓你誤會我歧視有色人種了。我真的不討厭那些移民，管他來自印度尼西亞、肯亞還是玻利維亞，只要他不干犯我，我就對他沒有意見。

可是隔壁那個中國人老是幹出一堆古怪擾人的麻煩事。狗娘養的。

因為我的家在入獄前沒了——都是艾琳那臭婊子害的——出獄後只好在下城區找間狹小殘破的公寓。我手上錢不多，州政府的就業服務中心安排我到一間公立中學當清潔工，薪水勉強能應付房租和三餐。這棟公寓高三層，每層只有兩個房間，我住在一樓一號室，那中國人住在二號室。

他是一個六十多歲的老頭，個頭不高——就是亞洲人那種常見的身高——滿臉皺紋、稍微駝背、稀疏的灰髮蓋著半禿的頭頂。他總是穿著灰色或深棕色的中式服裝，掛著一副窮酸相，操著一口彆扭的英語。每次我聽到他喊我「費雷先生」，都覺得他在愚弄我，把「費雷（Fredd）」唸成「死同性戀（Fag）」。媽的，他以為在監獄待過就等於被人操過屁眼嗎？

我是個很有度量的人，不會跟那中國豬斤斤計較，不過，他實在太不正常，如果他活在二百年前，一定被當成施行巫術的外國人，不是被問吊就是被燒死。他把妻子的骨灰罈放家裡我還可以接受——我初跟他見面時，他就熱情地招呼我進他的住所，指著架子上一個中式罈子說是他的老妻——可是，他老是在煮一些發出異味的食物，就漸漸令我抓狂。我不知道那些鬼東西能否稱為「食物」，但每天我下班回家，都會嗅到一陣陣酸臭的氣味。拜託，吃披薩或熱狗這些正常的食物很困難嗎？

比起煮食，他另一種「巫術儀式」更令我困擾。

就在我住進公寓第五天，我聞到一股跟平日不同的異味。

是焚燒木材的氣味。

當時我正在打瞌睡，一睜眼，就看到房間裡彌漫著灰色的煙霧。煙和氣味都是從窗縫傳來。

我以為發生火警，連衣服也沒穿，直接衝出公寓，跑到街上，結果卻讓我看到難以理解的一幕。

那個老頭在公寓旁的巷子，用一個紅色的鐵桶在燒某些紙張，鐵桶旁還有一個像花盆的盆子，上面插著幾根正在點燃的香。我知道中國人有焚香的習俗，但這幾根香也他媽的太巨型吧？每一根至少有一公分粗、五十公分長，盆子裡有五六根，散發出嗆鼻的氣味。在鐵桶的另一旁地上，有一個小盤子，盤上有幾個中式包子。那些包子大概本來是白色的，但飄揚的煙灰令它們滿布灰黑色的斑點。那老頭之後要把這些沾滿灰的東西吃下肚？

「A先生，你在搞什麼？」我不客氣地嚷道。

「費雷先生，你好啊！」那老頭咧嘴而笑，露出啡黃色的牙齒。「我在拜祭，沒有阻礙你嘛？」

「這是中國的傳統嗎？」我邊說邊把迎面飄過來的灰燼撥開。

「對哪，每逢初一、十五，我都要拜土地公，這樣子才會家宅平安……」

我完全聽不懂他說的「土地公」或「家宅平安」是啥，大概是向某位中國的神明祈福之類。

「今天又不是一號或十五號，為什麼你要幹這個？」我問。

「不是一號或十五號，是初一十五，是農曆啊。」

對了，中國人好像會用陰曆的……咦，慢著，他這麼說——

「你意思是你每個月也會幹這個兩次？」

「是哪。」老頭點點頭，把手上的一疊紙丟進冒火的鐵桶中，再說：「基本上每個月兩次，不過在清明哪、中元哪、七月鬼門開之類就要多拜幾次……」

「你的煙燻到我家了。」我直接說出不滿的原因。我不懂得他說的那些名詞是什麼意思，但至少明白他說一個月「最少」幹兩次，我怎可以忍受？

老頭回頭望一下身後的窗戶，再轉頭露出笑容。

「費雷先生，真不好意思！你的房間之前一直沒人住，我會移遠一點了，真的很抱歉！費雷先生。」

老頭一邊向我道歉，一邊把「死同性戀」掛在嘴邊，他根本是有意嘲弄我吧？

「就算你移遠一點，一個不小心也會把整棟公寓燒掉。這種老舊的大樓用上很多木材，很容易起火。」我板起臉孔，指著那個紅色的鐵桶。有些燃燒中的紙片被風颳起，落在巷子的水泥地上。

「費雷先生，你就別大驚小怪嘛，這麼多年來一直相安無事，不用擔心哪。」老頭依然笑咪咪的，滿不在乎的樣子。「看你緊張兮兮的，小時候因為玩火不小心灼傷了嗎？我就聽人家說過，童年經歷會影響一個人的判斷……」

老頭口若懸河，滔滔不絕地東拉西扯，裝作心理醫生分析我反對他焚香拜祭的理由。我默不作聲，任由老頭自說自話，轉身離開巷子回到自己的房間。老頭的口吻勾起我在監獄的不快回憶，那時候我每個禮拜都要跟那些不知所謂的心理醫生見面，做一堆白癡的實驗，像看到一攤墨水漬後說出聯想到的事物。那就是該死的墨水漬好不好？難道要我說「我從這片墨水漬看到撒旦」嗎？

我不是個易怒的傢伙，所以就算我對老頭——以及那些心理醫生——有多麼不滿，我也不會當面動口或動手。只有笨蛋才會衝動行事，例如一怒之下踢翻老頭的鐵桶，再賞他兩拳，然後被條子抓住，再丟進那所見鬼的監獄。我這輩子只有一次按捺不住衝動，就是對艾琳拳打腳踢的那一次。我之後相當後悔，當然我後悔的不是動手教訓那個忘恩負義的婊子，而是沒有冷靜地、用不會為自己添麻煩的方法去教訓她。

半個月後，老頭再一次在巷子焚香燒紙。縱使我把窗戶全關起來，煙灰還是從某個地方飄進室內。這公寓本來已稱不上「舒適」，蟑螂蝨子白蟻的巢穴不知凡幾，水龍頭流出來的是啡黃色的鐵鏽水，鐵路列車經過附近時還會撼動整棟房子。現在加上那老頭的可惡行徑，實在讓我受不了。我進進出出監獄這麼多年，也沒遇過這種惡劣的環境——跟這狗窩相比，州監獄幾乎可說是五星級飯店。

忍耐了一個多月，我終於物色到新的寓所。地點一樣在下城區，環境跟這公寓一樣糟，但我確認過鄰居之中沒有該死的中國老頭。我寧願與毒販和混混為伍，也不願意待在那個A先生旁邊。金錢上是有點拮据，但我認為這是值得的。

因為之前預付了三個月租金給房東，所以我無法立即搬到新居。我試過跟房東說明，他對我搬走沒有意見，但一提到預付的租金，他就斬釘截鐵地說沒得退。

「你不懂合約精神嗎？合、約、精、神！你簽了字，就得履行合約的條款。押金我會依法律要求在十四天之內退給你，但如果你在住滿三個月之前搬走，別指望我會好心把租金餘額退回。」新公寓的空房不少，所以我不用擔心兩個月後沒門路，而且看樣子租金也不會突然漲價；不過在未來四十多天我只好繼續當中國老頭的鄰居——換言之我至少要忍受那些酸臭味、煙燻灰塵、以及A先生醜陋的嘴臉四十多天。

我本來以為我能忍下去，例如下班後和假日盡量離家到酒吧消遣，可是我沒想過我在離開前的這四十多天遇上老頭提過的某個情況。

就是在某些特別的中式節日要多做幾次儀式。

本來每隔兩星期才燒一次的香，變成每天燒一次，那不明所以的焚燒紙張儀式，也變成每三、四天進行。有一天我從窗戶瞥了幾眼，紅色鐵桶旁不單有滿布黑點的中式包子，竟然還有幾個酒瓶、一盤橘子和一隻完整的、已烤好的雞。老頭神色自若地把手上的紙逐一放進鐵桶裡燃燒，口中唸唸有詞，他讓我想起海地的巫師——那隻雞不會突然復活，變成「活死雞」吧？

「咳、咳。」我被煙灰嗆到，不由得咳了幾聲。正要到廁所洗把臉，卻看到幾隻蟑螂大模大樣地從去水管鑽出來，在我的面盆上遊走。我氣得抓起花灑龍頭向牠們射水，可是牠們敏捷地逃竄，就像中國老頭那樣子戲弄我。

我受夠了。

翌日下班後，我跑到城中一間家居用品店。

「我要殺蟲劑。」我走到賣家居清潔用品的櫃檯前，對店員說。

「要對付哪種害蟲的？」店員問。

「蝨子、蟑螂、白蟻之類。」

店員轉身，從架上取下一罐殺蟲劑，放在我面前。那個罐子大約比啤酒瓶高些許。

「不，我不是要這種，」我說：「我要的是一至兩加侖那種，附喉管和噴嘴的。」

店員表情略帶訝異，但二話不說，轉身走進櫃檯後的房間，提著兩個附喉管和噴嘴的塑膠桶出來。

「只有這兩款嗎？」我問。店員眉頭蹙了一下，彷彿嫌我是個麻煩客人，但仍乖乖地走進房間，再取出兩個外型不一樣的塑膠桶。我檢查了各款的標籤，在其中一個白色方形的桶子上看到我想要的標示。

「我要這個。」我掏出皮夾。

「先生，這款只對蟑螂較有效，如果你還要對付白蟻和蝨子，我較推薦藍色的這一款。而且價錢較便宜。」

「不，我要這個。」我瞪著店員，不容他反駁我的決定。他似乎放棄了跟我爭辯，就默默地收下鈔票，給我收據、找零和那個載滿殺蟲劑的方形塑膠桶。

「對了，有沒有三秒膠？」我突然想起這裡應該也有賣。

購物完畢，回家時經過巷子，似乎老頭在我今天上班時也做過一次儀式。地上滿是灰燼，還有一些沒完全燒光的紙。我拾起幾張，在昏暗的街燈下，看到米黃色的紙上印著紅色的圖案和漢字。我向人打聽過，據說這是中國習俗中給神明或幽靈的金錢，上面寫的不是祈福的句子就是面額吧。

我掏鑰匙打開寓所大門時，聽到老頭在他的家裡哼歌。他老是在聽一些很吵鬧的中式音樂——或者我該說，「中式噪音」。那些鑼鼓交雜的單調聲音，又怎可能稱為音樂？老頭每次在巷子拜祭，都不會鎖上大門，我好幾次有衝動走進去，把他的音響砸個稀巴爛，令它不能再製造噪音。當然，我沒有這樣做，我說過我不是個易怒的傢伙嘛。

回到房間，我把殺蟲劑丟到一旁。從冰箱取出急凍晚餐，放進微波爐熱一下，再打開一罐啤酒，然後掏出手機，接上螢幕，調至電視頻道，戴上耳機，對抗老頭發出的噪音。我得幹一些正常人會幹的事，好讓自己減減壓。

往後的幾天，我下班後都在思考噴灑殺蟲劑的方法。如何讓它發揮最大功用是一門學問，臭蟑螂們仍在暗處耀武揚威，就像中國老頭那樣子在取笑我。哼，笑吧，過幾天你們就笑不出來了。

週六中午，我依說明書指示，戴上面罩，開始噴灑殺蟲劑。我把房間的每個角落都噴上幾遍，如果一般人看到我這時候的模樣，大概覺得我瘋了。我把整整兩加侖的殺蟲劑全灑到房間之內，牆壁、天花板、床底下，無一遺漏，說明書說這份量足夠一間三層高大宅使用，但我知道，兩加侖搞不好只勉強滿足我的要求而已。在我噴灑殺蟲劑期間，我看到害蟲們慌張地逃命，即便氣味嗆得呼吸困難，我還是在面罩之下笑了。

關上房門後，我離開公寓。在巷子裡我遇上正在燒紙錢的老頭。

「費雷先生！有事外出嗎？」老頭皮笑肉不笑地問。

「對，去酒吧喝喝啤酒。」我沒停下，邊走邊說。

「哦？這麼早嗎？」

「我噴了殺蟲劑，不能待在房間。」我不欲多言，向老頭揮揮手。

我坐上我那輛殘破的小貨車，駛到酒吧，點了一杯啤酒。雖然我身在酒吧，心裡卻記掛著房間裡的殺蟲劑，不知道有效果沒有。

一個小時後，我的手機響起，來電號碼顯示出房東的電話。

成功了。

我接過電話後，裝出驚訝的語氣，再從容地駕車回到公寓。就在車子轉過最後一個彎角，那情境映入我的眼簾，讓我有說不出的高興。

三層高的房子變得一片焦黑，黑煙仍緩緩地從窗口冒出，地上滿是濕漉漉的、已燒焦的木頭和雜物。十多個消防員、兩輛消防車圍在大樓旁邊，附近還有不少看熱鬧的群眾。在人群之中，我看到站在路邊、正在跟條子交談、一臉愁容的房東。

「天啊！房東先生！發生什麼事？」我大嚷道。

「你這傢伙！你把我的房子燒了！」房東一把揪住我的領口，條子緊張地拉住他。

「我什麼也沒幹過啊？」我裝出驚愕的表情。「火頭來自我的房間嗎？」
「你是一〇一號室的房客？」條子問道。
「對，我是馬修・費雷。」
「你離開房間前有沒有留下火種？」
「沒有啊！我連菸都不抽的！而且我只用微波爐和電熱水壺，連瓦斯爐都沒有用！怎可能留下火種？」
條子搔搔頭髮，再說：「消防說火勢大得很不尋常，你今天幹了什麼嗎？」
「啊！我離開前灑了殺蟲劑！房東一直不肯處理害蟲的問題，我只好自己動手嘛！」
「你灑的是易燃的殺蟲劑嗎？」房東焦急地問。
「我怎知道？總之就是市販的普通殺蟲劑……警察先生，蟑螂和蝨子就算了，房間還有白蟻！萬一天花板塌下來壓傷我，怎辦？」我裝出一臉無辜，把責任卸給房東。那天在家居用品店，當我看到那桶殺蟲劑上有橙紅色的「三級易燃物」標籤，我就知道這一款合用。
「沒有火種的話，可能是電器短路……」條子轉向房東問道：「你什麼時候替公寓的電線做過安全檢查？」
「呃……我記得……好像是去年……不，好像是前年……」房東支吾以對。看到他窘困的樣子，我幾乎樂得跳舞。
「等我一下。」遠方一位消防員向條子揮手，條子跟我們說道。他跑到消防員身旁，談了幾句，再跑過來我們身旁。
「住在一〇二號室的A先生是華人嗎？」他問。

「沒錯。」房東答。

「他有沒有什麼特殊習慣？」

「啊，對了！」我裝出恍然大悟的樣子。「他經常在公寓外的巷子做什麼中國人的習俗，會焚香燒紙錢。」

「那準沒錯了，那就是火種。」條子點點頭，說：「消防員在一〇一號室發現窗戶沒鎖上，窗邊有些紙錢的殘渣，窗外有個鐵桶，大概是風颳起未燒盡的紙錢，飄進房間而起火吧。」

好極了，消防員竟然這麼快找到我留下的線索。那些紙錢是我之前瞞著老頭，在巷子地上收集的。我噴灑好易燃的殺蟲劑，打開窗子的鎖，在窗旁夾好幾張紙錢，然後在離開前，用打火機點燃餘下的紙，丟進房間，關上房門。我之前算過日子，知道這天是農曆的十五號，老頭一定會到巷子拜祭。這樣幹，就能把責任推給老頭。當我決定這計畫時，我已經先把僅有的家當收拾好，放進車子內。反正我出獄不久，家中也沒有什麼值錢的東西，只要留下幾件衣服、一些生活用品就不會引起消防員懷疑。

「A先生呢？」我壓抑著期待的心情，戰戰兢兢地問。

「在自己的房間燒死了。」條子答道。「他大概發現起火後，匆忙回家拿重要的東西，不過來不及逃走。」

「真是可憐啊……」我吐出這一句，努力地掩飾內心的喜悅。我沒想到，連額外的一步也成功了。老頭一定是為了帶走老婆的骨灰，所以才會衝進火場吧。

只是他不知道，我趁他到巷子拜祭時，偷偷用三秒膠把骨灰罈黏牢在架子上。

一想到他在火場中的狼狽模樣，我就想大笑了。

2

美國完蛋了，那些政府官員都是豬。

雖然我二十年前已知道他們都是廢物，甚至寫過信教訓當時的某位參議員，但我現在對「貪婪無能愚昧的垃圾官僚」有更深刻的體會。

早年混蛋州政府搞什麼鬼司法制度改革，採用一套「評估模式」來決定囚犯刑期，已讓我深受其害，被鎖進監牢時連何時能出獄也不知道。好不容易給放了出來——還是莫名其妙地突然被告知「你下星期刑滿了」——卻又被勞什子的就業服務中心擺了一道，丟到一間公立中學當清潔工。我好歹在一流的百貨公司當過售貨員，就業中心偏偏只給我找到清潔工這種低級職位，什麼失業率高、經濟不景氣全都是他媽的藉口，州政府根本就歧視釋囚，逼我們去幹一般人不願意幹的髒活。

幸好我是個能屈能伸的男人，縱然有諸多不滿，仍會接受這工作。畢竟我手上錢不多，就算賣掉我那輛不值錢的小貨車，加上存款亦壓根兒不足以應付基本生活開支。清潔工就清潔工吧，至少，公立學校不會拖欠薪水，我也不用擔心公司倒閉。

我的工作滿簡單的，就是負責清潔學校的西翼大樓。西翼大樓有三層，共有二十間教室、四間廁所和兩段樓梯，加上三條走廊，這些就是我每天要打掃的範圍。當學生上課時，我就打掃走廊、樓梯和廁所，在他們下課後，就逐一清潔教室。清掃教室比打理走廊和廁所花氣力，因為我得把桌椅搬開才能掃地。現在的死小孩都沒有教養，教室就像豬圈，滿地零食殘渣、口香糖、髮膠、菸蒂……我甚至每隔幾天就會撿到用過的保險套，不過因為這是公立中學，坦白說倒不意外。這裡的學生三教九流，有在貧民區長大的小鬼，有混幫派、交朋結黨的毒販生力軍，也有渾渾噩噩、對將來毫無打算的書呆子。我沒在課室撿到子彈已算走運了。

學校還有幾個清潔工，不過負責體育館的卻叫我恨得牙癢癢。那個傢伙跟我同期就職，校方讓我們選擇負責範圍，我想體育館占地廣，還要打理更衣室，工作不易，於是先下手為強搶走西翼大樓的工作。誰知道原來體育館的清潔工作是個肥缺——體育館雖然大，但設備先進，除了有冷暖氣外，看台更是電動化可接疊的機械裝置，只要按一個按鈕，階梯型的看台座位便會沿著鐵軌往兩旁收起，打掃體育館比打掃教室輕鬆得多。

哼，我巴不得那傢伙闖禍，一個不小心弄壞那個看台裝置，看看他如何賠償。

在西翼大樓工作，還有一點比在體育館工作麻煩，就是要跟那些死小孩打交道。

這職業讓我看清今天的青少年的真面目——他們都是怪物。是披上人皮的魔怪。

你以為孩子們像處境喜劇或青春肥皂劇那樣子，每天掛著笑靨，跟摯友們愉快地上課，偶爾遇上感情煩惱，最後健康地成長嘛？那只是虛構的、用來讓廣大民眾自我滿足的謊言。或許這些「美麗的青春片段」真的存在於現實之中，不過那一定只是少數中的少數，而且一定不會在這類公立中學裡出現。

我每天只看到兩種臉孔——一種是陰沉、懦弱、毫無生氣的樣子，另一種是愉快、眼神銳利、不懷好意的表情。在學校裡，只有「勝利組」和「失敗組」兩個標籤，你要嘛是強壯、有影響力、頭腦精明、壞心眼的「勝利組」，要嘛就是被「勝利組」欺凌、戲弄、排擠的「失敗組」。這跟監獄裡的階級觀念很相近，不同的是，在獄中「勝利組」不敢太過分，因為幹得過火守衛會干涉；

而在公立中學裡，除非涉及槍械或毒品，否則沒有老師或校警會插手，你可以肆意欺凌那些無助的「失敗組」。

這裡連監獄都不如。

而在這校園之中，位於「勝利組」頂點的是今年即將畢業、十八歲的男生B。

B體格很強壯，頭腦不見得特別好，但他擁有特殊的地位。他是足球隊的明星，是王牌四分衛。我看過他比賽，他的身手好得不像中學生，甚至可以跟大學選手一較長短。無論在奔跑速度、擺脫敵人的靈活性、硬拚時的爆發力和體力，他都有明顯的優勢。他帶領學校的球隊贏得不少比賽，學校──甚至社區──視他為明日之星，將來會在職業聯盟中成為年薪數千萬的頂尖球員。

所以他在學校裡如何作惡，也不會惹人非議。

B在學校裡猶如國王，每天以君臨天下的架式回校，蟻民們都不敢干犯，如果某人惹他不高興，就會招來一頓毆打。動手的當然不是這位國王，他身邊總有不少隨扈樂意代勞。這群幫兇恃著國王的「威望」，欺侮他們看不順眼的傢伙──尤其是呆頭呆腦的書蟲──把對方丟進馬桶、鎖進置物櫃、敲詐金錢之類。他們之間還流行一種玩意，用打火機燒灼那些失敗者的眉毛，如果在學校裡看到眉毛貼著OK繃的學生，九成是剛遭到國王手下的教訓。

站在頂端的男人身邊，自然不缺女人。不過B身旁並沒有太多狂蜂浪蝶，因為這位國王有他的王后，十七歲的啦啦隊隊長C。

C被公認為學校最豔麗的女生，她的臉蛋好比電影明星，身材不輸雜誌上的模特兒，穿上貼身低胸T恤時一雙酥乳呼之欲出，加上是出盡風頭的啦啦隊隊長，自然備受矚目。然而，假如你以為她是個漂亮乖巧的小女生，你便錯得太離譜了。我說B是「勝利組」的第一號人物，那麼第二號人物便是王后C。B迷戀她的美色，而她亦很清楚這一點，充分利用B的價值。學校中有不少男生單戀C，一般來說，C向來享受這些目光，但偶然有些她看不起的「失敗組」男生藉故接近，以猥褻的眼光打量她的身材，他們就會有悲慘的下場——國王的手下也願意聽候王后的差遣。

沒錯，C長得很標緻，但我對她毫無好感。她個性是否惡劣跟我無關，只是我很討厭她的氣味——她塗的香水，正是艾琳以前常用的牌子。我每天清潔女廁時，都會聞到她補妝留下的香水味。我想，這大概是臭婊子專用的香水吧？除了C之外，似乎沒有其他女生用這個品牌。或者因為這香水並不便宜，只有藉著手下「進貢」的錢財，國王才可以買來哄王后高興。他們就像法國國王路易十六和王后瑪麗．安東妮特，只是他們不用面對大革命，也不用擔心會被送上斷頭台。

基本上，清潔工跟這些傢伙們兩不相干，就算「勝利組」再囂張，也不會對我們動手，因為我們是「規格外」的角色，跟死物無異。在這個版圖上，學生才是遊戲參與者，老師、校警和清潔工，不過是依照既定程序活動的機器人。只是，我這個機器人需要替這些「玩家」善後，例如發現置物櫃裡有個灰頭土臉的「失敗組」被困，我便要想方法開鎖，或是在廁所看到某個書呆子被整得奄奄一息，就要送他到醫療室等等。我不想跟他們扯上關係，但他們妨礙我的清潔工作，我就不得不處理，否則會被主管責怪。

因為幾乎每天都會接觸這些「失敗組」成員，我漸漸認得幾張面孔，他們都是有名的「沙袋」。這些沙袋之中，我對唸九年級的少年D最有印象。D大約十四、五歲，矮個子，鼻梁上架著一副厚得像玻璃瓶底的眼鏡，永遠穿著白底藍色方格的襯衫，衣袋插著四五枝筆，完全是典型的書呆子形象。我對他特別有印象，是因為我親眼目睹他從「一般失敗者」升格成「人形沙袋」的過程。

那件事發生在某個星期三的午休。當時我在食堂吃午餐，正冷眼旁觀這些死小孩喧鬧，領餐處突然發生騷動，抓住我的注意。

「你這小子！不想活嗎？」說話的不是別人，正是王后C。她穿著一件粉紅色的小背心，可是胸前濕了一大片，而她正對著少年D大嚷。

「對、對不起！」D雙手還抓住餐盤，但杯子翻倒了，汽水濺滿一地。看樣子，他領餐後不小心撞到王后，汽水潑到對方身上——當然，說不定是反過來，王后顧著跟「婢女」們說廢話，不小心撞向可憐的D。總之撞上了，倒楣的一定是D。

「我這件衣服是新的！你要如何賠償？」C得勢不饒人，歇斯底里地指著對方鼻子直罵。

「我……我……替妳弄好……」D放下餐盤，掏出手帕，往王后胸前擦去。看到這一幕，我心想這傢伙死定了。

「嘎！你這混蛋在摸哪裡！」C後退一步，掩護胸口，再用力推了D一下。D一個踉蹌，跌坐地上，與此同時，國王和隨扈們踏上這個胡鬧的舞台。

「怎麼了？」國王問。

「他、他摸我！」在國王面前，王后變得楚楚可憐，一副被欺侮的弱女子模樣。那樣子真叫人作嘔，但又不得不佩服她的演技高明。

國王的手下沒等待命令，就直接往D胸口踹上兩腳，再把餐盤往D頭上砸過去。伴隨著D的哀號，手下們架著D離開食堂，國王亦擁著「受驚的」王后離開。這場騷動沒有人介入，沒有人有興趣幫助可憐的少年D，亦沒有人膽敢直盯C那雙透出胸罩、濕漉漉的誘人乳房——雖然我知道不少人在偷看。食堂的清潔工只在眾人離開後，默默地收拾地上的食物。

對，這不過是見怪不怪的光景罷了。

翌日早上預備鈴響過後，我在走廊看到D，他臉上多了好幾片瘀青，右邊眉毛更貼上OK繃，看來他不但被拳打腳踢，還給燒掉一邊眉毛。他一邊左顧右盼，一邊戰戰兢兢地從置物櫃拿出課本，可是他還是躲不過那群加害者——就在他匆忙關上置物櫃時，國王和他的手下從轉角現身了。

「你這混蛋，想躲我們嗎？」說話的是一名胖子手下。

「不、不敢。」D抱著課本，臉色一片蒼白。

「你昨天說今天會拿『賠償金』出來，所以我們才會網開一面。錢呢？」

「對、對、對不起，我今天只有說好的金額的一半……因為家裡——」

D的話沒有完成，這回是國王親自出手。他一拳往D的腹部打過去，連我站得這麼遠，也被發出的響聲嚇一跳。

「咳、咳……」D跪在地上，吐出胃液。媽的，害我待會要清潔地板了。

「這一拳，是教訓你對我女友不敬。」國王冷冷地說：「我以後每天也會盯緊你，你就給我安分一點。」

胖子手下從D身上搜出錢包，把鈔票全部拿走，再把錢包丟到地上。

接下來一個禮拜，我都看到D被「處刑」。有時是拳頭，有時是抓頭髮，有時是拖進廁所把頭埋進馬桶裡。D被他們搞得死去活來，但他只是一味賠不是，沒有半點反抗。或許他的做法是正確的，一個禮拜後，他的處罰時間比之前減少了，國王也沒有再親自現身，不過D的眉毛一直沒長回來，因為每隔幾天，他就會被處以「燒眉之刑」。

這傢伙沒半點骨氣。

有一次我把他從馬桶中拉出來，他臉上沾著糞便，竟然還露出鬆一口氣的表情。懦弱的傢伙。

「喂，你這樣子不憤怒嗎？」有一天，我對著剛被打了幾拳、瑟縮在牆角的D問道。他以訝異的目光看著我，彷彿我不應該跟他說話——對，我只是局外人，是依程序活動的機器人，按道理不應該過問他們的事。

「只要挺過這幾年，就可以了。」D拍拍身上的灰塵，摸著臉上的瘀傷，說：「而且那傢伙今年便畢業，明年有更有錢的新生入學，他的手下們便會忘記我。」

唉，真是沒救了。

我知道「失敗組」之中有不少人是敢怒而不敢言，但像D這種徹頭徹尾甘於挨打的書呆子，恐怕沒幾個。

他的態度，令我很不爽。

這段短短的交談之後，我們往後就再沒說過話，我回復機器人的身分，他也沒有在意我的存在。

但我決定送他禮物。

話說當清潔工，往往比老師和校警更清楚那些死小孩的祕密。

有一天，我看到兩個低年級的男生——大概是十三、四歲的小鬼頭——慌慌張張地把某東西丟進走廊的垃圾桶。我清理時發覺是一片微型光碟，上面寫著「XXX」，看來是色情電影。奇怪了，為什麼他們要丟棄他們的寶物？對這個年紀的小鬼來說，成人影片該是他們的精神糧食才對嘛。

下課後，我在一間無人的課室裡鎖上門，把光碟插進電腦。影片開始時我不禁怔住，那個替三個男人「服務」的女主角，赫然是C。男人們恣意操弄著C的胴體，而C放浪形駭地享受著過程，起伏的呻吟聲從喇叭傳出。我正狐疑這是什麼自拍醜聞，仔細一看，才發覺自己擺了烏龍——那女主角並不是C，只是人有相似。

影片最後的工作人員名單中有寫明女演員的名字，以乎是某家色情電影工作室的低成本作品。我細心思考一下，明白到光碟被丟棄的原因。國王的手下經常搜刮低年級學生的書包，「徵收」手機、電腦等值錢的物品，看來今天是他們「徵稅」的日子。這兩個小鬼害怕光碟曝光，被國王指責他們對王后有非分之想，淪為跟D相同的階級，於是只好割愛捨棄掉。說起來，這年頭還用光碟儲存影片真是少見，不過對這些小鬼而言，光碟或許較方便，畢竟檔案放在手機或電腦中，很容易在上線時被父母的監管軟體發現。

我把光碟從電腦取出，正打算丟進裝廢物的手推車，心思一轉，起了另一個念頭。我離開課室，在無人的走廊中找尋D的置物櫃。學生的置物櫃都很陳舊，金屬製的櫃門上有一些平排的縫隙，我從來不知道它們的用途，但此刻它們剛好發揮作用。我把光碟從空隙中投進D的置物櫃裡。D一副呆瓜的樣子，如果看到這影片，到底會有什麼反應呢？我感到相當好奇。

翌日星期四早上，我在走廊假裝拖地，一直等候D回校。他一如以往在預備鈴響過後才現身，警戒著國王和手下，迅速地走到置物櫃前，打開櫃門取出課本。不過，當他伸手進櫃裡時，我看到他愣了愣。他看到光碟了。他拎起光碟，疑惑地審視一下，再回頭張望。我繼續低頭拖地，眼睛卻瞄著D的行動。他沒有對我起疑心，可是他的下一步讓我很失望——他把光碟放回櫃裡，關上門，抱著課本往課室走過去。

他對色情片沒有興趣？還是他太純情，根本不知道「XXX」的標示指色情影片？我以為他會把光碟夾進課本帶走，回家慢慢欣賞，可是他正經八百地把光碟放回原位。這小子不單是個懦夫，更是個性無能吧。

然而一個鐘頭之後，我發覺我太早下判斷了。

下課鈴剛響，學生像潮水般從課室湧出，準備到下一個科目的課室上課。D回到置物櫃前，把課本放好，再迅速地把光碟塞進一本筆記之內。幸好我恰巧在附近打掃，不然我就會錯過這一幕。

我記得D逢週四的這一節課是空堂，平時他會走出大樓——如果沒被國王的手下逮到的話——大概找個無人的角落消磨時間。對了，他剛才沒拿光碟是因為把光碟帶進課室沒有意義，要看的話，應該在放學時才帶走。不過他現在拿走光碟，代表他現在便要觀看嗎？

我跟在D身後，來到學生事務處的辦公室。天，這小子不是呆板到把光碟交給老師吧？我站在門邊，留意著他的舉動。

「什麼事？」辦公室內一個年長的女職員不客氣地向D問道。

「我、我想借手提電腦。」D說。

「學生證。」老女人不帶感情地回答。

好傢伙，原來有這一著。我正奇怪D不可能在人多的圖書室看影片，他卻想到向學校借用手提電腦的辦法。公立中學有很多老舊的電腦提供給家境清貧的學生，只要向學校登記就可以長期借用。這些電腦都設了限制，無法打開色情網站或線上賭場，不過播放光碟影片嘛，系統則無法干預。

D辦好手續，提著一台看樣子有十年歷史的黑色筆電，離開辦公室。我對他的行動愈來愈感興趣了。他離開西翼大樓，往體育館的方向走去，我便提著拖把，在他沒有發現之下進行跟蹤。

拐過好幾個彎，來到體育館後面。這兒只有一間面積不大的廢棄倉庫，放置一些殘舊的桌椅、破損的運動器具等等，就連清潔工也懶得打理。我在牆角探頭偷看，發覺D在倉庫門前張望一下，然後輕輕一拉就把門打開，走進倉庫內。

D消失在門後，我連忙躡手躡腳走近，檢查一下門鎖。奇怪了，那個鎖頭仍掛在門閂上，D怎麼可以打開門呢？我再仔細觀察，才恍然大悟——鎖頭沒壞，壞的是門閂，本來焊接著門框的金屬釦斷掉了。看樣子，這個倉庫便是D的祕密基地，他空堂時會躲到這裡。

我沿著倉庫外圍走了一圈，發覺其中一面的牆上有扇通氣窗。我謹慎地探頭偷窺，發覺D盤膝坐在一張破爛的體操墊子上，埋首電腦之中。他沒有察覺我這個偷窺者的存在。

D從筆記取出光碟，插進電腦之內，不一會畫面便出現那個酷似C的女演員的裸體。D明顯嚇了一跳，影片播放時他就像驚弓之鳥，往後退了半個身位；但他很快被螢幕中的表演吸引住，目不轉睛地盯著那三個男人和像C的女人。從他的表情，我猜他已經知道那並不是C，但他聚精會神地觀看，臉上浮現出我之前從沒見過的複雜表情。

那是男人應有的表情。

呻吟聲充斥著倉庫，十數分鐘後，D突然站起身，動手解開皮帶，褪下褲子。我沒有興趣偷看十幾歲的小男生自慰，只看到他「愉悅」地抓住自己的那話兒，動了幾下之後，我就離開現場。說起來，這小鬼的那話兒滿大的，真是人不可以貌相。

往後幾天，D一有空堂就往倉庫跑，之後連放學後也跑到那個基地裡看影片。開始時我好奇地跟在他背後，不過每次都是相同的事——打開同一台電腦、看同一段影片、同樣地自慰——我就漸漸覺得厭倦。D沒有把光碟帶回家，可能他的居住環境不容許他有這種私人的「歡樂時光」吧。

看到D的反應，我決定繼續行動。

我在網路上找到那個酷似C的色情片女演員的盜版影片，然後一一下載，燒錄成一片片光碟。我找到八套作品，但其中一部的檔案損毀，另一部便是我之前看過的「四人行」，所以最後我手上只有六片光碟。我在碟面寫上「XXX」，翌日早上趁著上課的時間，把其中一片塞進D的置物櫃。

我不能忘記他發現那片新光碟時的表情。那是小孩收到聖誕老人的禮物時的樣子吧。收到影片後，他再次回到倉庫裡欣賞。我這次在窗外從頭看到尾，我沒想過，D也懂得笑，還是發自內心的笑。雖然情況有點詭異——在陰暗的倉庫裡，一個沒穿褲子的少年，一邊傻笑一邊對著播放色情影片的螢幕打手槍——但我得說，我很喜歡這小鬼現在的表情。

我之後每隔數天便會放一片新的光碟，當六片光碟都送完後，我就在網路上找一些外貌差不多的女演員的片子。我很明白男人看色情片的「口味」會逐漸提升，所以愈往後我便愈會找一些更「激烈」的影片。當D第一次看到性虐待的影片時，他的反應一如最初看到那部「四人行」時所做出的，先是愣住，再緩緩地陷進那個肉慾的世界。喇叭傳出的皮鞭響聲相當刺耳，即使我在窗外亦清楚聽到，可是D沒有理會，我想，他很清楚沒有人會來這倉庫附近，所以才會如此放肆吧。

人類真是很神奇的生物，在D觀看色情片後，他的眼神改變了。他依舊被國王的手下虐待，但我察覺到他隱隱流露出一股「勝利組」的氣息。在食堂時我看到他帶著冷笑斜視著C，那是無比輕蔑的眼神。在現實中，他仍是「失敗組」一員，但在精神上他已經成長成「勝利組」了。

就在D每天享受那丁點的精神勝利時，校園正在醞釀另一件大事。

全國高校足球聯盟盃賽即將開始。

因為有國王領軍，這間中學毫無懸念地取得州冠軍，接下來就是爭奪全國第一的寶座。據說，不少著名大學密切留意這比賽，有三、四間一流大學更暗中和我們學校的足球隊教練商量，以高額的獎學金吸引B入讀。大學的運動獎學金往往要求學生在運動成就卓越之餘，課業成績也必須有一定程度，但像B這種「比卓越還要卓越」的傢伙，那些俗例都變得無意義。

因為我經常在課後跟蹤D到倉庫，回程時，都會看到足球隊和啦啦隊在室外的運動場練習。有時我會站在場邊，觀看國王表演。練習對他來說有點多餘，因為隊友們都不是他的對手，無論擒抱還是奔跑，國王都遠比他人優勝。教練大概也發現這一點，所以當其他隊員進行防守練習時，國王都會離開，圍著校園長跑鍛鍊耐力。在技巧上他已經是頂尖分子，沒有出色的對手讓他練習，就只好提升持久力。

距離大賽只有一個星期，我經常在課後到場邊觀看國王練習——反正從倉庫走過來運動場不用一分鐘。我說過，D每天在倉庫裡反覆進行相同的「項目」，這邊廂國王也是。熱身、短跑、擒抱、傳接球、踢球、模擬進攻，然後是獨個兒練跑，每天也一樣。他在長跑前會小休三分鐘，喝過運動飲品後，便會進行四十五分鐘的跑步。

而今天，我決定為國王的生活加點「不確定因素」。

就在教練和球員們聚精會神地進行模擬進攻練習，我走到休息席旁邊，假裝清理垃圾。他們沒有理會我，而我就乘機在一個裝了運動飲料的紙杯裡撒下藏在手心的白色粉末。

那是俗稱「喬治亞老鄉」的藥品。

每天國王都是獨個兒回到休息席，拿同一個位置上的飲品解渴。如果今天他改拿另一個杯子，或是把杯中的飲品倒掉再斟另一杯，我也覺得無所謂，反正這一步失敗了，我可以明天再來。

不過意外沒有發生，他果然拿起那個杯子，然後一飲而盡。他或許會覺得今天的飲品比平時鹹一點點，但運動飲品本來就有一堆鹽和糖，這點變化他應該不會在意。

我懷著興奮的心情，在場邊觀看他的反應。

三分鐘後，他離開休息席，沿著運動場往體育館跑去。他的長跑路線是從運動場出發，經過體育館、東西翼大樓外、停車場，然後回到運動場，重複。我跟在他後面，坦白說，比我想像中吃力。他就連練氣的長跑速度也比一般人快。

幸好，當他繞過體育館後門時，他的速度突然慢下來——藥力生效了。

他似乎感到不適，撐著牆壁，蹣跚地往體育館裡走去。我沒想過他會改變路線，不過細心一想，他應該是想到更衣室休息。他沒想過，暈眩的原因不是身體出毛病，而是被下藥吧。

我跟隨他走進體育館，裡面沒有人，天助我也。他昏倒在入口附近，俯伏在木地板上。「喬治亞老鄉（Georgia Home Boy）」是不良分子之間的黑話，這藥正名叫「γ－羥丁酸」，縮寫「GHB[1]」，跟俗稱「Roofies」的「氟地西泮」一樣，是男生在派對上迷暈女生，再進行性侵犯的常用藥物。這藥混進飲料內無色無臭，只是略帶鹹味，而服用者會在十分鐘內失去知覺，一至三小時後轉醒，醒後對昏睡期間毫無記憶。這一包是我在廁所找到的，我無意間聽到幾個「勝利組」的學生交談，知道他們利用廁所水箱進行交易，於是在清潔廁所時偷了一小包。

國王軟癱在地上，我當然沒有意思強暴他，我對男人沒有興趣。我扶起他，打算走出體育館，但突然看到那個電動看台，產生一個有趣的念頭。我看看手錶確認時間，將國王放在近後門的看台側的走道上，確保他躺在陰暗處，再把他的左腳腳踝架在看台底的鋼架上。

我緊張地離開體育館，沿著外置的樓梯走上二樓觀眾席。那兒居高臨下，可以看到體育館的每個角落，卻又不容易被發現。

五分鐘後，我期待的人物登場。那個跟我同期入職的清潔工，從正門進入體育館。他肩上扛著拖把，推著手推車，一邊打呵欠一邊走到正門旁的控制台前。他亮著一半電燈，然後按下那個讓我十分期待的紅色按鈕。

讓電動看台收起的按鈕。

我聽主管說，開動這機械裝置前必須留意看台兩邊有沒有異樣，但很明顯的，這傢伙懶得走到體育館的另一邊確認一下，就直接按下按鈕。

一如我所料。

裝置傳出低沉的聲音，而我在二樓，正欣賞著精采的一幕。

巨星殞落的一幕。

看台座位往牆邊徐徐摺疊，而國王的左腳正好在軌道上。當鋼條夾住他的腳掌時，他猛然發出慘叫——看來我下的藥份量太輕。他的慘叫喚起那個慵懶的清潔工注意，可是那笨蛋手忙腳亂，不懂得如何停下機器。我想，這位猶如路易十六的尊貴國王沒想過，自己竟然會被送上「斷腳台」吧。

當清潔工召來幫忙，重新把看台回復階梯形時，國王的左腳已經報廢，鋼架上、木地板上滿是鮮血和肉塊。我裝成看熱鬧的人，走進體育館，近距離觀看這場血肉模糊的肥皂劇。清潔工一

1. GHB：Gamma-HydroxyButyric acid，本為液態，粉末狀乃鉀鹽（Potassium Gamma-hydroxybutyrate）或鈉鹽（Sodium Gamma-hydroxybutyrate）。

臉懊喪，因為他讓學校——不，讓社區的足球明星變成跛子，但我亦看到一些「失敗組」的學生，亮出驚訝但帶點幸災樂禍的表情。

我本來打算讓國王在停車場發生意外，或是滾下樓梯之類，沒想到這個意料之外的情況令結局更完美。滾下樓梯受傷頂多令他缺席大賽，但被看台斷腿，他的運動員生命就完結了。

國王不會知道這意外的原因。我在救護車到達時，跑到空無一人的運動場，把所有用過的紙杯帶走；而國王只會以為自己不適，打算經過體育館到更衣室休息時昏倒，左腳不幸地落在看台軌道上。

我替全校的失敗者們吐了一口烏氣。既然我是局外人，把這事件當成「天譴」也沒有錯吧。

翌日，國王的手下們沒有像平時一樣盛氣凌人，因為他們再無所恃。王后陛下也受到打擊，但我知道，她並不如表面般哀愁。她只是因為失去靠山而傷感，這一刻，她一定在盤算「依附」哪一位強者，讓自己在本來的位置屹立不倒。

我沒有讓她慢慢考慮將來。

下午兩點，我趁著她獨個兒上廁所——因為國王的噩耗，手下和婢女們今天都不在——從她身後用沾上迷藥的抹布掩面，令她昏倒。對這種婊子，才不需要用「喬治亞老鄉」這種高級貨，直接用哥羅仿就可以了。

我把她塞進裝廢物的手推車，然後離開西翼大樓。到達目的地後，我把昏迷中的王后——不，她已經不是王后了——把昏迷中的C從袋子拖出來，放在地上。我脫下她的外套，一把拉起她身上的T恤，正要解開她的胸罩，卻因為某個想法而停手。我讓她倚坐在牆邊，整理好她的上衣，掏出剪刀，把T恤的領口弄一個缺口，再用力扯開。我把她左邊胸罩的肩帶拉到胳膊旁，令她的胸脯性感地半露在空氣中。我扶她坐下時，裙子掀到大腿側，內褲若隱若現，這個尺度剛好。比起全裸，這樣更具吸引力。

C倚著的，正是棄置倉庫門外的牆壁。

我就說過，我要送D一份禮物。

我在倉庫附近一個陰暗處等待。十五分鐘後，D現身。我對他每天的行蹤瞭若指掌。

他看到C的時候，顯然受到相當大的驚嚇。就像野生動物發現人工製品一樣，小心翼翼地走近。他探了探C的鼻息，發覺對方並不是屍體後，似乎鬆一口氣，但之後他就皺著一邊眉毛——他另一邊眉毛上只有OK繃——盯著C，大概在考慮如何處置她。從他的表情，我知道他十分猶豫。

但我看得出，他眼神中那股輕蔑仍然存在。

他內心掙扎的時間比我預想的短，一分鐘後，他打開倉庫的門，拖著C進去。

我回到熟悉的窗前，偷窺著D的行動。他把電腦和光碟丟到一旁，蹲在躺在墊子上的C身旁，似笑非笑地掃視著C的全身。

「唔……」

C突然發出聲音，令D和我也嚇一跳。看來國王也好、王后也好，我下藥的份量都太輕了。D似乎硬了心腸，匆忙地往兩邊察看——他看到木架上有一卷牛皮膠布，立即伸手取下，拉開，把C的雙手用膠布綑綁，再綁到木架上。

他果然是個聰明的小鬼，連我特意放下的膠布也懂得善用。

D的動作，令C清醒過來。

「……咦……咦？啊？這裡是……」C迷迷糊糊地吐出這句話。D沒有理會，一屁股坐在C

的大腿上。

「啊！你、你想幹什麼？」C大概已察覺自己的處境，她不斷掙扎、呼叫，但手腕被綁，下半身又被D壓住，她動彈不得。D沒有回答對方，只是兇悍地凝視著他胯下的C。

C露出害怕的表情，我從來沒看過她這樣子——我想D也是。不，或許這情景在D的腦海中出現過無數次吧。我肯定的是，這表情只會讓D更樂於動手。

「不要！」

D無視C的悲鳴，扯開她的衣服，用嘴吸吮C的乳房。C不住喊叫，而身上的衣物一件接一件被扯下，她亦從呼救變成哀求。D恣意玩弄著C的身體，就像那些影片中的男人一樣。當D要掰開C雙腿時，她仍然死命反抗，但D把皮帶當成皮鞭，用力抽打她的大腿和屁股，雪白的肌膚上添上一道道血痕，她就逐漸失去反抗心。

D抓住C的膝蓋，將她光溜溜的修長雙腿分開，再褪下自己的長褲。在這一刻，D笑了。

我最後塞進D的置物櫃的光碟，是「真實強姦」。就是那些見不得光的地下片子，由真正的強姦犯拍攝，強暴無辜女性的真實紀錄。

而現在D正運用他學到的「知識」，有樣學樣地去屠宰面前的獵物。

在這個倉庫之中，「勝利組」和「失敗組」的角色對調互換，暴戾的D擺動著腰，侵犯著無助的少女C。D完全沒把對方當作人類，在他眼中，C大概只是肉塊、是玩具、是釋放長期壓抑的慾望和怨懟的死物。

D足足「享受」了兩個小時。皮帶抽打、拳打腳踢、甚至連牙齒都用上，赤裸的C就像死人一樣癱在墊子上，胸部、腹部、大腿滿是瘀傷和咬痕。光著身子的D終於滿足，而他就像影片中的男人一樣，拿出手機，拍下數幅C被凌辱後的裸體照片。

「妳敢告訴他人，我就把照片送出去。」D一邊穿衣服一邊說：「別以為只要報警，先把我逮住就行，我會先放照片上網路，每天把自動發布的時間往後移一天。如果我被抓，這些照片就會自動公開。所有人會看到妳這個樣子，包括妳的同學、妳的老師、妳的鄰居、妳的父母。」

我就說，這傢伙其實很聰明。不論他說的是真還是假，這樣一來，心高氣傲的C一定不敢向人求助。

D撕開綁著C的膠布，C誠惶誠恐地穿上殘破的衣服，蹣跚地走到門口。

「明天下課後，妳在這兒等我。我還要好好疼妳。」D卑猥地笑著說。在C的臉上，往日的自信已消失得無影無蹤，餘下的只有一片茫然。

C離開後不久，D也離開倉庫。

國王下台，王后被凌辱，飽受欺壓的平民勝了一仗。可喜可賀，可喜可賀。如果這是童話故事，這兒就該大團圓結局了。

可是這是現實。

翌日上午，一段影片在學校的網路上流傳。那是D強姦C的實況影片。加害者的咆哮，受害者的嗚咽，跟那些殘酷的影像忠實地記錄在影片之內。當事人的樣子沒有被遮蔽，任何人也看得出兩位主角是誰。

影片是我透過窗戶用手機拍攝的。

我趁著學生上課的時間，走進一間無人的課室，偷偷利用那兒的電腦把影片上載。

我還怕無人發現，特意把印有檔案路徑位置的字條，塞進那些同樣是「人形沙袋」的失敗者置物櫃中。他們一定樂於跟朋友分享這檔案。

午休時，這新聞便在校內捲起風暴。

D在做出反應前就被警察逮捕，畢竟罪證確鑿，而C則被送到醫院驗傷。那段影片，鉅細無遺地捕捉了D侵犯C的全部經過，包括皮帶、拳腳和牙齒。聽說C在醫院嘗試自殺，但沒有成功。D大概不會承認用迷藥擄走C，不過這只是無關痛癢的細節而已。他強姦C的過程，在學校已有八成以上的人看過了。

B、C和D之後再沒有回過學校，不過「勝利組」和「失敗組」的分歧沒有變動，不久，「勝利組」當中會出現新的領軍人物，然後那些爪牙又再次聚集，欺壓那群可憐的失敗者。他們的將來跟我無關，畢竟我已達成我的願望了。

我不用在清潔女廁時，再次聞到艾琳用過的那種香水氣味了。

3

在監獄待了這麼久，外面的環境變得好陌生。

雖然獄中也有電視和報紙，但在那個一成不變的空間裡生活，電視和報紙所說的，就像是另一個世界的故事。

幸好，這個中部城市的變化比想像中小。商店、大樓、公園、鐵路等等都跟我入獄時不一樣了，但人們的生活模式依舊，上班、下班、約會、上餐館、上酒吧。西邊的紅燈區街道上仍滿是妓女，南面的貧民區繼續死氣沉沉。

獲得自由後，我便回到這些無聊的、胡混的生活之中。沒錯，我的經濟環境大不如前，紅燈區和夜店我是無法光顧了，但至少到酒吧喝啤酒仍然負擔得起。

我就是在酒吧認識E先生的。

只要光顧同一家店子多幾次，人就會認得某些常見的面孔。我每次到酒吧，都看到E先生獨個兒坐在吧檯前喝悶酒。我其實對他沒有半點興趣，只是某天我忘了帶錢包，點了啤酒後沒錢付酒保，正想問對方能否記帳時，E先生二話不說，掏出一張鈔票放在酒保面前。那便是咱們相識的契機。

起初，我跟E先生也是閒聊些不著邊際的話題，像天氣、球賽、政治、國家在非洲的戰事之類。後來多碰面幾次，我們就開始談一些較私人的事情，例如職業、年齡、生活等等。我沒想過，外表蒼老的E先生竟然只比我年長五歲，他看起來像個五十多歲的中年人。他是個公務員，在郵局工作，每天過著極其沉悶、重複、呆板的生活，下班後到酒吧喝酒是他唯一的消遣。

「我了解。」我跟他說。

「在公立中學當清潔工也很沉悶吧……」E先生放下酒瓶，苦笑道。

「不，我了解是因為我在監獄待過。」

「哦。」E先生沒有太大反應，說：「或許你對，我的工作大概跟坐牢分別不大。」

不知道為什麼，我就是跟E先生投緣，感覺我們很相像。後來當我們更熟稔時，我就知道原因了。

我們都是被妻子背叛的男人。

就像艾琳背著我跟男人鬼混，E先生的太太也一樣，跟一個開修車行的男人搭上了。女人就是賤貨。

「她嫌生活太沉悶。」E先生喝了口酒，苦笑道：「去年她換新車後，心情變得很好，我還以為是因為車子的關係，沒想到她原來因為修車結識了那個男人。我在他們維持關係半年後才發覺，真是愚蠢到家了。我質問她我有什麼做錯了，她竟然說沒有，只是她討厭『正常』的生活。」

「之後你們離婚了？」我問。

E先生點點頭。「你相信嗎？提出離婚的不是我，是她。而且法院竟然認為我『沒盡力維繫婚姻』，要負上『逼使她通姦』的責任。你說，這樣的制度是不是見鬼？」

「今天的法律制度都是垃圾。」我由衷地附和道。

「離婚後，她得到我的房子，我反而要搬走了。聽說她仍跟那男人交往，那男人更住進我的房子……媽的，這個二十來歲的臭小子看上我那個快四十的老婆，九成是為了錢吧……」

E先生難得吐出髒話，他的嘴巴一向乾淨。

「我老婆——我前妻艾琳也是差不多。」我說：「明明是她有異心，責任卻由我獨力承擔，我還因此坐牢。法官和陪審團都是豬，只要看到女人一副可憐兮兮的樣子，就會判斷錯的是丈夫。」

我記得我在法院一敗塗地的過程——那些陪審員看到艾琳坐在輪椅上、頭部纏著繃帶，他們的眼神就立即變了。

「為我們這些有冤無路訴的好男人乾杯。」E先生舉起啤酒瓶。

「乾杯。」

大概E先生沒有可以傾訴家事的朋友，或者因為我跟他是「同類」，我們之後見面，他總會提及他的前妻，和前妻的同居男友。有一天他的樣子比平日更苦，一問之下，我才知道原因。

「我今天下班後，在超市碰到他們了。」E先生說。「他們沒察覺我，兩個人就像新婚夫婦一樣把臂逛街購物。我老婆居然化了妝，打扮成二十來歲的小女生，媽的。我跟在他們身後，還看到他們在停車場一角親熱起來……」

「忘了她吧，那種女人不值得你留戀。」我遞給他一瓶啤酒。

「我沒有留戀，只是氣忿。」E先生抱著頭說：「為什麼那種賤女人可以如此幸福？為什麼我要潦倒到一個人在超市買急凍晚餐？馬修，你告訴我，我們為什麼要淪落到這個地步？」

他的話勾起我心底的一團火。本來那股仇恨心已經熄滅——尤其我不知道艾琳現在身居何處——但在E先生身上，我看到自己。他的老婆一定跟艾琳一樣，是個狗娘養的臭婊子。

「要……報仇嗎？」我頓了一頓，問道。

E先生瞪大眼，以不可思議的表情看著我。

「我可以替你好好教訓你的前妻。」我壓下聲音說道。

「你……打算怎樣做？」E先生有點慌張，但他追問下去，證明他不是沒有想過向前妻報復。

「我沒想好，但我可以代你動手。」我露出不懷好意的笑容。「反正刑事紀錄上我已是個累犯，多一件少一件案子也沒大關係。況且，這一次我們是以正義之名，為你討回公道。」

「會不會……出人命？」E先生吞吞吐吐，問道。

「可能，但我就說我未想好如何動手啊。」我聳聳肩，說：「不過就算出人命，你認為太過火了嗎？還是說，你仍然眷戀著你的好老婆，不願意看到她有丁點損傷？」

「當然不是！」E先生提高聲調，極力否認。「那個臭婊子，是生是死與我無關。我只是覺得『死』太便宜她了，最好叫她受盡折磨，後悔當初嫌跟我一起『沉悶』，追求什麼無聊的『刺激』……」

我張望一下四周，確認沒有人因為E先生大嚷而注意我們，再跟他說：「好，我會好好計畫一下。你先告訴我你前妻的資料吧。」

於是，E先生清楚告訴我他前妻和那男人的名字、住所地址、外貌特徵、那男人的工作地點等等。他甚至跟我說要錢就開口，反正他的財產已給那婊子搶了一半，離婚後還要每個月付贍養費，與其讓錢流進那對狗男女的口袋，不如付我來買兇殺人。

「醜話還是說在頭。」我說：「如此一來，你和我就是共犯。我是個監獄常客，事敗的話，不過回到老地方生活而已，你卻要放棄安穩的公務員生活、失去自由……」

「我現在有什麼自由可言？」E先生拋下一個苦澀的微笑：「在精神上，我已經失去自由一年多了。」

「那麼說，你已經有所覺悟？」

「對，只要能報復，就算要我雙手沾滿血腥、死後掉落地獄也沒有關係……」不知道E先生是帶著醉意還是認真地吐出這句——或者，他對妻子的恨意比我想像中來得更深更徹底。

雖然E先生如此說，但我沒有考慮過讓他手刃前妻的做法。他是外行人，要他執行謀殺，恐怕會出一堆亂子，復仇不成更被抓住。如果要做，就由我代勞。

我翌日向學校請了假，到E先生前妻的住所外視察環境。那個女人和她的年輕男朋友的外表一如E先生所形容，他們離開獨棟的房子時，我就知道我沒有弄錯地址。那男人在早上十點跟E先生的前妻吻別，然後騎機車離開。那女人則回到房子裡，一直沒有外出，我只能透過窗戶隱約看到身影。

犯罪的籌備過程其實非常沉悶，需要很大的耐性。而支撐著這耐性的，是怨恨。我不知道我是不是把對艾琳的恨意移到這女人身上，所以我才能夠冷靜地瞪著一棟毫無變化的房子十個鐘頭。我一直坐在那輛殘舊的小貨車上監視，沒有移動半分——我甚至沒離開上廁所，要小解的話，就用身邊的保特瓶解決。我不想在離開時錯過某些令行動失敗的細節。

晚上九點，那個情夫騎著機車回來，他把車停在車庫外，從車庫旁的後門進屋。之後沒有任何動靜，直至晚上十一點關上電燈。我想，第一天的勘查做到這裡就可以了。

我無法向學校連續請假，於是吩咐E先生幹相同的事。E先生積攢了不少休假，他一口氣取了十天假期，每天到他本來的家外盯梢。我下班後都會跟E先生會合，在車上聽取情報，有時我會先到那男人工作的修車行，留意一下他的工作情形。在E先生緊瞧著他前妻期間，我也有多請兩天的假期，整天待在能夠監視那男人工作的修車行的位置。看樣子，那個情夫其實也不富有，雖然說他是修車行老闆，但店裡只有他一個人，而且店的地址偏僻，一天也沒有兩三個客人。他就遊手好閒地呆坐著，偶然有人光顧，就漫不經心地替車子修理。

十天下來，我掌握了對方的生活模式。除了週五黃昏他們會外出用餐，平時週一至週四他們的作息也滿單調，男人早上十點上班，晚上九點回家，女人通常會待在家裡，除了週二和週四中午會駕車外出三個鐘頭。E先生說，她應該是參與什麼烹飪班。這段期間之內沒有朋友到訪，不知道是不是因為那女人心裡有些許愧疚，不願意讓朋友到她「前夫」的居所看到她的「小男友」。或許只是她單純地討厭朋友來訪吧。

本來我以為他們的生活習慣會很難掌握，因為E先生說過，妻子是為了追求「刺激」而出軌，現在我看到的，其實也是相當平淡的生活——不過細心一想，搞不好E先生前妻追求的「刺激」是在床上，這麼說來，晚上十一點便熄燈，早上十點一臉滿足地吻別男友，那就很容易理解。

好好盤算後，我決定週三動手。星期一傍晚，我跟E先生在酒吧碰面，商討復仇大計。

「我想知道有沒有方法潛進你的房子——你以前的房子。」我問。

「那婊子把鎖全換掉，即使我有以前的鑰匙也無用。」E先生答。

「不，我當然不是指門鎖，」我拿出繪畫了房子平面圖的筆記，說：「我想知道有沒有窗子、活動門、地窖暗門之類，能讓我潛進去。」

E先生凝視著平面圖，摸摸下巴，然後指著一處：「這兒地面有一扇通往地下室的窗子，勉強能讓人通過。我記得窗鉸有點鬆，本來我想修理的，但還沒有處理就……發生那件事了。」他指的當然是揭發妻子有外遇的事情。

「你潛進去之後，打算怎樣做？」E先生問。

我從口袋掏出一小包白色藥粉。

「這是『Roofies』。」

「你、你要迷姦那賤人？」E先生有點吃驚。

「當然不是，我沒有興趣。」我笑了笑，把預先想好的做法告訴他。E先生聽著我的計畫，表情明亮起來。

「這太棒了！比起殺死那婊子更棒！」E先生再次不自覺地提高聲調。我張望一下，還是沒有人留意我們。這間酒吧也太棒了。

「不過，我另外想要點錢。」我說。

「沒關係！要多少？一萬？二萬？」

「不，我只要一千。最近有點拮据。」

「馬修，你開價一萬我也願意付啊。」E先生笑道。

「我幫你不是為了錢，只是為了向那些臭婊子報仇。」我說。

E先生似乎很感動，拿起酒瓶，說：「預祝我們計畫成功！」

我稍稍拎起酒瓶，敷衍地和應。雖然說我有豐富的犯罪經驗，但我清楚知道，在犯案時往往有不少意外，足以左右結果。對E先生來說，這場犯罪就像小學生的科學展覽功課，他只會期待取得好成績，但對我來說，這是一場戰爭，是如同走鋼索的冒險。

為了對付E先生的前妻，我再次向主管請假。主管面露不快，但我向他保證這是最後一次，因為我知道週三之後，事情就會解決——或是事敗，我被送回監獄。

星期三傍晚七點，我從公車站走到E先生前妻的房子。時間這麼早，我有點怕被人看到，所以一直小心翼翼。來到房子附近，確認沒有人留意，急步鑽進房子後方，戴上手套，找那扇窗鉛壞掉的地下室窗子。我搖動腳邊第三扇窗子時，窗框傳來清脆的聲音，然後窗子就被我輕鬆地掀起來。我探頭進窗內，地下室一片漆黑，我掏出小電筒，用口叼著，確定落腳點後，再輕輕滑進窗戶，跳落地下室內。

我關好窗子，躡手躡腳沿著樓梯往上走到地下室的門前。根據E先生給我的資料，地下室的入口在廚房裡。我從口袋掏出手機，接駁上附著線的針孔鏡頭，把鏡頭從門下伸出去。我實在讚嘆科技進步，二十年前的軍用產品，今天卻在二手電器店也買到，畫質不但清晰，鏡頭還附有麥克風，讓戴上耳機的我對門外動靜一清二楚。

在手機螢幕裡，我看到E先生的前妻正在預備晚餐。她一邊哼歌，一邊做菜，心情看來很好，把切好的菜放進餐盒中，我想那是沙拉吧。E先生說她喜歡喝紅茶，我移動一下鏡頭，就看到她身後的桌子上有一個茶壺，旁邊有一個正在冒煙的茶杯。確定情況後，我知道可以動手了，於是發特定的簡訊給E先生。

「我今晚不去酒吧了」

這是我跟E先生約定的暗號。如果出了岔子，我就會傳「我要晚點才到酒吧」，「不去酒吧」代表一切順利。當他收到這個簡訊後，他就會進行下一步。

五分鐘後，門鈴響起。

那女人放下廚刀，離開廚房。我知道按門鈴的是E先生。趁著廚房空無一人，我急忙打開地下室的門，走進廚房，掏出那包迷藥，倒進茶杯裡。本來我做完這步驟後就該回到地下室，但我突然擔心那婊子會因為茶涼了而倒掉，於是把餘下半包藥粉倒進茶壺內。

就在我下藥期間，我聽到玄關傳來罵聲。

「你來幹什麼？」「這兒不再是你的家了，滾。」「我對你無話可說。」「你再不離開我就要報警了。」

看，果然是婊子。

我回到地下室後，再傳一個簡訊給E先生。「咱們不如明天在酒吧碰面吧」——這表示我已經完成任務，回到安全的地方。不一會，我從螢幕看到那女人氣沖沖地回到廚房，執起廚刀，用力地切菜。她大概把那個包心菜當成E先生吧。

她切完菜後，似乎仍氣憤難平，挨在餐桌旁。這時候，喝紅茶可以平靜心情喔——我心裡重複著這話，期望她快快喝下摻藥的茶。我屏息以待，突然她抓住茶杯耳，一口氣把杯中的紅茶乾掉。「Roofies」無色無味，比另一種常用迷藥「GHB」更好用，只是它的發作時間較慢，藥力要三十分鐘才生效，不像GHB那麼有效率——在派對上用來侵犯女生，當然是愈快迷昏對方愈好了。不過我現在有的時間，與其讓她突然倒地，倒不如讓她覺得暈眩，再慢慢到沙發或睡床休息更好。

這三十分鐘變得很漫長。我抱著隨時要躲藏的警覺，一邊窺看著那女人的動作，一邊準備不動聲色走下樓梯。我跟她只有一門之隔，萬一她突然打開門，我就曝光了，到時我只好殺死她吧？這不是我的原意，但必要時，這是替代方案。

然而她沒有打開地下室的門。一直沒有。她只是默默地做菜——對，她已經沒有心情哼歌了——偶然喝喝紅茶。二十分鐘後，她明顯有點異樣，就像難以站立。她放下刀子，離開廚房。我沒有笨到立即衝出去看個究竟，我是個謹慎的人。我一直等，等了快一個鐘頭，才輕輕地打開門，確認那女人的狀況。

客廳中沒有半個人影。我躡足走到睡房外，發現E先生的前妻躺在床上，連被子也沒蓋，鞋也沒有脫。藥力生效了。Roofies可以讓人昏睡八至十二小時，是一般安眠藥的作用十倍，醒後會有宿醉和短期記憶喪失，是罪犯的最好助手。我確認那女人沒有知覺，替她脫掉鞋子，蓋上被，取走她放在床頭的桌子上的鑰匙串，再帶上房門。

我回到廚房，倒掉餘下摻藥的紅茶，再煮一壺沒加料的。與此同時，把弄到一半的菜處理掉——幸好Roofies會讓人忘掉睡前的細節，她醒來後大概不會記起離開廚房時流理台的樣子。

我瞧瞧手錶，時間快到九點。我先傳一個報告準備工夫完成的暗號簡訊給E先生，再趕緊抓起廚刀，抹乾淨手柄，走到車庫，躲在門旁。

這個計畫不是要殺死E先生的前妻，而是要陷害她殺人。

「你說死太便宜她了，所以我們就讓她受盡精神折磨吧！」兩天前，我在酒吧跟E先生說：「我們佈局，先用藥迷昏她，令她失去清白的證明，再趁著那男人回家時下殺手，用她的車子運走屍體，留下一堆證據，例如兩人曾經爭執，導致她錯手殺人。她會因為昏睡而失憶，忘掉自己有沒有做過，只要警察緊咬不放，她就會以為自己精神錯亂，殺死了鍾愛的男人——這不是最痛快的復仇嗎？你到時可以選擇落井下石，在法庭上指證她如何忘恩負義，或是施捨半點情面，要她對你搖尾乞憐。」

E先生當時的表情亮了起來。這計畫的確很棒吧？

接下來我幹的就是整齣戲的高潮了。我在車庫門旁守候，一確定目標人物走進，就用刀子刺進對方的胸口，再在頸項割一刀。鮮血噴得四處一片猩紅，但我並不在意，畢竟這計畫不用完整地清理環境。我利用那婊子的車匙打開行李箱，把屍體丟進去，用拖把刷去地上的血跡，用布抹走牆上、架子上、門上的大部分鮮血，再把兇刀藏在工具櫃的後面。

我打開車庫的大閘，駕著那女人的車子，往郊區駛去。距離這裡十公里有一片樹林，平日人跡罕至，是棄屍的好地點。當然，這計畫必須讓人發現屍體，所以我沒打算把屍體埋起來，只把他棄置在地上，隨便以樹葉遮蔽。這樣子，樹林的管理員或郊遊人士很容易發現。

丟棄屍體，來回房子花了我大半個鐘頭，我把車子駛回車庫，確認行李箱留下一片血跡，感到十分滿意。我歸還鑰匙的時候，那婊子睡得像隻豬，完全不曉得自己大禍臨頭。

明天便有好戲看了。

我離開E先生的舊居，避開附近居民的注意，乘公車回家。我已換過乾淨的衣服，現在我的外表不過是個普通人而已。誰知道我剛才殺了一個人呢？我的手提包裡，塞著染血的衣物啊。

在公車上，我猛然發覺自己忘記了一個重要步驟。

我掩著嘴巴，眼睛空洞地凝視著前方。這個失誤讓我出了一身冷汗，天，我居然少做了最重要的一件事。我太得意忘形了。

我忘記確認對方已經斷氣。

雖說胸口中刀、頸項被割，一百個人裡有九十九個活不成，但萬一他是那餘下的一個呢？那種出血量，即使沒有即時斃命，只要沒有施救，也一定沒命。

不過，如果碰巧有人路過，及時把他送到醫院……

我差點有衝動到樹林檢查屍體，可是我知道我不能冒險。只有愚蠢的兇手才會回到現場補漏，而這個補漏的過程，往往是更大的漏洞。

太大意了。該死的。

回到家裡，我躺在床上思考，努力回想殺人時的每個場面。後來，我開始思考假如這次真的失手，會有什麼後果。就是考慮最壞狀況。

如果對方沒死，我犯的不過是襲擊和意圖謀殺罷了。至少不用面對死刑。

對，不用面對死刑，又有什麼好怕？

其實就算真的被判死刑，也沒關係吧？

對，生死對我來說並不重要，重要的是能幹出精采的案子。

一想到這裡，我就放開心情，徐徐睡去。

S.T.E.P.

陽光從窗子射進室內，我從睡夢中醒來，看一下手錶，時間是早上六點半。梳洗過後，我便離開寓所。今天不得不早一點出門。

我乘公車來到那個男人的修車行。

「我的車子檢查好了沒有？」我問。

「完成了，先生。已換了機油、冷卻水、煞車油，清洗了噴油嘴、變速箱，檢查了引擎和煞車系統。機油濾清器也換新的了。」滿身油污的男人恭敬地答道。對他來說，我是一位闊客。昨晚六點多，我把小貨車駛到這間修車行，叫他檢查和進行保養。

「我明早七點要車。」我當時這樣子告訴他。

「這裡只有我一人打理，保養工序繁複，要花上十個鐘頭……」他臉有難色。

「我付你訂金五百，明早再給五百。」我遞出鈔票。一般修車行，保養檢查只要兩百。

看到鈔票，他笑逐顏開地接受這生意了。

這樣子，我就能確保他昨晚一直留在修車行裡加班，無法回家。

讓我可以專心殺害E先生。

我告訴E先生的計畫，只是最初的構想。這個構想有一個大漏洞，就是會牽扯到E先生身上。任何人都知道他對前妻和那男人心懷恨意，如果那男人一死，警方察覺事有蹊蹺，很容易盯上E先生。E先生是個普通人，他一定受不了條子的威嚇，九成會把真相雙手奉上。

我不容許完美的犯罪計畫中有這麼不穩定的因素。多次入獄，讓我明白犯案的關鍵在於有沒有完美的編排，過往我就是一時大意，做得不夠徹底，才會被條子抓到把柄。

E先生說過，只要能復仇就算下地獄也沒關係——好，我就達成他的心願吧。這是萬無一失的計畫。

那個情夫因為我付出高額酬勞，待在修車行工作，他就不能干擾我的計畫。因為我早上要車，他連回家小寐片刻都不能，只能一個人——沒有不在場證明之下——待在店子裡。

我迷昏E先生的前妻後，發暗號簡訊給E先生，就是通知他我解除了車庫的門鎖，他可以進來，一同等候那男人回家。我沒告訴他的是，這一切都是誘餌，我會在他走進車庫時下殺手，我根本不想殺死那個情夫。

E先生被刺後露出訝異的表情，他還沒來得及說話，就被我在脖子劃上一刀。他大概不明白，但只有這樣做我才能替他進行完美的復仇。當E先生的屍體在樹林中被發現，警察一定會調查他昨天的行蹤，並且查出他跟前妻口角的事。我要E先生按門鈴到訪，除了支開那女人好讓我有機會下藥外，更是為了讓他人看到他出現。試想一下，某人到前妻的家吵嚷，同一晚被殺，在前妻的家的車庫角落發現死者的血跡，在工具櫃後發現兇刀，在車子的行李箱發現死者的血液和頭髮，而前妻宣稱她一直在房間裡睡覺，前妻的同居男友聲稱自己獨個兒在修車行檢查客人的汽車，這些線索會歸納成什麼結論？

條子可能會找上我，因為E先生的手機裡有我的電話，但我不擔心，因為那些簡訊只是「我今晚不去酒吧了」、「咱們明天再碰面吧」之類，是很平常的訊息。我甚至不用刪除E先生手機的資料，或是砸爛他的手機——完美的布局，是在事前考慮到每一個細節，而不是在事後處理的。

昨晚那婊子做菜時的心情不錯，大概是那情夫打電話告訴她接了一件好差事，晚上不能回家吃飯，而那婊子打算做菜送給他吧，畢竟她把沙拉放進餐盒，如果不是親自送去，就是放進冰箱讓他清晨回家時取來吃。

付過尾款，我坐上車子，感覺上保養過後，機件運行得很順暢。這就當作我這次工作的酬勞吧，我沒有向E先生索取大筆金額，是因為怕引起條子注意，小小一千塊反而能躲過警察的法眼。我打開收音機，聽到令人振奮的消息。

E先生的屍體被發現了。

他不能透露我是殺死他的兇手的事實。

我不用擔心因為襲擊及意圖謀殺被追捕。

我不由得露出滿足的笑容。這次向不忠的婊子復仇，應該會獲得空前成功。

我駕走車子時，看到那男人正在關上店子的電動閘門。他也許沒等到情人送來晚餐，或是打電話沒人接而感到有些不安吧，看樣子他打算今天休息一天，趕緊回家。這場復仇戲最有趣的一點，就是E先生的前妻和她的男友，都無法確認對方清白——一旦條子上門，揭發案件時，他們都會以為是對方下的手。那女人會以為自己在昏睡期間，E先生上門找碴，她的男朋友錯手殺死對方；那男人就會以為自己在店子通宵工作期間，他的同居女友錯手殺死前夫。他們一開始大概會為對方圓謊，但後來一定會發覺雙方都堅持自己無辜，最後落得彼此不信任的困局。

我最想看到的，就是這種醜陋的人性毫無掩飾地暴露人前啊。

◐

「米勒先生，我不明白。」鮑伯・D・安東尼放下文件，一邊脫下老花眼鏡一邊說。安東尼是聯邦政府司法部的高級顧問，專門研究釋囚重犯的問題。他試過好幾次在會議上直接向總統匯報，跟司法部高層和國會議員素有交情，加上他工作資歷深厚，在司法界是位舉足輕重的人物。

「您不明白什麼？」加利・米勒坐在辦公桌後，微笑著回答。米勒是奧克拉荷馬州的總檢察長，職位等同州政府的司法部長。跟安東尼一身老氣的打扮相比，米勒就像個剛大學畢業的小伙子——雖然他其實已經四十二歲，只是年近七十的安東尼在政界打滾數十年，舉手投足都帶著「濃厚的華盛頓味道」。

「我為了了解你們州司法改革的『刑期評估模式』特意前來，你給我看這些犯人自白書有什麼意思？」安東尼蹙著眉，向米勒問道。他的語氣就像沒收到學生功課的老師，縱使他跟米勒根本沒有上司和下屬的關係，甚至該說，米勒是州政府的官員，安東尼不過是個沒有正式官銜的顧問而已。

「安東尼先生，我想您弄錯了。」米勒沒有任何不滿，態度還是相當恭敬。「這些不是犯人馬修・費雷的自白書。」

「那這是什麼？犯罪小說嗎？」

「安東尼先生，您為什麼會認為這是自白書呢？」

「文件一開始就列明了這個馬修・費雷的罪行嘛！」安東尼翻開文件的第一頁，指著其中一行，說：「這惡棍因為縱火、嚴重襲擊和意圖謀殺被判罪……」

「但您認為這文件敘述的案例中，他犯了什麼罪？」米勒輕鬆地說：「您在司法界工作多年，不可能弄錯吧？」

安東尼疑惑地瞧著面前的年輕總檢察長。沒錯，根據這些「自白書」所指，馬修・費雷絕對不會只因為「縱火、嚴重襲擊、意圖謀殺」入獄。就算檢察官跟辯方律師談好認罪條件，「二級謀殺、唆使性侵、串謀殺人」等等的罪行也該一併加入。而且，安東尼很清楚，馬修．費雷幹下的這些惡行，在任何一個州都不會有檢察官提出認罪協商，這種惡魔只適宜以一級謀殺提告，再盡快執行死刑——如果那個州仍有死刑的話。

「那這些案子……」安東尼把視線交替地放到文件和米勒身上。

「這些是我們運行了五年多的『刑期評估模式』的結果。」米勒說：「因為先說明運作模式也許會讓您難以理解，所以先讓您讀這些『模擬結果』，再說明做法。」

「『模擬結果』？」

「安東尼先生，雖然您是位研究法制的專才，但我想您對建築業不大了解吧？」

安東尼一臉茫然，不知道為什麼話題突然跳到建築之上。

「我的確不清楚。」

「假設某地產商要在紐約市中心興建一棟五十層高的商業大廈，」米勒身子向前傾，雙手在案頭比畫著，「每一層最多有五十人上班，那麼，您認為這大樓要有多少台電梯？」

「十台？」年邁的安東尼怔了一怔，隨便吐出一個答案。

「安東尼先生，您這個答案只是純粹出於臆測吧。」米勒放下雙手，說：「電梯的數目除了跟層數和每層的人數相關外，還會被其他因素影響。假如這五十層的辦公室都是科研公司，員工只在上下班和午餐時間使用電梯，情況就跟五十層金融公司不一樣，金融公司的經紀和顧客很可能在任何時間出入大樓。所以，只有一個方法去計算應該興建多少台電梯——『電腦模擬』。」

「電腦模擬？」

「在這個例子中，有一些數據是事前已確定的，例如大樓有多少層，面積多少等等，這些是

『常數』。而每層容納多少人、一台電梯一次運送多少人、電梯速度有多快，是『變數』分兩種，一種是有範圍規定的，像一台電梯不可能容納一百人，也不會有只讓一人乘搭的電梯；另一種是範圍難以確定的，例如在九點前的上班時間每分鐘有多少位員工趕上班、午餐時間全棟大樓的人是否都外出用餐等等。利用這些『常數』和『變數』，電腦就能模擬出各個可能，判斷出最佳的方案。」

安東尼保持沉默，消化著米勒的話。

「電腦會模擬出真實的情況，」米勒看到安東尼沒接話，就繼續說：「例如以一分鐘作時間的基本單位，隨機安排一定數目的『人』進入大樓，每個人都隨機設定到不同的目標樓層。電腦會先假設，嗯，打個比方，大樓有十台高速電梯，在兩分鐘之內能從一樓到達五十樓，然後每個人出入電梯需要五秒，電梯如果需要在某層停下則多花十秒……利用這些數字，看看會不會出現『一樓大廳堆積了等待三十分鐘仍無法進電梯的群眾』，或是『十台電梯中有三台長期閒置』等等。透過改變『變數』，電腦就能計算出最佳數值，即是『適當的電梯數目』、『適當的電梯大小』和『適當的電梯速度』等等。更複雜的模擬系統可以找出更有效率的做法，像只停單數或雙數的樓層的電梯、跳過首二十五層不停的電梯、或是同一個電梯槽中，分成低層和高層兩台電梯同時使用……」

「慢著，這樣的模擬不會浪費時間嗎？」安東尼問。

「電腦裡的模擬時間不是實時的，我剛才說以一分鐘做單位，在電腦裡只需幾納秒就經過了。而且，電腦模擬能同步運作，就連今天的家用電腦，同一時間可以執行過百條執行緒……」

米勒侃侃而談，心想這位華盛頓來的老顧問果然是個舊時代人物，連這麼簡單的電腦常識都不曉得。

「夠了，這些什麼大廈電梯跟你們的司法改革有什麼關係？」安東尼顯得不耐煩，插嘴問道。

「我們的『刑期評估模式』，就是依靠電腦模擬來運作。」

米勒簡單地說出答案，而安東尼還沒反應過來。

「十年前，我們開始籌備司法制度改革，」米勒解釋道：「當時有不少囚犯在出獄後重犯，州內各郡的罪案率逐年攀升。雖然我個人認為經濟和就業問題才是導致罪案加劇的元兇，但普遍市民質疑法官量刑出錯，認為應該加重刑罰，提高嚇阻力……」

「你說的這些我都知道。」安東尼道。從剛才他就被這個年輕人牽著鼻子走，話題回到自己熟悉的司法範疇，他就得掙回一點面子。

「為了回應民眾的要求，州政府進行司法改革，免除州法官量刑的職務，罪犯入獄時不會被告知刑期，而改以服刑期間的一系列評測來判定對方是否適合重投社會。這提案獲得州內大部分人支持，在六年前的公投中以百分之七十三的贊成率通過。」米勒苦笑一下，道：「您可以想像到當時的治安有多糟。」

「但這五年奧克拉荷馬州的罪案率迅速下降，變成全國最低，幾乎比瑞士還要低。我就是想知道你們施了什麼魔法。」

「就是防犯於未然而已。以前我們依據普通法和案例，以『罪行』的嚴重程度去決定刑期，卻無法知道囚犯出獄後是否真的改過自新，結果不少犯人因為再犯而入獄，甚至幹出更嚴重的罪案。但在新模式裡，我們把焦點放在犯人的『犯案心態』上，如果我們判斷一個普通的偷竊犯有變成殺人強盜的可能，我們就會繼續把他囚禁，相反一個殺人犯能痛改前非，我們就盡早釋放他，讓他以勞力回報社會。」

「你們……利用電腦做這個判斷？利用電腦模擬犯人出獄後的情況？」安東尼漸漸理解這個「模式」背後如何運作。

「對，安東尼先生，」米勒愉快地點點頭，「您讀到的文件，不是『馬修．費雷的自白書』，而是『電腦模擬馬修．費雷出獄後的情況』。費雷目前仍在州監獄服刑中。我們將囚犯的個人資料、在獄中的生活細節全數輸入系統，另外每個星期由心理醫師進行像『羅夏克墨漬測驗[2]』之類的人格投射測試，獲取更詳細的心理數據。這些就是模擬用的『常數』。」

安東尼想起，那些文件之中，敘述者就提過精神醫師的事。

「這些自白書……不，這些模擬結果的敘述者，不是馬修．費雷本人，而是電腦系統？」安東尼訝異地問。他完全沒想過，那些「自白」是由機器產生的。

「沒錯。」

「所以這些事情，像縱火燒死鄰居、暗中唆使少年性侵、殺人棄屍誣陷他人等等都是不存在的虛構罪案？你們就是以這為理由，一直拘禁這個馬修．費雷？」安東尼因為這些駭人聽聞的案件沒有發生而感到欣慰，但他又覺得這樣對馬修．費雷並不公平。

「是不存在的，但我不會說是『虛構』，該說成『有可能發生』的案子。」米勒收起笑容，嚴肅地說：「在籌備改革期間，我們先替五百名囚犯進行實驗，結果電腦模擬的結果跟再犯事的釋囚幾乎完全吻合。」

2. 羅夏克墨漬測驗：Rorschach Test，由瑞士精神醫學家羅夏克編製發明，以墨漬製作十張左右對稱、內容不一的圖片，讓受驗者回答問題，從而判斷受驗者的精神狀態與人格。

「電腦預言了事件？」安東尼驚訝地問。

「不，不，我可能讓你誤會了。」米勒搖搖頭。「您剛在讀到的文件中的三個模擬事件，只是冰山一角。司法部上星期替馬修．費雷進行『出獄模擬』，系統以大量『變數』去預估費雷獲釋後的生活，例如他的鄰居是一位麻煩的中國人，他在工作地點遇到討厭的事情等等，總共模擬出一萬七千多個結果。不是每一個結果都顯示費雷會再犯案——或是犯下更嚴重的罪案——有些結果是費雷平凡地過活的。問題是，費雷重犯的『機會』極高，在一萬七千多個結果中，涉及犯罪的遠多於沒有犯罪的。系統會計算出受驗者犯下各種罪案的預計機率，然後我們再依據這數字決定是否釋放對方。每個模擬事件都是獨立的，彼此互不干涉，這樣子可以確保模擬的精確性。像剛才您讀過的三個事例，三者都沒有關連，相同的只有費雷本身的『常數』，以及他出獄後會被安排當清潔工這種『有一定規範的變數』。我只是要求系統選擇具代表性、能充分反映馬修．費雷人格的案例，讓您過目而已。我想，通過這三個案例您也會了解，馬修．費雷是個陰險、惡毒、攻於心計、有強烈反社會意識的無賴吧。」

「那麼說，你們每隔一段時間就會替各囚犯進行模擬，就像……考試？」安東尼問。

「對，就像考試。」米勒聽到這位老人家的比喻，再次展露笑容。「每位囚犯每個月都會進行『考試』，只要模擬結果顯示他的犯罪傾向低於某數值，我們就會予以釋放。相反，像費雷這種冥頑不靈的傢伙，只能在監獄裡不斷『考試』，直到某天取得『好成績』為止。這制度大大減低像費雷這類人渣在社會上作惡的可能。」

安東尼挨在椅背上，再次戴上眼鏡，打開手上的文件。「可是這真是太令人難以置信了，這些案例就像是真人的自述，任誰也沒想到這是電腦模擬的結果。」

「這該歸功於數年前人工智慧技術的突破，因為電腦能像人類思考，我們才能夠讓軟體模擬一位現實的人類，去進行種種實驗。沒有這科技的話，SABOTAGE系統根本無法運作。」

「『SABOTAGE』系統？意思是『破壞活動』的SABOTAGE？」安東尼對這個陌生的詞語感到不解。

「那是替州司法部進行模擬的電腦系統名字，就是實質執行剛才我告訴您的做法的機器。」

「為什麼叫SABOTAGE？是……妨礙破壞了犯罪活動，所以如此命名嗎？」

「不，跟我們合作的開發商才沒有考慮那麼多，」米勒笑道：「那只是縮寫罷了。這系統正式名稱是『沙盒策略通用系統（Sand Box Tactical Generic System）』，每個字取首兩個字母，合起來便是SABOTAGE。『沙盒』是電腦模擬技術的一種，例如您收到一封可疑的電子郵件，懷疑附件含有病毒，您一旦打開便有可能感染您的電腦；沙盒就是在您的電腦中模擬出一個跟作業平台相同但孤立的環境，您在這環境打開可疑的附件，萬一真的內含病毒，頂多只對沙盒做成損害，之後只要把整個沙盒刪除便成。我們對囚犯做的同出一轍，就是建立一個接近現實社會的『沙盒』，再把囚犯放進去，看看會不會對社會做成傷害——當然，我們無法把真正的人類丟進電腦世界，所以就用人工智慧『複製』囚犯的人格去進行實驗。」

安東尼知道近十年電腦技術有著飛躍性的進步，孫子們的電腦遊戲已經複雜到他搞不懂他們在玩什麼，但他沒想過這些技術可以如此應用在司法制度上。

「那麼，在那個『沙盒』世界裡，馬修．費雷真的傷害了不少人嗎？」安東尼問。

米勒朗聲大笑，但隨即覺得自己太沒禮貌，連忙收斂起笑聲。「安東尼先生，『沙盒世界』根本不存在，那只是電腦中的一堆零和一，而且在馬修．費雷這場模擬中，系統總共創造出一萬七千多個相同的『沙盒世界』，如果要問這些世界裡的『人』是否存在，這便是哲學問題而不是電腦問題了。」

安東尼似懂非懂地點點頭。以結果而論，這做法確實令奧克拉荷馬州的罪案數字下降，或許當中尚有不少細節備受爭議，但也許適合向聯邦政府推薦——安東尼心想。近年全國的罪案率居高不下，非常時期就不妨使用非常手段，更何況這做法比起加刑或擴大警權來得溫和。

「對了，如果——我是說如果——將這系統應用在其他方面，會取得效果嗎？」安東尼問。「例如輸入某個城市的警員資料，從而判斷出誰有可能跟罪犯同流合污……」

「大概可以，不過，您需要輸入大量的資料，以及清楚目標對象每天的一舉一動。若然數據不足，系統無法肯定它有沒有完整『複製』受驗者的人格，搞不好模擬出來的結果會跟現實大相逕庭哩。」米勒聳聳肩。

安東尼想，這念頭或許跑得太遠了。光是目前的做法，已是司法界的一項重大革新。

「米勒先生，感謝你今天抽空跟我見面。」安東尼站起來，跟米勒握手。「這個『沙盒』系統我會在聯邦政府司法部的報告中向同僚說明，或許將來會有其他州的官員跟你們借鏡。」

「安東尼先生，您太客氣了。您遠道從華盛頓飛來，今晚讓我請您吃頓飯，再慢慢聊一下？」

米勒連忙抓住這個跟政府要人攀關係的機會，他不是沒考慮過繼續往上發展，在國家的核心工作。

「不，我今晚要飛西岸，明早要出席三藩市一個法律研討會。」安東尼把文件收進公事包，準備轉身離去。

「讓我送您。」米勒離開座位。

「對了，」安東尼突然想起一點，「究竟馬修．費雷因為什麼罪行入獄？他以前又幹過什麼？」

「這傢伙是個典型的反社會人格障礙患者，」米勒面露鄙夷之色，「他二十年前，即是二〇〇八年因為不滿某位參議員支持槍械管制，寄了一封附子彈的恐嚇信給對方，警方從信件和子彈的線索找到費雷，這是他第一次入獄，那年他只有十八歲。他一年後出獄，在二〇一二年再犯事。他跟一位報販口角，半夜用車將整個報攤偷走，放在平交道上讓火車撞毀。因為涉及危害列車安全和破壞鐵路設施，這次他被判了三年監禁。」

「那之後是因為妻子有婚外情，毆打對方所以坐牢嗎？」安東尼記得文件中提到這事。

「沒錯是家暴，但他的妻子艾琳沒有婚外情，只是單純因為受不了丈夫的精神虐待而提出離婚，費雷那傢伙衝動地毆打妻子，並反鎖她在房子裡。艾琳被困一天後成功逃走，揭發此事，費雷因為認罪協商所以只以襲擊罪提告，檢察官放棄了禁錮的罪名。這次他被判兩年，法院也一併批准艾琳跟他離婚。」

「不是婚外情嗎？那些模擬結果看來也有不太準確吧，那個模擬出來的費雷老是埋怨妻子有外遇……」

「不，那是後來的事。」米勒皺起眉頭，說：「費雷出獄後，一直處心積慮向前妻報復，在五年前，即是二〇二三年找到移居到鄰鎮的艾琳。當時艾琳跟一個叫詹姆士的男人交往，費雷就使用了陰險毒辣的詭計對付他們。他先聘用一位外貌身高跟艾琳相似的妓女，幾乎每天出入他的住所，令鄰居誤以為他跟前妻復合；一個月後，他用藥——好像是ＧＨＢ——迷昏艾琳和詹姆士，將他們擄走，帶到自己的房子，對女方施加虐待，再放火燒掉自己的家。他布局製造前妻跟自己復合的假象，企圖令人以為詹姆士因為妒忌動殺機，潛進他的房子裡虐打艾琳後縱火，三人同歸於盡，而他僥倖逃出火場。為了這個布局，他沒有綑綁詹姆士，但他沒料到自己下藥份量太輕，詹姆士在大火中甦醒，救出被毒打瀕死的艾琳，再由艾琳揭發事件。」

安東尼詫異地瞪著米勒，他沒想到文件一開始列出的「縱火、嚴重襲擊、意圖謀殺」是指這事。

「費雷這案子當年很轟動，因為艾琳傷勢極其之嚴重，不但失去雙腿，面容也幾乎全毀了。但她堅強地在法院指控前夫的罪行，陪審團一致判定費雷有罪。還好當時剛實行司法改革，費雷的刑期改由系統決定，所以我們今天才能夠繼續把這禽獸關起來。」米勒若有所思地嘆一口氣，說：「如果二十年前我們已有這系統，說不定在費雷犯恐嚇罪時，已能預見往後的惡果，艾琳就能逃過一劫。依我看，費雷這種反社會人渣天性難改，直至老死也不可能通過沙盒系統的審查——或者數十年後那無賴患上不治之症，才會出獄給送到醫院靠機器苟延殘喘吧。」

「啊……原來如此……」安東尼聽罷馬修．費雷的惡行，不禁倒抽一口涼氣。

「所以，或許今天我們真的拯救了一位華裔老人、一位足球界明日之星、一位無辜的少女、一位懦弱的少年、一位潦倒的郵局職員。以及一眾在其他模擬結果中的受害者。那些殘忍的罪行，讓不存在的虛擬人物承受就好。」米勒微笑道：「反正只要按一個按鈕，那一萬七千多個世界就會徹底消失，然後回復本來預設的模樣。」

EP.2〈T&E〉

分手後死纏爛打的男人最麻煩。

我盯著手機，心想是否要設定拒絕接聽名單。通話紀錄最新一筆資料是一長串數字，名稱顯示「茂」，這是我過去一年最常撥打的號碼，最近卻看見這串數字就頭痛。

剛才走出車站東口時接到來電。猶豫一陣子，還是接了起來。

「亮子，妳後天生日，我幫妳慶祝好不好？想要什麼禮物？晚餐吃法國菜如何？」

我嘆口氣，盡量控制自己的情緒——雖然在喧囂的新宿街頭邊走邊講手機，要這麼做的確很困難。

「我最近沒心情。而且，我們已經不可能一起慶祝生日了，阿茂。」

「我知道，可是我真的好想見妳。我、我最近壓力很大……」

對方的哀求參雜吸鼻子的聲音。如果我記得沒錯，這時間他應該在打掃俱樂部後台，準備傍晚上工，現在特地打電話給我，肯定是捺不住寂寞。

但是我也受夠了。最近他仍每晚撥手機訴苦，告訴我前輩們如何惡劣，顧客們如何難搞，男公關這行如何難做。這些我在分手前就聽過了，每隔幾天重複一次，沒想到現在依然沒有改變。今天甚至將來電時間提前，算準我下班，立刻撥過來。

「阿茂，像個男子漢吧。」為了不讓對方有撒嬌的機會，我刻意表現冷淡。

「那個人也是男子漢嗎？如果我拿出男子氣概，亮子會回心轉意嗎？」

「你跟他差得遠了。」我冷笑一聲。

好一段時間，話筒另一端陷入沉默——我差點以為是對方聲音太小，被車流與人聲蓋住。馬路對面就是平價賣場「唐吉軻德」的看板，行人號誌燈即將由紅轉綠，我思索是否要下定決心。

「阿茂。」

「嗯？」傳來微弱的應聲。

「可以不要再打給我嗎？你該工作了吧？好好面對顧客，過自己的生活。」

「亮子，我真的不能沒有妳……」

「別讓我瞧不起你。」

最後這句我刻意放慢語調。語畢，立刻切斷通話。

時序尚未入夜，星期二的歌舞伎町街頭還不到人擠人的程度，橫越靖國通後，我猶豫片刻，決定不走中央大道，往左進入一番街的入口。中央大道會經過一條小巷，阿茂工作的俱樂部就在附近，為避免被店外拉客的他撞見，我打算繞遠路。

電話中我沒說自己在新宿，他應該聽不出來吧？來這裡當然不是為了找阿茂，而是有正事要辦。我思考目的地方位。一番街直走到底，看見松屋招牌後右轉，「櫻桃大廈」應該就在不遠處。阿茂沒有再撥過來，或許已經上工。

沒來由地一陣心痛——像是高高舉起心愛的玻璃玩偶，一把往地上砸。

一年多前，我在俱樂部遇見阿茂。初次光顧沒有指名，業績不佳的他便過來服務。他的外型並不十分出眾，應對也有待加強。我會繼續點他的檯，可能只有一個理由：他不論是說話還是聽人說話，視線從頭到尾都盯著對方雙眼，加上自頭頂兩側垂下的長髮像極了狗耳，讓我想起學生時代飼養的巴奇。

交往後，我發現他的確很像狗，和我見面會異常開心，在床上纏綿時，也會將臉貼在我身上磨蹭。

霞之關公務員與新宿男公關，這樣的組合看似不搭，對我們而言卻是再合理不過。阿茂需要擁抱與鼓勵，防止脆弱的心靈瓦解，我需要一個寄託的對象，以平衡白天被上司責備，晚上找不到人傾訴的空虛。

然而經過一年的相處，我發現他不過是玻璃塑造的人偶，易碎，碎片還會螫手。最後我選擇離開，以免繼續被刺傷。

為了讓他死心，我謊稱自己另有喜歡的人，雖然是單戀，但無法懷著這種心情繼續交往下去……如此簡單明白的藉口，卻導致事後糾纏不清。阿茂仍不時來電，偶爾問起「那男人」的事。八成認為還有希望，只要證明自己勝過「虛幻的情敵」就能有所挽回吧——看見「唐吉軻德」的招牌時，我不禁閃過此想法。

櫻桃大廈出現在眼前，我將思緒拉回接下來的拜訪，開門進入。

雖說是大廈，一樓大廳卻非常簡陋，電梯仍是老式的燈號面板，牆壁也有些斑駁。我望向各樓層的單位招牌，找尋「T&E偵探事務所」字樣。

沒有。大樓有五層，除一樓外的兩層是小酒館，一層看來像是高利貸的金融公司，最後一層是調查外遇、感情問題的徵信所。名稱均與T、E兩字母毫不相干。

為了確認，我從皮包內取出字條。定睛一看，抄寫的建築物名與地址都沒錯，問題在最後的樓層。

上面寫著「一樓」。

我環顧四周。這裡只是普通的大廳，除了前、後門與電梯沒有其他房間，連警衛室也沒有。牆上張貼許多過時海報，範圍也沒有大到可將一整個門給遮蔽。我走出大門檢視四周，確認大樓外沒有其他附加空間。

無計可施之下，我只好撥打地址後的手機號碼。鈴聲響了兩聲被接起。

「我是美古，人在T＆E。」像是年輕人的聲音，卻很低沉。

「不好意思，我是前往委託的新島。人在櫻桃大廈一樓，卻找不到事務所……」

「噢，稍等一下，我過去帶妳。」

對方掛斷後，我發現有一通未接來電，湊巧在數十秒的通話中撥進來。是阿茂。我皺起雙眉——明明說過別再打來了。

我將阿茂的號碼輸入手機的拒絕接聽名單，希望就此耳根清淨。

此刻，大廳響起腳步聲。

皮鞋蹬地的聲音打破沉默，逐漸接近，四周卻看不見人影。直至腳步停止，傳來老舊推門的吱嘎聲時，我才知道聲音是從後門傳來的。

一名男性現身。西裝筆挺，年齡看來比我小，不超過二十五歲。

「抱歉，我在郵件裡忘了說明，事務所要從後門進入。請跟我來。」

他頭也不回地往來時方向走去——

我大步跟上，有些吃力地關上後門。門後的空間是水泥地，一條檐廊通往深處的角落，有個小型建築在那兒。此處應該是大樓後方的垃圾堆放場，卻相當整潔。

不知不覺天色已黑，廊下垂掛的燈泡有些昏暗，無法看清四周。對方目的地似乎就是那個小屋，我忐忑不安跟在其後。

到了盡頭，男人轉身，露出職業性的微笑。

「就是這裡，歡迎來到T&E偵探事務所。」

我大吃一驚。

眼前矗立的，是在公園或橋下隨處可見，遊民用紙箱堆成的屋子。

T1

「請坐，記得脫鞋。」美古推開充當門扉的紙板，指向內部一處空間。

「這……」

見亮子有些為難，美古逕自跨入屋內。亮子這才發現，他穿的是不用繫鞋帶，雙腳一套即可出門的懶人皮鞋，穿脫都很方便。自己穿的是高跟鞋，倒也不成問題，只是進出這種地方，還是會心生抗拒。

「放心，裡面很乾淨。還是妳想站在外面談？」

在美古催促下，亮子硬著頭皮入內。

進入後，發現內部空間比想像中大。原來瓦楞紙箱可以堆這麼高啊——亮子忍不住驚嘆，儘管以一般建築來說，這大小只是後院倉庫的等級。

室內照明使用充電式的緊急燈源。門的對側有一張圓凳，上頭放有報紙、筆記型電腦，以及吃到一半的松屋便當盒。美古在凳子旁盤腿坐下，並以眼神示意亮子。

好歹拿張坐墊給我——亮子明白說出來也無濟於事。由於身穿套裝窄裙，只好席地跪坐。

「我叫新島，之前在郵件裡已經說明來意。這是我的名片。」

美古接了過來，上頭印有「法務省保護局總務課　新島亮子」。

「哦，省廳的菁英。」

「只是僥倖通過國家考試罷了。」見對方面無表情，語氣卻像是挖苦，亮子逕自說下去：「本課奉命調查一樁情報系統錯誤的案件，想請您幫忙。請問……呃，社長該怎麼稱呼？」

「我姓費，叫美古。」美古拉來一旁的報紙，寫上自己名字。「家父是台灣人，所以這三個字要讀成Fei-Mei-Gu，不是Himiko（卑彌呼），我可不是古代邪馬台國的女王。可以省略敬稱，也可以直呼我的名，但不要唸成Miko，我不是神社裡的巫女。」

亮子心想，他是打算說笑吧，但以現在的心情，只能勉強擠出尷尬的笑容。

美古咳了兩聲，說道：「來說說案件的事吧！」

「好的，主要是敝單位使用的系統『仙人掌』被懷疑可能出了問題，導致某位假釋犯出獄後的行動不如預期……」

「等等，」美古揮手制止。「請從頭開始說。雖然妳的郵件內容有談到一些，但我似懂非懂。」

亮子嘆了口氣，她自以為寫得很清楚了。

「美古……先生，」她猶豫一下，決定不省略敬稱。「您聽過『沙盒』（Sandbox）嗎？」

「郵件有提到，但我不太清楚那是什麼。是不是一種測試用軟體？」

「電腦技術的沙盒，指的是獨立安全的模擬環境，通常用於防毒軟體的開發。測試病毒時，會先建構出一個與作業平台幾乎相同的隔絕區域，在裡頭進行可疑檔案的執行與觀察，若出了問題，受傷害的是沙盒，對原有平台絲毫不產生影響。不管測試結果好壞，事後將整個沙盒刪除就好。」

亮子望向對方，很擔心自己這番話不好懂。所幸美古似乎產生興趣，思考一陣，有了正面回應：「前提是沙盒的測試結果，可以套用在原有平台上吧？」

「當然。重點有兩個。沙盒環境必須有複製平台行為的『再現性』，以及測試只對沙盒本身造成影響，不傷害平台的『安全性』。」

「所以『仙人掌』也是一種沙盒？」

「沒錯，這要談到美國的司法改革。」亮子感到疲倦，要重述的前因後果太多了。「二〇三九年，美國奧克拉荷馬州進行的『刑期評估模式』擴大至全國實行階段，許多國家感到興趣，紛紛派遣人員去美國研習。日本也不例外，於四年前組成司法研習團赴美。這套模式使用的系統SABOTAGE……我不記得全名是什麼了，總之是利用沙盒原理，分析受刑人的心理數據，預測他們出獄後的可能行為。」

「我有印象，前年報導有提過。是不是會根據一些變因，寫出不同狀況的劇本，藉此分析更生人再度犯罪的比率？」美古恍然大悟。「原來是利用沙盒原理啊！那『仙人掌』又是？」

「當時參與司法研習的人員，紛紛將技術帶回，並結合社會學顧問團隊，開發出符合國內現狀的版本。您知道法務省在二〇三〇年，底下成立『情報管理局』，藉以控管國內受刑人、更生人等龐大的背景資料吧？開發小組的人都是該單位成員，局長更是那位司法改革者加利．米勒的得意門生。」

亮子想起局長室內經常看見的，那位頭髮灰白卻目光炯炯，透露出濃厚自信的西方人照片，他一手搭著剛步入中年的竹內局長肩頭，另一手比出V字，看起來就像個大頑童。反倒是局長笑容有些僵硬。

「所以情報管理局開發的系統，就是『仙人掌』？為何取這個名字？」美古好奇問道。

「日本是第十個發表成果的國家，所以取名 SABOTEN（仙人掌）……」

亮子察覺美古嘴角微微上揚，雙頰不禁泛紅。她認為命名者——雖然不知道是誰——想必太過苦悶，才會想出一個像是冷笑話的名字。如果可以，她根本不想解釋來由。

「我大致明白『仙人掌』的用途了。可是如果出了問題，應該是情報管理局的事，又怎麼和你們保護局扯上關係？」

「那是因為……」亮子舔舔嘴唇。「抱歉，可以幫我倒杯水嗎？一直說話口有點乾。」

「啊！失敬失敬。」

美古從地上彈起，做出歉疚的表情拉開瓦楞紙門，衝出紙箱屋。留下有些錯愕的亮子。

（看他這樣，該不會去附近公園的水龍頭取水吧？話說回來，紙箱屋裡的人竟然穿西裝，也太詭異了。不過考量偵探需要到處問話的工作特質，西裝或許比穿得像遊民來得方便？不，也要看對象是誰……）

她環顧四周，除了圓凳、筆記型電腦、一床棉被，以及紙箱組合的簡陋衣櫃外，屋內沒有其他家具。這裡真的具備生活機能嗎？基本的水、電都沒有，很難想像這裡能住人。

十分鐘後紙門被推開，美古那稍帶稚氣的臉孔探進來。

「可以冒昧請教一個問題嗎？」亮子劈頭便問。

「請說。」

「那個……您真的住在這裡？還是這裡只是『事務所』，您另有住處？」

美古愣了數秒，哈哈大笑。

「妳該不會以為，我是個有怪癖的人，有錢穿西裝、住高級公寓，卻選擇這種地方接待顧客，目的是看他們困擾的表情？」

「我不是這個意思。」

「告訴妳，這裡就是我的家。樓上的兩位媽媽桑人很好，一位讓我借用浴廁，一位每天都會招待我一杯飲料。」美古斂起笑容，遞出手中的馬克杯——亮子想起大廳的店家配置。櫻桃大廈有兩層樓是小酒館，想必他的筆記型電腦和手機需要充電時，也是借用某個店家的電源插座吧！

她接過馬克杯，裡頭的白色液體冒著熱氣，傳來濃郁的香味。看來對方跑這一趟，要的不僅是水而已。

「是熱牛奶吧？謝謝！我很喜歡。」

「有點不一樣，喝喝看就知道。」

透過杯身傳來的溫度沒有很燙。亮子對杯中飲料吹了幾下，喝下一大口——

她立刻吐了出來。

「這、這個味道！莫非是……」

「啊，不合妳胃口嗎？這是熱巧克力，不過是用白巧克力做的。」美古對她誇張的反應感到驚訝。

「豈止不合胃口！」亮子聲音不自覺拉高，隨後察覺自己的失態。「不好意思，個人喜好問題，我不是很喜歡巧克力。」

「白巧克力嚴格說來不算巧克力，它沒有加入可可粉，是用可可脂做的。」

對亮子而言，不論是白巧克力還是黑巧克力，類似的甜味都會令她作嘔。過去不知情的阿茂曾帶她去吃巧克力鍋，她差點當場翻臉。現在她只想將嘴裡的味道洗去。

「可以借個洗手間嗎？」

「啊？」美古也察覺對方臉色有異。「請到三樓的『紫陽花』，跟媽媽桑說是一樓客人就可以了。」

亮子立刻奪門而出。

望著她的背影，美古嘆道：「果然第一次都會搞砸嗎……」

亮子不僅是漱口，還向媽媽桑要了牙刷，折騰一番才回到紙箱屋。

「回到剛才的話題吧！你們保護局是怎麼介入的？」美古催促道。

「敝局的管轄，」亮子總覺得口中味道揮之不去，心情相當糟。「是推動少年犯的保護觀察，以及各矯正機構受刑人的假釋事務，進而協助他們回歸社會，防止再度犯罪。」

「所以和『仙人掌』有密切關係。」美古點頭。

「這項系統畢竟剛引進，要進入美國那樣的司法革新——以系統分析結果決定罪犯刑期——還有很長的路要走。目前做法，僅是應用在假釋申請上。各地區的『地方更生保護委員會』為受刑人安排心理醫師，用攝影機觀測其行為模式，並定期進行測驗，提供數據給我們，我們再轉給情報管理局。各委員會在決議是否核准申請時，會參考『仙人掌』分析結果。」

美古在腦中想像一來一往的文件傳遞。

「真是繁冗的官僚程序呀！為何不讓地方委員會直接使用『仙人掌』呢？」

「許多資料得靠專家解讀，操作系統也需要技術，受限於專業人力，目前只能由中央控管。」

亮子對美古的大放厥詞有些不悅。

「我懂了，妳剛才說『仙人掌』出問題了對吧？請詳細說明。」

亮子呼口氣，終於可以進入正題了。她取出一份文件，上頭印有某人的刑務所檔案。美古接了過來。

「近藤充……是吉良組的人啊！」

照片上剃著平頭的青年，眼神相當空洞，但仍殘留濃厚的黑道氣息。

「應該說『曾經』是。他因為殺害組內弟兄，入獄後就收到組織的破門狀，也得以在十五年後申請假釋——如果仍是暴力團成員，是不允許提出的。但『破門』有可能只是做做樣子，之後還有回歸的可能。只是我們根據行為、心理數據，分析各種可能狀況，都沒有顯示他出獄後會和暴力團接觸。」

「所以……預測失準了？」

「很有可能。」亮子垂下雙眼。「近藤出獄後，有段時間表現良好，似乎已成功融入社會。但一個月前，他被警方發現協助販毒，您知道毒品這東西……」

「背後一定有團體。」

「警方懷疑就是吉良組。正打算循線逮捕近藤時，發現他死在公寓裡，右側太陽穴被轟了個洞，手裡握著手槍。究竟是自殺還是他殺，目前尚未水落石出……這不是重點，以往『仙人掌』的分析結果，出錯率幾乎是完美的零，因為這個事件，法務省顏面掃地，要敝局進行內部調查。」

「內部調查？不就是系統失靈嗎？」

「還不確定。相關的人不少，地方委員會保護觀察官提供的資料、情報分析課的操作、分析結果的解讀，都牽涉其中。如果資料有誤甚至造假，那就不是系統失靈，而是人為的問題。」

「但也不該由你們調查吧？應該由專任的監察機關……哦，我懂了。」

美古露出別有深意的笑容。亮子覺得他像是豺狼，正在打量什麼，感到很不舒服。

「你們打算揪出內鬼，然後儘可能掩蓋這件事。」

「別說得那麼難聽。在正式的調查前，得先有個……」

「不用解釋了。反正，我大致明白你們委託民間機構的理由。」

「我們會提供相當的報酬。」

「不愧是省廳。」美古語帶諷刺。「妳說說看，我能幫上什麼忙？」

「其實我也不知道……」亮子有些語塞。「按照一般方式，應該先提供關係人名單，再請你針對他們個別調查……」

「那個委託五樓的徵信所就可以了。」美古哼了一聲。

「我知道，但因為事態緊急……我在網路上搜尋一些評價，要在短期內破案，唯有委託你們。」

亮子想起一些網友對T&E的描述：「五天內保證破案？」「快刀斬亂麻的神探！」自己當初就是衝著這點選擇這裡。竹內局長聽到評價也面露好奇之色，直說一定要找他們。

只是沒想到找上了奇怪的人，不僅住在這種地方，還是個會穿西裝、講話有點刺耳的遊民。

話說回來，好像有網友提過：「事務所有點特殊，但偵探本人很好相處。」後面那句話暫時感覺不出來。

「妳看到的，都是過譽之詞。」美古臉色一沉。

「您謙虛了。他們還說，您有洞察人心的能力，以及見機行事的判斷力。許多案件都是因為您的果決行動，得以順利解決。啊！不如這麼辦，」亮子擊掌。「我在詢問關係人時，您在一旁觀察他們，找出說詞破綻。小說裡偵探都是這麼破案的……」

「我說真的。要論偵探能力，我可能是有史以來最差勁的。」美古站了起來。「問案的工作，許多人可以做得比我好，我相信新島小姐也沒問題。」

亮子有些慌了，對方打算送客，戴高帽似乎造成反效果。然而她經過幾天調查，承受上級不少壓力，早已心力交瘁（還得應付阿茂騷擾——），T&E對她而言，無疑是最後的救命稻草。

事實上，美古的確不打算接受委託，他不想成為公權力的走狗。自己要幫助的，是缺乏正義伸張的庶民百姓，不是想掩蓋真相的無恥官僚。

就在一方打算說服對方，另一方思索如何拒絕時，亮子的手機響起。

是不知名號碼來電。

「喂……是你？我不是叫你不要打來嗎？」接起的瞬間，亮子表情明顯泛著怒意。「事到如今你又想說什麼……咦？等等，你說你在哪？別做傻事啊！」

亮子臉色霎時變得嚴肅，臉色漸漸發白，語調也透露著擔憂。

「你在那裡不要動，我馬上過去！」

她收起手機，向美古欠了欠身，說了聲「我們之後再談」，便拉開瓦楞紙門告辭了。見她急迫的樣子，美古也沒有送客，省得耽誤對方時間。

屋外已是一片漆黑。美古仍坐在斗室裡，思考剛才的會面。

這樣就行了，沒有必要協助他們。自己的能力不該浪費在這種地方。自己未捨棄遊民生活，不搬入公寓套房，不是為了做這種事的。雖然新島小姐看來只是奉命行事，對她不好意思，但拒絕才是上策。

他靠在牆上，感受紙箱屋的觸感，嗅著瓦楞紙特有的氣味。

一小時後，屋外傳來警笛聲……

R

我跨入屋內，呼喊大河的名字。

通常一開始不會有動靜，偶爾會在未點亮的角落瞥見碎動的暗影，頃刻後聽見一聲細柔的「咪嗚」，一根粗胖的尾巴現身——大河將前半身隱藏在餐廳桌椅後方——這是牠對我的回應，今晚也不例外。

直到將貓食倒入飼料碗，大河才會拖著圓滾的身軀挨近。用餐時，正眼都沒瞧我一下。這隻剛邁入第九年的老虎斑，對主人當下心情掌握得一清二楚。

我倒向沙發，心頭的陰霾早已一掃而空。腦中淨是今晚的拜訪。

真不可思議，明明下班時的情緒還那麼糟。

打從那個名叫費美古的男人在櫻桃大廈後門現身，我就隱約感受到一股異常的神祕。沒想到身穿西裝的他，竟居住在遊民的紙箱屋裡！不過他倒頗識大體，知道裡頭無法談事情，便邀我到二樓的「朝顏」坐坐。

入店後他並未詢問我，一坐下即開口：「媽媽桑，一杯熱牛奶，我要柳橙汁。」

「歡迎光臨！唉呀，今天顧客是年輕漂亮的女孩子。」

媽媽桑看起來很成熟，也比我美麗許多。雖知道是恭維話，我還是暗自竊喜一番。

「你知道我喜歡熱牛奶？」我問道。

「偵探對委託人有基本程度的認識，本來就是必要的。」他說這話時，臉色漫不在乎地望向窗外。

飲料送上後，我們談起委託的事，他對於「沙盒」與「仙人掌」已有相當瞭解，很快便進入正題。過程中他凝神傾聽，我提及「內部調查」目的時，也僅是輕微頷首，並未表示意見。

陳述完畢，他低頭沉思片刻，不久後雙手一拍。

「新島小姐，我對『仙人掌』有點興趣。請務必讓我參與調查。」

心中一塊大石落了地。

「您能答應真是太好了。非常感謝！我明天會去埼玉拜訪第一位關係人，到時還請隨同前來。」語畢，我手伸向桌上皮包。

「啊，不多喝幾杯再走嗎？」出聲的是媽媽桑。

「我也想多聊聊。」美古望向我。「媽媽桑，一杯『山崎』，二十五年的。」

我佇在原地。對方既已答應，今晚任務便算完成，多聊一些也不壞。

我點了麒麟啤酒，對我而言其他酒類都太過強烈。

「保護局的總務課，一般而言都在做什麼呢？」他問道。

「有很多。我處理的，是和各地方更生保護委員會的聯絡、調節工作。」

我不太願意將職場話題帶入對話裡，故不打算多談，僅是虛應幾句。

為了轉移焦點，我提出目前為止好奇的一件事。

「事務所為何叫 T&E？和偵探的名字無法聯想起來。」

「我父親名天洋（Tien-yang），母親名江里子（Eriko），如此而已。」

此刻，他的眼神瞟向遠方——或許想起自己的父母。

話題轉向他的職業。

「朝顏」除了我、美古與媽媽桑外沒有其他顧客。要說年輕，身旁這位男性應當年齡最小，但舉手投足缺少社會新鮮人特有的稚氣，反倒充滿自信，這份自信反映出眼神的冷漠與漫不經心，卻又可以從語氣與舉止間感受其熱情。

「那偵探工作又是甚麼呢？就是小說中寫的那樣嗎？」

他笑道：「大家都以為偵探只要觀察、動腦就好，那是很大的誤解。涉入案件的時機，判斷下一步該採取的行動，乃至於真相的表達，都是偵探應該培養的能力。」

我饒富興味地聽著與自己截然不同的領域話題。並肩坐在吧檯，談話時視線並不常落在彼此身上，卻可從話語間感受對方心思。

他說話的方式，令我想到大河。

巴奇離開世間後，我從寵物店抱回大河飼養至今。一直覺得我們就像分房睡，有各自生活的夫妻（雖然未婚的我這麼說很沒說服力——），牠只有吃飯時才會湊過來，與巴奇相反，我們鮮少有眼神交會，但牠偶爾露出的粗大尾巴，以及我躺在床上時不斷從我眼角餘光掠過的行徑，讓我知道牠在意我。

隨著話題延伸，酒量不好的我也順勢喝上數杯。畢竟喝的是啤酒，還跑了兩次洗手間。

離去前，我談及自己在網路上搜尋到的，針對T&E的評價。

「美古先生，網路上都說您最多五天內就能破案。」

對方僅是莞爾一笑，說道：「要論偵探能力，我可能是有史以來最差勁的。」

這話像是自謙之詞，但不知怎的，我覺得他的語氣很認真。

「咪嗚——」

大河的叫聲將我從回憶拉回現實，我定睛一看，牠又移出我視線之外。

今晚酒喝多了。我拖著微醺的身軀，取出皮包內手機走向臥室。

此時，我發現手機燈號在閃爍——那是有未接來電的信號。是不知名號碼，還撥了三次。

看來自己在不知不覺間，將手機設定為靜音模式了。我思索片刻，已經過了午夜，不知道對方身分也不便回撥。

我無視那一串號碼，將手機置於床頭側，倒向床墊進入夢鄉。

從上野轉乘JR至「埼玉新都心」站，自西口走出時，美古已在我面前揮手。

「等很久了？」

美古搖頭。他今日衣著較休閒，肩上背著大型運動包，看起來毫無偵探架式，倒像是經常上健身房的青年。

這次的訪問目標，是「關東地方更生保護委員會」的保護觀察官。從車站步行至委員會所在的合同廳舍需七分鐘，一路上我倆根據接下來的狀況交換意見。

「等一下新島小姐和她一對一交談，我在一旁偷聽。」

「偷聽？有這麼容易嗎？」

「附近有一家咖啡館。我實驗過了，最深處的兩個桌位隔著一道牆，那牆壁隔音效果不佳，卻可使人放鬆戒心。妳們用一般音量交談，我一定聽得見。」

我上下打量他。難怪他不穿西裝出門，壓根兒就不想和關係人直接碰面。

「有需要我提出的問題嗎？」我仍感到不放心。

「問妳想問的便可。啊，請多問一點，時間拖愈久愈好。」

我懷著疑惑進入廳舍，走向一樓櫃檯，說明自己要找委員會的白石小姐，先前已聯絡過，請她至附近的咖啡廳詳談。服務人員請我稍待片刻，隨後告知我白石小姐已知悉，會在稍後前往。

我進入咖啡廳，美古已等在那裡，我們交換眼神後各自入座。

十分鐘後，第一位關係人白石香現身。

T 6 3

打從見到白石的那一刻起，亮子就覺得她在擔憂什麼。這位已步入中年的女性未施脂粉，視線一直盯著桌面，彷彿上面有不祥之物，再加上有些下垂的眼角，使其臉孔看來更像「不安」的集合體。

「新島小姐，是為阿充的事情而來吧……」

「正如我在郵件中提到，最近他身上的一連串遭遇，和『仙人掌』的分析結果有很大出入。總務課想釐清一下責任歸屬。」

亮子觀察對方表情。白石稱呼個案為「阿充」，而非姓氏近藤——她思考其中是否有任何涵義。

「就我的觀察，阿充在出獄前的四、五年期間，表現十分良好，勞動勤務很認真，與其他受刑人之間也沒發生任何衝突。」

「假釋後的狀況呢？」亮子問道。

「都很好，工地沒出什麼狀況，和同僚也相處融洽。直到上個月……」

亮子心想，近藤的外在表現對她的調查而言，其實不具任何意義。有些人天生就戴著一副假面具，當事人的心理狀態才是重點。

兩人之間陷入短暫沉默。率先打破的是亮子。

「白石小姐，妳也知道我是為了『仙人掌』的事而來……」

「我明白，妳想說我認為阿充是怎樣的人，對妳而言不重要吧。我觀察這孩子很久了，也不敢說他完全不會演戲，但我不認為阿充有這麼大的意志力，可以演這麼久。他周遭的人都說他很隨和，換個說法就是……沒什麼主見。」

「這樣的人，不是很容易被集團利用嗎？」

「有哪個團體會想要他？」白石聲音逐漸變大。「他殺了組內的人，在道上已是惡名昭彰，不會有組織想吸收的。但說什麼……破門只是表面工夫，出獄後還會回歸吉良組……這更不可能！他親口跟我說，自己幫組織除害還被斷絕關係，對那個組已經心灰意冷！」

亮子盯著眼前女人的臉。身為對方上級，她感覺白石散發著一股名為「反抗」的氛圍，或許對方年齡比自己大上許多，說話才會口無遮攔，但仍覺得這樣的反應有些異常。
她視線不自覺瞥向身旁牆壁——不知美古對談話內容有何感想？
「對不起。」白石按著眼角。「妳不會想聽這些吧。應妳的要求，我將資料帶來了。」
對方將入座前置於一旁的資料夾打開，取出一疊厚文件。

美古耳朵緊貼牆壁，內心充滿焦躁。
「這個ＡＳＰＤ（反社會人格障礙）的DSM-VII-TR某些數值，在申請假釋前兩年還很高，之後開始逐年下降。那年發生了什麼事嗎？」傳來亮子的聲音。
「就我的記憶，應該沒有直接造成阿充轉變的事件。推測是他那年對宗教產生興趣，心境上有了變化……啊，刑務所內有提供書籍借閱，那時他常借一些佛學課本來讀。」白石似乎早料到對方會有此一問，回答相當流利迅速。
「這樣嗎？那關於這邊的數據……」
兩人進入資料分析的專門領域，美古聽得有些心不在焉。事實上，他打從一開始就對談話內容不甚關心。
他在等待「機會」。
（照這步調，十幾分鐘後便會結束，不趕緊行動的話……）
他下定決心，取出手機撥了這家咖啡廳的櫃檯號碼。話筒傳來服務生的聲音，美古向對方傳達自己要求，說話時壓低音量，以免被隔壁聽見。
不久後聽見腳步聲，走向牆壁另一邊的桌位。

「客人不好意思。請問哪位是白石小姐？」

「是我。」年長的女聲應道。

「櫃檯有您的電話。」

聽見白石起身的聲音，美古立刻按下手機某個按鈕，輸入另一支號碼——那是通往櫻桃大廈四樓「快樂金融」的專線。

傳來一道低沉的男聲。

「小子，又是你。什麼事啊？」

「誠哥，不好意思，幫我拖住一個叫白石的女人，拜託你了。」美古仍不忘壓低聲音。

「還來啊？」對方有點不耐煩。「算了，下不為例。」

聽見對方應允，美古立刻在手機上鍵入指令。

大功告成。如此一來，兩支電話便會接通，誠哥想必會扮演「討債者」糾纏對方，最後說自己找錯人而連聲道歉吧。

美古不想浪費時間，直接起身走向隔壁桌位。

見他現身，亮子的表情掩不住驚訝。她似乎想開口，被美古豎起食指制止，他看向桌面，找到了「目標」。

白石並不是手機不離身的人。美古拿起她的機子，關上電源，從口袋取出螺絲起子，迅速進行拆解動作。

「你在做什麼……」亮子看得瞠目結舌，不禁脫口而出，隨後被對方眼神震懾，連忙掩口。

美古自手機電路取下一塊晶片，換上另一個迷你黑色圓盤，最後將外殼拴好。整個過程不到兩分鐘。

（監聽？）

亮子腦中浮現這個字眼，卻沒問出口，僅看著完成這一切的美古揚長而去。

「你要我說幾次！我沒跟你們借錢！弄清楚對象再撥好嗎？」

櫃檯傳來女性怒吼聲……

R

談話結束，我和美古走向ＪＲ車站。我很好奇，從我與白石的交談，他究竟能聽出多少端倪。然而出咖啡廳後，他一直默不作聲。

「對於她的說法，偵探先生怎麼看？」我決定直接詢問。

「新島小姐呢？又是怎麼想的？」

「我？」沒料到他直接反問。我思考片刻說道：「我發現她稱呼近藤為『阿充』，兩人真的只是職務上的關係嗎？她說話語調經常不自覺拔高，彷彿擔心談話內容洩漏了什麼。此外我對那些數據也有疑問，人的反社會傾向，真的會在一年內大幅降低嗎？當然，如果資料被竄改就另當別論。我認為有必要對白石深入調查……」

美古拍手道：「沒想到妳能發現這麼多。有意思，白石這人的確有個祕密，我相信和妳想的相去不遠。」

「祕密？是什麼？」

「妳們去櫃檯結帳時，我不是跟在身後嗎？」

我回想當時的狀況。原本說好我與白石道別，等她回廳舍後再和美古會合。沒想到結帳時美古突然現身，嚇了我一跳。幸好他並未上前攀談，僅裝作不相干的客人，碰巧一同結帳。

「白石掏錢出來時，我瞥見她的皮夾……」美古咧嘴一笑。「裡頭有她與某人的合照。」

「合照？難道是……」我睜大雙眼。

美古頷首，證實了我的猜測。

「會將與男性的合照放在皮夾內，那人不是丈夫、兒子就是情人吧！至少是相當於這三種人的存在。不論哪一種，的確說明白石對近藤有特別的感情。」

「那她果然很可疑……」

「新島小姐，」美古抬起手。「這就是我要說的。接下來將焦點放在其他人身上吧！對於白石香，我們可以不用調查了。」

「咦！為什麼？」我對這突然的結論感到吃驚。

「的確白石對近藤懷有特殊情感，但也僅此而已——談話時她語氣的不自然變化，大部分是出自對近藤的私心袒護，以及擔心被發現這份私情的焦慮感而已。要說她竄改資料使近藤的假釋得以成功，是毫無根據的。」

我們到達JR的埼玉新都心站，卻都不想進入剪票口。對我而言，美古的調查方針令我難以理解，當下沒了結心情會不痛快。

「可是在我看來，假釋前兩年的數據的確不自然呀！」

「的確不自然。但可能性有很多，不一定是數據更動。」美古回道：「如果妳真的有短期內破案的壓力，還是聽我建議吧！省去無謂的調查。」

情緒瞬間被激起。面對年紀比我小卻大放厥詞的偵探，我雙手扠腰，瞪著對方。

「美古，」我無意間省略了敬稱。「你有什麼根據可以排除白石嫌疑？」

「這個嘛……」他似乎不以為意。「『偵探的直覺』吧！」

「我只知道刑警會依據直覺調查，沒想到優秀的偵探也是如此。」

「就說我不優秀了。」面對我的諷刺，他苦笑道：「妳就當作我不僅能聽聲音判斷一個人，還能未卜先知，知道追查下去是無意義的。」

「你真有預知能力再來說這種話。」

「那來打個賭吧！」他思忖一番，臉不紅氣不喘地說道：「現在晴空萬里，如果抵達上野時下起大雨，妳就聽我的話。」

我取出手機，檢查今日的天氣預報——關東地區整日晴朗。

「一言為定！」

彷彿以這句話為信號，我倆跨入剪票口，搭乘手扶梯至月台。話匣子瞬間關閉，我們凝視天空的一片蔚藍與少許白雲。進入電車坐下後，我們仍不發一語，一味盯著窗外景色猛瞧。在旁人眼裡，我們想必就像鬧彆扭的情侶。

「妳有帶傘嗎？」

美古邊這麼說，邊笑嘻嘻地從運動包裡取出小摺傘。上野車站的剪票口外堵著一批人潮，大部分是被突然的雨勢困住。也有不少人撐起便利商店購買的透明雨傘。

S.T.E.P.

真不甘心。這個人只是運氣好。

「真不愧是有預言能力的 Himiko。」我反唇相譏。

「別擺一副臭臉，我請妳喝咖啡。」美古指向對面一棟建築。

思考片刻後，我點頭應允。反正今天公出，可以不用回霞之關的辦公室。

在摺傘的遮蔽下，我們快步橫越馬路，進入一家老字號咖啡廳。入座點餐後，美古立刻談起接下來的調查對象。

「桑原淳平……」他盯著我取出的個人檔案。「是省廳的人？」

我點頭說道：「是情報管理局情報分析課的分析官。近藤的心理數據就是由他操作，輸入至『仙人掌』產生模擬劇本。」

「所以有可能刻意更動操作程序，產生錯誤劇本。」

「沒錯。如果你有興趣，明天來霞之關一趟，我可以約桑原出來。還是……」我促狹笑道：「你的『直覺』認為他和案件無關？」

「不，」他絲毫不受影響。「雖然跟我想法不同，還是可以試試。」

「你的想法？」我沒放過他話裡的意思。

「新島小姐，妳覺得『沙盒』有什麼漏洞？」

美古突然的提問使我愣住。我開始思考。他說的是「漏洞」而非「缺點」，想必是指沙盒的「安全性」吧！然而我左思右想，無法猜出他的心思。

見我沒有反應，美古說道：「我在閱讀妳的郵件後，上網查了些資料，看到某種說法，或許能有所突破……」

「是什麼？」我探身上前。

「郵件裡用了防毒軟體舉例。可疑檔案先在沙盒中執行——以觀察是否含有病毒，該沙盒完整呈現原有平台的行為——若出了問題，將沙盒刪除就好，對平台不會有任何影響。」

我點頭。這的確是說明沙盒原理的最佳範例。

「那麼，有沒有一種可能：如果這病毒很聰明，可以產生『受測自覺』——也就是知道自己是身在沙盒，還是在原有平台裡——那它會不會針對所處環境呈現不同反應呢？也就是說，在沙盒中不發作，平台上執行才會中毒？」

「你說的這點，基本上不可能。」我反駁道：「沒有任何管道可以通知病毒，讓它知道自己是否在沙盒裡。如果它具有強大人工智慧，可以藉由和所處環境的互動，去推測環境是否為沙盒，那這沙盒的模擬本身就有問題，也就是『再現性』不足。」

「是啊。」美古的臉突然湊上前。「可是啊，『仙人掌』系統對受刑人的測驗程序，難道沒有這個問題嗎？」起初我還不太明白他的意思，思考一番後，內心一陣衝擊。

「看來妳發現了。你們針對受刑人安排那些心理測驗，難道不會讓他們意識到自己正在『考試』嗎？多次考試下來，再笨的人也會有所提防吧？當然，我相信那些測驗都有加入測謊機制，可以驗出大部分的『受測自覺』並加以修正，但測謊機制不是萬靈丹，有可能存在漏洞……」

「等等，」我打斷美古，試圖穩定心緒。「你剛說是上網找的資料，在哪找的？受測自覺與『仙人掌』的關係，又是誰的說法？」

「某個祕密論壇上看到的文章，發文者自稱是『人科共進會』的一員。」美古回答。

我翻了個白眼，毫不掩飾內心的怒意。

人科共進會（全名似乎是「人類．科技共同發展促進會」）是著名的反動團體，近幾年來，一直抓著政府的科技政策窮追猛打。成員們除了在各論壇發表文章攻訐，據說還有精通電子戰的狠角色，主導幾樁著名的癱瘓行動。

該組織不僅名氣大，行蹤還很神祕，雖然偶爾有人在網路上自稱其中一員，卻老是無法揪出其身分，有時是虛擬帳號加多重ＩＰ，有時是快查出時系統出了問題。合理懷疑他們已經有人滲透至政府單位，才能如此猖狂。

「你相信那樣的話？」我回道：「你是不是認為受刑人會找出測謊機制，針對心理測驗作弊？別開玩笑了！一般而言，除非受測者具有極高的解構能力，這些漏洞不會被發現。且各地方更生保護委員會提交上來的資料，不是只限於測驗數據，還包括對受刑人的日常觀察影像……還是你覺得有人演技很好，可以將自己細微的一舉一動控制得恰到好處，使『仙人掌』判定無辜？」

「並非完全不可能吧？妳所謂的影像，是不是只截取一些像是四肢、頭部或眼球的肌肉運動特徵，頂多加上體溫作為觀察資料？只要掌握特徵就可以蒙混過去？」

我默然無語。因為內心明白，日本對人類影像方面的心理分析技術，遠遠不及美國。

「近藤說不定是天生的演員。」美古乘勝追擊。「或許他沒有分析的智慧，不知道怎麼做才能鑽漏洞，但如果是別人告訴他呢？一個通曉沙盒系統機制，對『仙人掌』評析標準相當瞭解的人。」

那豈不是內賊——我內心蒙上一層陰影。若真是那樣，問題就更加嚴重。我們面對的是一個瀆職公務員，更是狡猾的智慧犯。

「看來加深妳的不安了。」美古視線從我臉上移開。「不用擔心，包在我身上，我會盡力解決。明天先從桑原著手吧！」

他起身去一趟洗手間。望著他的背影，我突然湧現一股無力感。

此刻手機鈴響。我心不在焉地接起——隨後才發現來電是一串陌生號碼。

「喂？亮子，是我。妳明天……」

「不要煩我，阿茂！」

聽出話筒另一端是誰後，我不假思索破口大罵。

隔天中午，我與美古相偕進入麥當勞時，遇見熟悉的人。

「竹內局長！」我像個小女孩般揮手。

一名中年男子接過店員遞來的塑膠袋，緩緩轉過身來。雖已年屆五十，髮量仍相當濃密，往後梳的銀髮平整地貼於頭頂。銀框眼鏡後是一對目光炯炯的雙眼。襯衫下的臂膀相當結實。

「唷。」他綻開笑容，走向我們這裡。「是新島姑娘。」

「局長又在吃垃圾食物了。」

他苦笑道：「餐廳的東西不合胃口。」法務省廳舍位於霞之關一丁目，他卻經常來二丁目的麥當勞買午餐，這習慣到現在依然沒變。「新島姑娘不也來了？」

為了避開法務省的耳目，我刻意選在這兒，沒想到還是撞見熟人——不過竹內局長應該沒關係。

「今天是有要事才會來。」我指指身旁的美古。「這位是T&E的人。」

「T&E？」局長扶起眼鏡，端詳眼前的年輕人。

「就是那個呀，五天內可以破案的神探。」

局長聞言倒抽一口氣，面露驚訝之色。瞬間擠在一起的五官頗為糾結，彷彿看見什麼超越人類常識的東西。

「哎呀呀，原來是名偵探！失敬失敬。」

「這位是情報管理局的竹內局長，之前在保護局是我的上司，很照顧我。『仙人掌』就是他催生的。」我向美古介紹對方。

「那是集眾人之力的成果。」局長笑道，從口袋取出印有「竹內邦雄」的名片。

「你好。」美古接了過來。

「偵探先生，」或許是顧慮到旁人，局長刻意壓低聲音。「萬事拜託了，務必找出原因，敝局正值危急存亡之秋，需要救世主……」說話時，雙掌還握住美古接名片的手，像候選人拜票似的上下搖動起來。

「局長，」我被他誇張的行為逗得發笑。「沒這麼嚴重吧！」

「也差不多了，我承受的壓力可不亞於妳。」局長搔搔後腦勺，對美古深深一鞠躬。「拜託你了。」

受到對方影響，美古也回敬一禮。

「小的會略盡棉薄之力……」

兩人誇張的肢體言語，令我忍俊不住。

竹內局長離開後，美古問道：「他是不是一直都這樣啊？」

「視情況而定。以剛才的程度，我可以確定他壓力的確很大。」

「這樣嗎？妳一提到『五天內破案』時，他的表情真不是普通地誇張。」
「那是他處理壓力的方式。」
「壓力嗎？」美古托著下巴，露出若有所思的神情。
此刻，我看見一個圓滾滾的身軀從落地窗另一側狂奔而來——模樣像極了汽球。我立刻走向門口。
一道身影進入麥當勞。
「新、新島小、小姐，對不起來、來、來晚了……」
眼前這位喘著粗氣，滿頭大汗的口吃男子，就是今天的詢問對象桑原。

T87

「我、我只是將近、近藤的影像與心、心理數據，搭配各、各種變、變、變數與常、常數，去執行仙、仙人掌而已。過程完、完全符合標、標、標準作業程、程序……」
亮子後頸直冒冷汗——八成因座位後方就是冷氣出風口之故。她正聆聽對方說話，視線焦點卻聚集在眼前的可樂杯。
對側的胖男人宛如唱起名為〈我很清白〉的饒舌歌，唸著節奏不一的緩板 rap。他的每一個重複字彙打在耳膜上，像是強調的重低音，令亮子聽來倍感吃力。談話過程相當緩慢，再這樣下去午休時間就結束了。
話說回來，亮子經常在廳舍遇見他，兩人卻從未對話過，事前聯絡也靠電子郵件進行，今天才知道對方有口吃毛病。

「我讀了關鍵的 SC0007385 號劇本。」亮子揚起手中的複印本。「與現實相同，劇本裡近藤出獄後被安排至工地勞動。還模擬一些可能情況，像是工地裡出現不良分子，甚至遭黑幫組織滲透時，近藤的反應與行動。」

嚴格說來，不可能存在出獄後完全沒問題的假釋犯，即使是現實中表現良好的人，在成千上萬的劇本模擬中，一定能找到一、兩個迫使他們鋌而走險的情況。一般而言，只要負面狀況比率很低，就可以作為假釋核准依據，政府所做的，就是評估比率高低，並妥善安排受刑人歸處，以避開「再犯罪」的可能。

「在劇本中，近藤和同僚相處融洽。然而，一旦發現職場有不良團體滲入時，」亮子豎起食指。「近藤就會產生厭惡感，進而疏遠他們。保護觀察官提過，他因為幫『吉良組』肅清內鬼而犯下殺人罪，卻反被組織背叛，或許是過去陰影造成的心理反應。」

「那是當、當、當然的，我、我也看了近藤的數、數據，的確可、可、可能呈現這種狀、狀況。」

桑原拾起餐盤裡的大麥克，一口咬下。亮子心想，看他的身材與食量，來這裡用餐的頻率可能比竹內局長還高。

「這份劇本裡的近藤，最後沒有參與犯罪。地方委員會想必也是根據這點，安排他去工地吧。可是啊，卻發生了與劇本背道而馳的情況，近藤被某組織吸收利用，協助販毒。」

「就、就算是這樣，」桑原不待嘴中漢堡消化完，便口沫橫飛說道：「仙、仙、仙人掌的分析仍然正、正確無誤。系、系統只是根據影、影像和心、心理數據的變、變、變數與常、常數，建構出模、模擬劇本，如果與現、現實有出入，那一定是資、資料有錯，和系、系、系統本身無、無關，也和操作系、系統的我無、無關。」

亮子盯著桑原，揣測他的嫌疑有多大。

（這人說得沒錯。若找不出資料與劇本間的異常連結，的確沒有根據懷疑他。眼下最重要的，還是判斷資料真偽——這麼說來，白石果然最可疑？不，也可能如美古所言，另有人告訴近藤心理測驗的漏洞，使其測出假數據……）

她用手肘推了推身旁的美古。

和昨日不同，在皆為開放式座位的速食店內，美古並未要求另坐一區偷聽談話。打從一開始，亮子就謊稱美古是省廳的調查官，使他得以參與詢問桑原。然而直至現在，他總是一貫低頭沉思，不發一語。

亮子在內心嘆了口氣。

「你們跑數據時，系統會產生紀錄（log）嗎？就是可以對照資料和生成劇本，檢查系統是否出錯的那種……」她從別的方向切入，試圖找尋其他線索。

「當、當、當然有，我、我們還會做圖、圖、圖表。稍、稍等一下……」

桑原轉身，用油膩的雙手從背包中取出平板電腦。以指尖在上頭滑動幾下後，便出現系統分析畫面。

「只能看、看一下喔。這是機、機、機密資料，連我上、上級都不能看。我也只能用終、終端系統叫、叫出來看，不可以拷、拷、拷貝……」

亮子接了過來。螢幕左方是各項心理數據，每個數值皆以方格框住，並連結至劇本的某幾項敘述，一旁還有註解，說明這些「劇情片段」的生成依據。

她瀏覽一番，只覺得頭昏眼花。資訊過於龐雜，要一個個檢測幾乎不可能。

「也讓我瞧瞧吧！」

身旁的聲音使亮子怔了一下。美古——看得懂？

亮子眼神在兩人之間梭巡，她不清楚美古腦子裡盤算什麼。所幸桑原似乎不以為意，點頭表示首肯，隨後手伸向紙袋，繼續大啖他的漢堡與炸雞。

她將平板電腦遞給美古，觀察他葫蘆裡究竟賣什麼藥。

美古接過後，先是端詳一陣，隨後像是不經意地將電腦移至膝上。不久，他自身旁的運動包取出一個黑色小盒，將延伸出的黑色接頭，迅速接上平板電腦的外部插孔。

亮子大吃一驚——他在做什麼？正想問出口，美古視線立刻瞪向這兒，像是要她別出聲。轉頭看向桑原——他仍兀自啃著食物，視線飄往他處。由於坐在對側，桌面的遮蔽形成視線死角，他壓根兒沒發現美古的可疑行徑。

黑盒子表面似乎是個液晶小螢幕，上頭浮現動畫。工人在搬磚頭。從左側搬到右側，每完成一次，下方的百分比數字就增加。這段期間，美古手指仍在螢幕上四處滑動，彷彿正專心探究眼前資料。

（那個盒子，像是什麼分析儀器……）

冷氣似乎比剛才要強，亮子感覺冷汗愈流愈多，套裝背部已形成一片水漬。

百分比邁向終點時，美古嘴角浮現笑意……

「那我走、走了，得幫人在大、大、大阪的課長準、準備資料，不、不好意思沒、沒、沒幫上什麼忙。」

方才桑原的手機響起，他接起後立刻臉色大變，連忙低聲賠不是。顧不得漢堡、炸雞還沒吃完——也吃太多了——便匆忙掛上電話，準備道別。看那驚慌的模樣，電話那頭想必是情報分析課的「雷公」梶谷課長吧！

他離去前，我不忘提醒道：「桑原先生，這次談話內容請務必守口如瓶。」

「放、放、放心，我誰都、都、都不會說。」

「你來速食店途中，有遇上認識的人嗎？」他將拳頭抵住前額。「有遇見竹、竹內局、局長。不、不過只有打、打、打聲招呼，沒說、說是來找你、你們，我想他、他、他應該不、不知道。」

「那就好。」我在嘴旁豎起食指。「調查內容得保密。」

「那我回、回去了。」

桑原扛起背包，向我與美古揮手道別。

他離開後，我哀聲嘆道：「感覺徒勞無功呢？」

「也不見得，」美古在一旁揉眼睛，似乎很疲倦的樣子——明明剛才都在閉目養神。「我在他電腦裡發現有趣的東西。」

「咦？那麼繁瑣的圖表……」

「我沒看那個，是更有趣的。」美古將臉湊過來。「我在『資源回收筒』中發現一個不明檔案，容量不小，檔名叫 MITSURU.dat。」

「MITSURU，充……是近藤的相關資料？」

「八成是。不過妳還記得吧？他說那些是機密資料，只能終端瀏覽，不允許拷貝。那麼為何會有匯出的檔案？」

一團闇雲在內心湧起，我卻也感到期待——美古似乎抓住了什麼。

「於是我又搜尋磁碟使用紀錄，發現檔案 MITSURU.dat 建立的一小時後，某個隨身碟安插在這台電腦上。」

「你竟然挖人隱私……」

「只是發揮偵探好奇心。」美古搔頭。「那個隨身碟有取名，叫 KAJITANI，應該是擁有者的姓吧？」

KAJITANI——梶谷！我差點從座位跳起來。

「梶谷課長……那是第三位關係人呀！剛才來電叫走桑原的人應該也是他。啊！這麼說來，課長說不定在手機中提到此事……」

我倍感興奮——終於有重大突破了。然而此刻，見到美古唇際浮現的一絲笑容，我逐漸不安起來。

「大偵探，你騙我的吧？情報分析課的人怎麼可能這麼不小心，留下這種把柄。這也就算了，還大大方方讓我們看……」

「妳不要以為搞情報工程的人都很注重個資安全。」美古笑道。

「我記得那台電腦你也沒檢查多久，大概兩、三分鐘吧？這樣就可以查到這些？」

「那是妳時間感有誤。信不信由妳。還是說，妳不想捉住這機會破案？」

這話使我毫無反擊餘地，我思考一番，決定相信他的說法。

「有梶谷的資料嗎？」

我從皮包內取出標有「梶谷連太郎」的檔案夾，遞給美古。

個人照上的梶谷眉頭深鎖，兩道上揚的粗眉毛是正字標記，說明他平日的暴躁個性。由於說話音量像打雷，在局內素有「雷公」稱號。

美古接過檔案，端詳片刻後說道：「他是怎麼被列入關係人的？」

「梶谷雖然是情報分析課長，但不經手資料處理，就近藤與『仙人掌』的操作上，可說是不相干的人。」我搖頭說道：「問題在於身分。他和近藤是遠親。」

「這樣的人可以在省廳工作？」美古面露驚訝。

「因為是很遠、很遠的親戚，對升遷影響不大，只是畢竟有這層關係，還是列為關係人。」

「現在動機、手段都有了。如果他就是我昨日所言，將系統漏洞洩密給近藤的始作俑者，那的確說得通。」

「可是近藤協助販毒，以及死在自家公寓裡，應該與他無關吧？」我問道。親戚協助出獄很合理，但害死人就說不過去了。

「這個嘛……得調查才知道。總之可以鎖定目標了。在桑原的平板電腦發現這兩筆資訊，雖不能因此斷定梶谷竊取了近藤的資料，還是有必要深入追查。」

「今天要找他嗎？他好像人在大阪，開完會後才會搭新幹線回來。我可以安排……」

「等一下，」美古打斷我。「直接會面會引起戒心，畢竟他不牽涉『仙人掌』操作，沒有名義找他問話。妳先回去上班吧，我再想辦法。」

「唉呀！」我望向手錶——午休即將結束。「那晚上約個地方碰面，交換意見如何？我知道銀座有一家『安潔莉卡』，他們的蛋糕很好吃……」見美古面有難色，我笑道：「別擔心，我請客，記得穿西裝去就好。」

「勞您破費了。」他的嘴角露出「占到便宜」的笑容。

美古說還有些事要處理。我們在地鐵站前揮手道別。

就在我穿越櫻田通，打算回到廳舍時，皮包內的手機響起。又是陌生號碼來電——不用說也知道是誰。

雖然很不想接，但放著不管也無濟於事。我按下「通話」。

「阿茂？我知道是你。」我仍採取冷淡口吻。

「亮子！妳肯接我電話了！」

「有話快說。我得上班。」

「那個……生日快樂。」他囁嚅的道賀方式，令人不敢恭維。

「謝謝。再見。」

「等、等一下！」見我打算掛電話，他急忙搶道：「晚上一起慶祝好不好？」

「我已經安排活動了。」

「有人幫妳慶生嗎？是他嗎？」

他——我虛構出的單戀對象——阿茂不說，我都快忘了此事。

「不是，沒人幫我慶祝生日，但那無所謂。」

「所以我幫妳慶生嘛！有人慶祝總是比較快樂。」聽得出他快哭了，但仍試圖裝出開朗語氣。

「要怎麼過生日是我的自由——」此刻，一道想法閃入我腦海。我裝作是自己說溜嘴，連珠砲般地接道：「我已經打算晚上在『安潔莉卡』犒賞自己了……」刻意停頓數秒，才補上一句：「你不准來。」

「我會去！我一定會去！」電話那頭嚷道。

「我說不、准、來。再見。」

我立刻切斷通話。

等待片刻，對方沒有再打來。我繼續朝辦公室前進。

腦中想像晚上情景——晚餐的燭光之下，我與「他」親密交談著，就像一對羨煞旁人的情侶。阿茂見到這景象，想必會知難而退吧？

「乾杯！」

玻璃杯輕觸聲響起。我與美古啜了一口紅酒。

望向窗外，喧囂的街景映著我倆的倒影，車流穿過身軀，燈火在體內閃爍，像是各自蘊含著一個小小宇宙。

「安潔莉卡」店內偏暗，搖曳的燭光提供最低限度的照明。蠟燭是營造氣氛的魔法，是這類餐廳增進情調的不二法門。面前是穿著西裝的年輕紳士，本該是羅曼蒂克的情境……可惜我們正進行殺風景的話題。

「關於梶谷的調查，我已經委託弘叔了。」

「弘叔？」

「五樓徵信所的弘叔。一、兩天內就會有結果。」

美古又起一小塊巧克力蛋糕，搖晃幾下送入口中。不吃巧克力的我，點的是起士蛋糕。經他這麼說我才想起，自己曾在「櫻桃大廈」見過樓層配置，五樓店家名稱的確是「徵信所Hiroshi」。

「你請別人調查？那我們要做什麼？」我有些訝異。

「什麼也不用做。梶谷的犯罪證據不是憑正常程序就能取得，甚至若他有同夥，從表面上也很難看出，需要非常手段……」他頓了一下。「像是竊聽、監視、資料駭客等等。弘叔這方面很厲害，可以將人的底細連根拔起。」

「你不是更厲害嗎？白石與桑原的祕密，你僅是見上一面就能看出來。這次為何臨陣脫逃？」我使用激將法。

「我說過了，我們沒有名義盤問梶谷。」美古表情產生變化，語氣轉為急促。「而且新島小姐，妳太看得起我了。前兩次是運氣好，碰巧捉住關係人小辮子，但我們現在需要的，是更強大、更明確的犯罪證據，需要破壞性手段，用過去的方式是行不通的。一旦執行，會讓妳也暴露在危險之下。」

「你的意思是，為了我的安全著想，最好交給別人做？」我挑眉道。

「不僅如此，還得縮短調查時間。」

「我明白了。」我往椅背上一靠，伸了個懶腰。「啊！真沒意思。名滿天下的大偵探，迅速破案的祕訣竟是靠幫手。好失望好失望。」

面對我的調侃，美古一瞬間露出複雜的表情，隨後沉默以對。

我內心想的正好相反——美古一定掌握了什麼，只是根據某種理由，不想讓我涉入太深。雖然認識沒多久，美古卻一直給我「自信滿滿」的印象，他排除白石嫌疑，鎖定梶谷的過程，都僅根據直覺與薄弱的線索。彷彿他早已知道犯人是誰，只差蒐集證據而已。

突然有個想法——委託別人說不定是藉口，他真正的目的是單獨行動。

「算了，就依你吧！不過我好驚訝，原來偵探有這種合作關係。」

「只有我們如此。」美古視線飄向上方，若有所思。

此刻，越過美古雙肩，視野一隅的某個人影動了起來。

是阿茂。他穿著誇張的禮服，自我們入座沒多久就來到店裡，卻只是坐在一旁吃飯，絲毫不打算過來攀談。店員想必也對這位盛裝打扮，卻獨自用餐的男性感到納悶吧！他的個性就是如此，執拗卻懦弱。

他終於有了動靜，卻不是往我們方向而來，只見他伸手招來服務生，取出皮夾折騰一陣。不久起身走向大廳，推開大門離去。

我在內心嘆息。他應該不會再來電騷擾了。雖只是樂觀的想像，但我自認瞭解阿茂這個人。他像是船難後緊抱住浮木的遇難者，有不肯放手的意志力，卻只是等待，即使看到島嶼，也不具備放手游向陸地的勇氣，只要浮木下沉，便會放棄求生意志。

阿茂知道我名花有主（雖然是假象——），那份執著想必會煙消雲散。

「妳在看什麼？」美古吃完蛋糕，正拿起紙巾擦嘴。

「沒什麼……」

突然感到一陣落寞，千頭萬緒自內心湧上。

「美古，要不要去喝一杯？樓上有一家不錯的酒吧。當然，有你最愛的『山崎』。」

「是無妨，但還有什麼要談？」

「只是想紓解壓力，」我拾起皮包起身。「暫時忘記工作的事吧！」

雖然這麼說，酒吧的話題還是從工作開始。

「沒想到『沙盒』會有漏洞。」我嘆道。

「我想了一下，有漏洞的不是沙盒原理，而是應用方式。」

美古輕啜一口「山崎」——他依然鍾愛二十五年份——我們如同在「朝顏」初次會談那樣，面向吧檯並肩坐著。只是這次我杯中盛的不是啤酒，而是 LAPHROAIG 蘇格蘭威士忌。不知為何，今晚想喝得濃烈些。

「真正的沙盒系統，是要能完整解決『受測自覺』的，這點應該可以透過人工智慧的學習機制改善。」美古饒富興味地看向我。「啊，說到沙盒，新島小姐……」

「叫我亮子就好。」我啜了一口威士忌。

「呃，」他有些愣住。「妳讀過一部很早的漫畫《哆啦A夢》嗎？」

「有，怎麼？」

《哆啦A夢》的機器貓，經常自四次元口袋取出道具幫助主角，在四、五十年前，這套作品就已膾炙人口，現在仍是許多人兒時的共同讀物。

「哆啦A夢經常使用的道具裡，有一個『如果電話亭』。」

我點頭，表示知道這項道具。那是一個巨大電話亭形狀的建物，使用者進入亭中拿起話筒，說出「如果這世界變得如何如何」，走出電話亭，世界便會成為他所期望的樣子。

「我在郵件讀到妳對『沙盒』的說明時，就想起這項道具。不覺得很像嗎？」

我搖頭表示不解。

「如果電話亭建構出的，並不是真的世界，而是一個符合幻想的『實驗用』樣本。故事最後，使用者都會進入電話亭，說一聲：『回到原來的世界。』一切便回歸現實。」

「經你這麼說，的確有點像。」我恍然大悟。「使用者自己的意識轉移至另一個世界裡，他的任何行動，不對現實世界造成影響。」

杯中物只剩少許，我一飲而盡。

美古點頭道：「換個角度看，那個『如果』世界，可以當作使用者為了測試願望產生的沙盒。他在裡頭觀察、行動，測試完畢後將沙盒刪除——回到現實。」

「我想起來了！在大長篇《魔界大冒險》中，哆啦A夢的妹妹哆啦美有說明原理。電話亭並非改變世界原有樣貌，而是誕生一個新的『平行世界』，那裡的人、事、物與現實幾乎相同，但導入的新世界觀，會在平行世界發展出不同的故事。」

「是啊，平行世界……」

美古拄著下巴，閉眼靜默，像是進入冥想狀態。

我又要了一杯 LAPHROAIG。

良久，美古「呼」吐了口氣，睜開雙眼說道：「其實，我沒讀過《哆啦A夢》。」

「咦，那剛才說的……」

「是弘叔告訴我的。他是科幻迷，《哆啦A夢》更是他的啟蒙讀物。聽他講話，會覺得世上一切事物都很新奇。」

我噗哧一笑。「你的說法，好像經常聽爺爺說故事的小男孩似的。」

「可以這麼說。弘叔是我的恩人，教了我許多東西。」美古望向我，說道：「要聽嗎？」

我點頭。他開始娓娓道來。

「我從小沒有父母，是在孤兒院長大的。」

美古十八歲離開那裡，隻身來到東京。缺乏一技之長的他，嘗試許多工作都失敗。某晚他因為弄錯拉麵外送對象，被麵館老闆轟出來，在公園徘徊時，一位遊民遞了條毯子給他，讓他在紙箱屋住一晚。

自此，他開始了每天撿破爛換零錢，吃過期便當的遊民生活。

「是弘叔發現了我。他說我有相當好的能力，可以用來助人。」

「是預知能力，還是看透人心的能力？」我雙手托腮問道。

美古苦笑。「是偵探的資質。他將我帶回櫻桃大廈，讓我在那兒搭了間紙箱屋子，當他的學徒。弘叔是退休警官，每天藉工作——有些是偷偷摸摸的勾當——訓練我跟監、蒐證與問案等技巧。長久下來，我終於成為獨當一面的偵探。雖然還是經常搞砸就是了……」

語畢，美古雙臂和臉伏於桌案，望向我這兒。那視線又讓我想起大河。

驀地，我腦海閃過一個疑問：如果他是孤兒，那時為何會那麼說？然而脫口而出的，卻是毫不相干的問題。

「紙箱屋生活很辛苦吧？為何不讓你睡在徵信所呢？」

「是我要求的。過慣了遊民生活，這樣比較自在。」

「一個人生活不會……寂寞嗎？」

說出口後，我才發現這問題其實是問自己。

「不會啊，外頭人聲鼎沸，很熱鬧的。」他笑道：「不過啊，有時候會好奇，自己到底是何時出生的？每人都有個日子可以慶祝，我只能隨便找一天。」

他突然直起身子，注視著我。「生日快樂。」

內心一陣熱流湧上——我已無暇思索他為何知道。對我而言，打從他初次見面，遞給我熱牛奶的那一刻起，體內彷彿就有什麼東西被攫住了。

眼前杯子再度空空如也。

「酒保，再一杯！」我喊道。

「妳這樣喝，沒關係嗎？」

美古的第一杯「山崎」仍未喝完，我卻在談話過程中不斷將黃湯灌下肚。事實上，眼前的世界已開始搖晃。

身體不自覺向後仰。

「小心！」

我踉蹌了一下，差點從吧檯座椅上跌下來。幸好美古迅速起身，從後方扶住肩頭，我順勢倒在他懷裡。

「美古，」我凝視他的雙眸。「如果我說『今晚不想回家』，你會不會看不起我？」

亮子步出電梯。她扶著牆壁，試圖抗拒四周景物的天旋地轉。

他終究是個紳士——亮子心想。和女人喝酒，幫爛醉的女人叫計程車，送她回家，在公寓門口說聲「早點休息」，揮手道別後轉身離去。

當他攙扶自己下車時，亮子心中仍存有一絲期待，然而他將亮子推向公寓一樓的旋轉門，僅是站在原地，絲毫沒有一同進入的意思。他隔著玻璃牆，靜靜地看著亮子走向電梯，似乎生怕她就這麼倒在大廳地板上。面對他堅定的眼神，「不上來坐一下嗎？」這話即使已衝上喉頭，亮子也失去說出口的勇氣。

電梯門闔上，金屬箱緩緩上升。亮子腦海仍殘留著對方臉孔。

感覺糟透了。

她走向自家房門。時近午夜，公寓內外一片寂靜，僅有高跟鞋蹬地聲在廊下迴盪。

亮子將鑰匙插入鎖孔，邊想著明早是否會宿醉的問題。她酒量一向不好，晚餐已用過紅酒，餐後還喝了自己鮮少入口的威士忌，一杯接一杯。若因此影響上班時間可不妙。她思索如何對主管找藉口。

轉動鑰匙時，亮子感到有股異樣。

不對勁，不是這種感覺——她拉開玄關門，並未按下電燈開關，望向一片黑暗的客廳。瞳孔尚未完全擴張，她花了一段時間才適應。

沙發後有一團黑影，隱約可感受到生命氣息。是大河……不，不是——亮子凝神傾聽，那是人的呼吸聲，沙發後有人。

亮子舉起剛脫下的高跟鞋，使勁往該處丟去。然而體內酒精尚未代謝，她失去了準頭。鞋越過沙發，「叩」的一聲碰撞地面，一路滾至陽台。她想起出門前未關上落地門，太過匆忙便疏忽了。

霎時黑影躍起，朝亮子正面逼近。待她意識到時，自己已瞬間被撲倒在地。後腦勺感到一陣衝擊。

「好痛……」

就在亮子眼冒金星時，對方迅速取出一卷膠帶，撕下一小段封住她的口。接著跨坐在上方，以繩索繞住亮子頸項，雙手使勁左右拉扯。

「唔……！」

亮子抓向繩索，試圖鬆開束縛，奈何只是徒勞無功的掙扎。對方是高壯男性，具有凌駕自己的粗暴蠻力。耳邊響起「呼！呼！」的急促喘息。隨著臉孔逼近，亮子逐漸看清對方容貌。

如果今天沒和美古碰面，那可能只是一張似曾相識的臉。然而那緊緊深鎖，兩道上揚的粗大濃眉，中午才見過照片的亮子不可能忘記，如果他此時出聲，嗓門想必也如平日般宏亮吧！

（是梶谷，犯人果然是他。他來殺我滅口了……）

呼吸感到窒悶，腦中彷彿有無數電流竄過，意識罩上一層混濁的灰。

漸趨模糊的視野一角，一道暗影緩緩移動著。佈滿斑紋的肉團拖著粗圓尾巴現身，往陽台方向踮步而去。黑影躍上扶手，起跳時似乎撞到了什麼，該物越過欄杆縫隙，朝著地面墜落。

（大河，快逃，從四樓一躍而下。對，想像你是老虎，你行的……）

歹徒勒緊繩索的力道絲毫沒有放鬆，自己只能如魚肉般任人宰割。唯一的希望便是大河，牠不能死，牠得帶著別人來到這裡。在那之前，自己絕不能放棄那一道防線，渡過三途之河。

她抬起右腳，垂直踢向對方後頸。腳背感到一陣衝擊，對方發出哀號聲。

「混蛋！」

「啪」的一聲，一陣熱麻在亮子臉上擴散開。不久，冰冷的觸感抵上額頭。

轟！

視野瞬間關閉，眼前一片黑暗……

二十分鐘後，室內回歸寂靜。

歹徒早已遠去。玄關門未完全闔上，說明逃走時的匆忙。一名男子將門拉開，朝裡頭探了探，他的右臂摟著一隻虎斑貓，拎著一只紅色高跟鞋。

他發現牆上的開關，按下後，室內景象一覽無遺。

他走向仰臥於客廳中央，一動也不動的女性。她的臉頰有遭毆打的瘀傷，脖頸留有像是蛇爬過般的深陷血痕，前額的焦孔與頭部周圍的一片血泊，說明她已回天乏術。

男子沒有流淚，只是走向角落，將身體靠在冰冷的牆面，看著女人的臉。失去靈魂的雙眼聚焦在空中某一點，恰與男子視線對上，似在譴責他的無能。

砰！

他開始搥打牆壁。

砰！砰！砰！

發狂似的敲著，彷彿這麼做，就能將心中的憤怒與罪惡感一掃而空。

他知道自己又搞砸了。縱使已失敗過多次，卻沒有像這次如此充滿悔恨。他唸起女人的名字，祈求她的原諒。

「對不起。對不……起……」

話語迴盪在房內，逐漸形成嗚咽聲……

R

我睜開眼，眼前是佈滿灰塵的日光燈管。

空氣混有少許霉味。我試著撐起上半身，頭部卻感到沉重，彷彿有數十個工人在腦子裡敲敲打打。勉強起身後，只覺得胃部一陣噁心，口乾舌燥。

下半身仍陷在沙發裡，身上蓋著毛毯，昨晚特地換上的洋裝尚未褪下，絲襪仍套在腿上——看來真的喝太多了，回到家連衣服都沒換，倒頭便睡。

不對，這裡不是我的房間。

我環顧四周。牆壁漆成一片白，除了幾張沙發椅、一張長桌與電視機外，室內沒多少家具。

我離開沙發四處走動——地板倒是還算乾淨——客廳深處有個小廚房，我扭開流理台水龍頭，捧起一抔水灌下肚。旁邊有間浴廁，近期似乎有人使用。

我回到客廳，注意到電視機旁有個相框。翻過來一看，是上了五十歲的中年男子，臉孔陌生，他身穿防風外套抽著菸，視線僅是瞥向鏡頭。

背後傳來開門聲。

S.T.E.P.

「哎呀，妳醒啦？」

我轉過身。一名看來約三十後半的女子，手拿一盤三明治與一杯水出現在我面前。這人嘴角有顆痣，我對她的臉孔也無印象。

「我……請問這裡是……」

「先吃早餐吧！」她以眼神示意，將手中杯盤置於桌案。「我簡單做了這些。美古說妳喜歡熱牛奶，但宿醉喝牛奶不太好。」

看來是美古的朋友。我坐回沙發，拿起三明治咬了一口。

「好吃。」我讚道。

對方似乎很高興，綻出迷人的笑容。

「這裡是櫻桃大廈五樓。」女人說道：「我是『紫陽花』的媽媽桑。」

「咦……」

看板「徵信所 Hiroshi」浮現腦海。電視機旁的男性照片，想必就是美古口中的「弘叔」吧！我回想大廳標示的店家配置。「紫陽花」在三樓。之前只見過二樓「朝顏」的媽媽桑，與眼前女人感覺不同。兩人都是美女，但「紫陽花」媽媽桑給人印象較年輕，妝容更為濃豔。

喝了一口杯中液體，發現那不是水，是運動飲料。

「昨晚美古揹著妳，就這麼出現在店門口，問我有沒有地方讓妳休息。」媽媽桑笑道：「店裡只有吧檯、高腳椅，以及幾張桌凳，哪有地方可以睡呀！我叫他揹去五樓，阿弘這兒雖只是一般事務所，躺一晚還不成問題。」

我搜尋昨晚的記憶。自己似乎喝得人事不知，美古幫忙叫計程車，下車後揹我走在街上……

接下來便無記憶。看來是將我放在這兒。

「美古人呢？」我問道。

「誰知道，他放了個姑娘託我照顧，自己卻一大早不見蹤影。哼，這筆帳要跟他討回來！」

雖這麼說，女人臉上卻未見惱怒之色。

「這樣使用別人的事務所……沒問題嗎？」

「嗄？」

媽媽桑噗哧一笑。

「美古沒告訴妳嗎？阿弘早在兩年前就往生啦！」

「咦！」我大吃一驚。

「美古那時哭得可慘的。我問他有沒有打算賣了這裡，或是租給別人。他卻說阿弘就像父親，這裡是他們的家，他打算留下回憶。」

「妳說『賣』？『租』？」

「這兒在美古名下。不只這層，整棟櫻桃大廈都是他的。我們只是承租。」媽媽桑笑道：「如果不是房東，才不讓他賒帳咧！」

「這棟大樓屬於美古？是從弘叔繼承來的嗎？」

她搖頭道：「一開始就是他的。這裡原是廢棄建築，美古靠經營偵探社的收入買了下來，整修後租給我們這些朋友——不過主要是為了阿弘吧！在徵信所當學徒時，阿弘很照顧他……雖然偶爾還是會罵他蠢蛋就是了。」

「蠢蛋？」

「說他什麼都做不好啦，連碰運氣都會失敗等等。記得某次跟監地點在大廈頂層，他差點因為懼高症而搞砸……不過阿弘骨子裡，還是對他百般疼愛啦！美古成名後為了報答恩情，買了這棟大樓，將阿弘的事務所遷來這兒。」

我啞口無言。這與美古昨晚說的有些出入。他說要委託弘叔調查，完全是胡說八道。

我想起那時腦海閃過的問題，問道：「美古有父母嗎？」

「他在孤兒院長大。」媽媽桑搖頭，苦笑道：「院長是台灣人，姓『費』，給他取名時，惡趣味地選了組和 Himiko 同音的字。他經常拿這點抱怨。」

果然，那時也撒了謊。

美古這個人，就像堆滿謊言的化身——懊惱與悔恨的情緒湧上心頭，卻也感到疑惑——他為何要騙我？是打算獨自行動嗎？身為大樓擁有者，為何甘願住在垃圾場的紙箱屋裡？莫非真如他所言「這樣比較自在」？

好想揪住他衣領，逼問清楚。

頭痛感覺好多了。我狼吞虎嚥吃著三明治。媽媽桑見我停止發問，索性打開電視，百無聊賴地切換頻道，尋找想看的節目。

新聞播報的一幕映入眼底。我瞧見熟悉的景色，急忙喊停。

是我家附近的公園。

傳來女主播清晰的嗓音：「今日清晨警視廳接獲報案，指出台東區小島二丁目的一處公園內發現男性屍體。警方趕往現場調查，判定其身分是任職法務省，現年四十二歲的梶谷連太郎。死者右側太陽穴遭子彈貫穿，一槍斃命，屍體棄置於樹下陰暗處。對於政府官員為何遭此毒手，警方正循線偵辦中……」

我說不出話來，僅是盯著電視畫面。

「是去過的公園嗎？」媽媽桑問道。

未消化的三明治留在口中。我停止咀嚼，腦海裡淨是剛才的報導。

梶谷課長被殺？所以從桑原電腦裡竊取檔案的不是他，美古的調查方向錯了？殺害梶谷的兇手才是始作俑者？

命案地點在我居住的公寓附近，難道只是巧合？

我不自覺打起冷顫。截至目前的歲月裡，頭一次感受到生命威脅。美古那句「暴露在危險之下」瞬間有了真實感，恐懼在心中盤旋。

早晨醒來不過一小時，我卻迫不及待見到美古。想知道他內心盤算，想問清真相是什麼。連續兩件事衝擊著我，我已快無法承受。

然而那時我不知道，接下來還有第三件。

「嘎嘎啊啊啊啊啊──」

外頭響起喊叫聲。我與媽媽桑相視數秒，火速奔向陽台。

我在樓梯間跑著。雖只有五層樓，素來缺乏運動的我仍上氣不接下氣。媽媽桑按下電梯按鈕後，我無法忍受緩慢的上升速度，決定三步併作兩步飛奔而下──到了大廳，才發現自己根本沒穿鞋。

門外一陣鬧烘烘。我的不安已達頂點。

剛才聽見叫聲時，就有種似曾相識的感覺。陽台正下方恰好是櫻桃大廈一樓玄關處，探頭一看，人行道上有兩人扭打在一起。四周聚集圍觀的行人。雖然從五樓俯瞰的人影只有丁點大，仍可辨認出一人身穿制式西裝，另一人穿運動服。

腦中想像逐漸膨脹，直至推開大廳的門，想像成了現實。

西裝男子正好從地上站起來，手握一把輕型匕首。運動服男在地上痛苦掙扎，側腹像是中了一刀，流出汩汩鮮血。

「有人流血啦！」「快叫救護車！」「犯人是他！」「我看見了！大樓有人走出來，他就衝過去刺一刀！」「誰來將他制伏啊！」

圍觀群眾的聲音此起彼落。我與西裝男子的視線對上。

「阿茂……」我望向他，感到難以置信。

「亮子，」他浮現詭異的笑容。「嘿嘿，我贏了。我贏過他了。亮子，看見我的男子氣概了嗎？這樣，妳會回到我身邊吧？」

「不要過來……」

「亮子，」他眼神透露著瘋狂，逐步向我靠近。「看到沒？這個男人，到底哪裡好？他穿那什麼衣服，住那什麼房子，這個人不是男子漢，我才是……」

「不要過來！」

就在我放聲尖叫時，櫻桃大廈的正門被踹開。一名身材高大，臉上刻著疤痕的男子衝出來。只見他轉身一記迴旋踢，鞋尖狠狠命中阿茂手背。阿茂慘叫一聲，匕首掉落地面。

刀疤男與其他人一擁而上，合力架住阿茂——雖然失去兇器的他，早已沒什麼殺傷力。

遠方傳來警車與救護車的警笛聲。我奔向美古倒下之處。

「美古！對不起！美古！對不起！」我搖晃著他，呼喊他的名字。

是我的錯，我不該看輕阿茂。他昨晚一直咬著我們不放，先是守在銀座店門外，再跟蹤美古的計程車，一路來到這裡，知道美古就住在自己工作的俱樂部附近，隔天一早便過來埋伏。

阿茂終究是會刺傷人，捧不得的玻璃人偶，我卻忘了這點，直接將他的浮木奪走。是我推了一把，逼得他狗急跳牆。是我害了美古。

「欸……新島小姐，妳怎麼……沒去上班……」美古似乎還有意識，虛弱地吐出斷斷續續的言語。

「別說話了！等救護車來！」

「弘叔……說得沒錯。我果然是蠢蛋……做什麼……都會搞砸……」

「別說了！別再說了！」

我還有許多事想問美古，他卻可能無法給我任何答覆。我終於無法克制，淚水自眼角泉湧而出，流過面頰兩側，沾濕他的衣領。

一隻粗壯的臂膀搭上我的肩頭。轉身一看，是方才的刀疤男。

「別擔心，他會沒事的。」他朝美古揚起下巴。「是吧，小子？」

美古閉上雙眼，微微一笑。

「應該吧……剛剛真是……謝謝你啊……誠哥。」

阿茂被帶回警局了。救護車也很快抵達，醫護人員施行急救，用擔架迅速將美古抬上車。

我打算跟去醫院，然而省廳同事突然來電，問我為何還沒上班。警視廳已派人來調查梶谷命案，「仙人掌」的事快要紙包不住火，一旦爆開，參與其事的我也會成為訊問對象。

在我陷入兩難時，刀疤男與「紫陽花」的媽媽桑自願前往醫院。

「妳去處理工作的事吧，美古想必也希望如此。他就交給我們。」

無奈之下我給了手機號碼，請他們有消息立刻聯絡我，隨後回到新御徒町的公寓一趟，換上工作套裝便前往霞之關。

白天我無心工作，準備應付找上門來的警察。警方調查進展相當迅速，過了中午，他們已從保護局與情報管理局那兒得知「仙人掌」發生錯誤的來龍去脈，也知道我奉命進行調查，將梶谷列為關係人。

下班前一小時，一胖一瘦的兩名刑警借用廳舍辦公室，對我進行盤問。

「關於那個 SABO 什麼的系統，出了問題對吧？為何鎖定梶谷？」

「他和個案近藤是遠親，具有足夠動機。」

我將美古的推測——梶谷可能將系統漏洞透露給近藤——告知兩位刑警，但沒說出美古的名字，也沒提到桑原電腦被竊取檔案的事。

「這是妳自己的推論嗎？」胖警官問道。

「是的。」

他們似乎不知道我委託私家偵探（竹內局長沒說出此事——），我也不希望警方去醫院打擾，暫且按下不提。

「昨晚是否有和梶谷聯絡？我們問過他的妻子，得知他從大阪回到東京後沒有直接回家。晚上八點左右，他和同事在東京車站剪票口前道別，之後行蹤成謎。如果這段時間內妳有和他接觸，請告訴我們。」

「沒有，我這幾天都沒見到他。」

「他死在妳家附近，有沒有想過和妳的調查有關？」

我告訴他們，目前只是懷疑階段，尚未展開行動，調查對象便已死亡。自己也覺得納悶，懷疑可能有幕後黑手。

「噢，那個呀。」瘦刑警搔頭。「其實，在陳屍地點不遠處的草叢裡，發現一把裝上滅音器的手槍。射入死者頭部的子彈就是那把槍擊發的。」

「是兇手丟棄的嗎？」

「上面有死者的指紋，以及小尺碼的鞋所留下的泥印。」胖警官搖頭道：「死者的衣袖也檢驗出煙硝反應，自殺的可能性不小。只是手槍落地後被經過的少年當成石頭踢飛，落入草叢中，才會像是他殺。剛才少年已經由母親陪同出面作證，他說當時夜色很黑，公園路燈又故障，只覺得踩到什麼東西，隨便一踢就離開了，也沒注意到旁邊有屍體。早上看到新聞才察覺不對勁。」

緊張感稍微解除。如果是自殺，那梶谷很可能是事件首謀，因擔心東窗事發而結束自己生命——希望是那樣。如此一來，我和美古的任務便可告一段落。

「如果有遺書就更完美了。」瘦刑警笑道。

兩人問我，今天凌晨一點至兩點時人在哪裡——還強調只是例行性詢問——應該就是小說裡常見的不在場證明吧！雖然想告訴他們那時在櫻桃大廈，但要提出證據就得搬出美古的名字，想想還是作罷。

我說自己在家睡覺，他們聽了也只是點頭。

「謝謝配合。由於和近藤命案有關，說不定得請練馬署的人協助調查。」

最後說「有事會再聯絡我」便結束訊問。

下班後我步入地鐵站，打算前往醫院。這時「紫陽花」的媽媽桑來電。

「美古的女朋友，」她的聲音相當開朗——但似乎誤會了什麼。「好消息！」

「他沒事了？」

「對呀，醫生說他運氣好，刀刃避開要害，腸子縫一縫就可以。不過他醒來一陣子又睡著了，剛動完手術需要休息。明天再來探病吧？哎呀，真受不了那個呆瓜，他清醒後第一句話竟然是：『我怎麼會在醫院？』真的需要好好休息。」

「太好了……太好了。」

驀地我感到一陣鼻酸。美古沒事——雖然對他有很多疑問，但他的安危比什麼都重要。不僅是因為自己間接造成阿茂下手的罪惡感，內心湧上的，還有另一股複雜的感情。

明天就能見面。在此之前，那些問題就先放在心底。

「真羨慕你們啊！那我的任務也結束，要回店裡應付客人啦！」

我和媽媽桑道謝，掛上電話，走向日比谷線的月台踏上歸途。

翌日是星期六，我一早便買了水果，前往新宿的醫院。

進入病房時，穿和服的女人背影映入眼簾。對方正打著毛線，聽聞開門聲便起身，一見是我，微笑頷首——是之前見過的「朝顏」媽媽桑。

病床上的美古已經醒來，目光僅是微瞥向我便回到手中的漫畫書。茶几上尚有另一疊未翻閱。仔細一看書背，是《哆啦A夢》，大概是從交誼廳借來的。

「哎呀，女主角登場。我這歐巴桑也該回去了，呵呵呵。」

媽媽桑拎起身旁的包袱巾，笑盈盈走出病房。她似乎早已期待我的到來，真難為情。

房內只剩我和美古，氣氛有些凝重。我思考該說什麼才好，苦無靈感之下，只好坐在病床旁削起蘋果皮。美古則一逕讀著漫畫。

良久，我才從嘴裡吐出一句話：「對不起。」

「那是妳男友吧？」美古停下手中書本，望向這兒。

「對不起，真的沒想到變成這樣。」

我將阿茂的事告訴美古。為了讓阿茂死心，我刻意讓他撞見我們用餐的那一幕，卻導致他對美古挾怨報復。我為自己的不成熟再度道歉。

「沒關係，反正我也沒事。運氣真好。」

美古笑道，拍拍自己腹部。

「倒是『仙人掌』的委託因此沒什麼進展，就當成妳自作自受好了，哈哈哈。等出院後我再聯絡弘叔，確認調查狀況。」

我停下削皮的手，將水果刀與蘋果置於桌案，盯著美古的臉。

「梶谷課長死了。在我家附近的公園，被手槍『碰』的一聲。」

「咦，這樣啊？」雖這麼說，他表情並不驚訝。「那麼，是畏罪自殺囉？」

我內心一沉。「你為何會這麼想？」

「因為，他竊取桑原的資料，再將心理測驗的漏洞告知近藤……」

「這些都是推測，沒有明確證據。你的自信心從哪來的？」

「呃，這個……」他開始支吾其詞。「那個……昨天早上發生那件事之前，弘叔有和我聯絡，告訴我一些調查成果……」

「你的意思是，你不僅可以預知未來，還有通靈能力，可以和天堂的人通信？」

美古表情霎時僵住，隨後低下頭，試圖避開我的目光。

「原來媽媽桑告訴妳了，早知道就不讓妳睡在那兒……那麼，就當成是我看見明天的新聞，預先知道事件真相吧！」

「你如果可以看見未來，」我環顧病房。「現在就不會躺在這兒。」

「……」

「美古，我要聽的是事實。」我嘆息道：「我們認識不過數天。印象中你對案件的接觸，不過是見了白石、桑原兩位關係人而已，梶谷甚至沒見過面，卻僅憑臆測與薄弱的證據，擅自決定調查方針——還自信滿滿。但你又不像一味橫衝直撞、僅靠運氣就能破案的偵探，我不相信一個網路上大受好評的人會是這樣。告訴我，你是不是瞞著我，私下進行許多調查？」

「如果我說是，妳會停止追問嗎？」他苦笑。

「那請告訴我是怎麼調查的。即使是小說裡莫測高深的名偵探，也得解釋給助手聽吧？」

面對我冷靜卻咄咄逼人的質問，美古沉吟半晌，最後抬起頭來。

「看來我實在不行，連說謊都會搞砸……」

我再度拿起蘋果削皮，準備洗耳恭聽。

「妳說得沒錯，我的確進行許多調查，合計約三週左右。」

「三週？我委託你才幾天……」

「當然不是『這裡』的時間，而是所有『平行世界』調查經過的總和。」

他拾起床上的漫畫書——那是哆啦A夢大長篇《魔界大冒險》。

「那晚聽妳提起，我開始看這本。還真的有點像。」

「像？和沙盒？」我問道。

「不只如此，還有我的能力……」

他翻開其中一頁，是哆啦美解說「如果電話亭」的那一幕。

「開啟平行世界的能力。之前用『預知未來』只是方便妳理解，事實上是更為複雜的能力。」

蘋果皮剩下最後一圈——美古此刻的語氣不像是說謊，我示意他繼續說。

「那晚告訴妳的故事，一部分是真的。我從孤兒院出來，求職四處碰壁，有陣子的確當過遊民。那段時期，我發現自己可以操弄時間……有時候，四周景色會罩上一層薄幕，這層幕過幾天會消失，然而接下來的時空，卻是回到幕籠罩前的情況。」

他嚥了口唾液。

「之後我若照著先前的行動走，四周反應也會和罩上幕時相同，就像……遵照排演好的劇本似的。然而除了我，其他人都沒有『進入過幕中』的記憶。」

「我看過一部電影，主角跌入時空夾縫，一直重複回到某一天……」

「最初我也以為如此。不過屢次發生後，我發現那層『幕』是可以控制的。集中精神，數秒後薄幕罩上，想回到『幕前』只要再次凝神便可。像是在玩電腦遊戲，半途中可以存檔，若對往後發展不滿意，就讀取存檔。」

蘋果皮已削淨，我從中央切下一刀。

「是弘叔找到了我，對我解釋能力機制。他似乎認識我的血緣表親。他說我們這族的能力，就是開啟平行世界——他稱為『執行緒』（thread），大概是什麼電腦術語吧——並將自身意識傳送到那兒。一開始執行緒和原來的世界一模一樣，我在裡面可以透過行動使它改變，但這些行動不影響現實。」

「就像『如果電話亭』。」

我點頭，將切好的蘋果遞給美古。他拾起一片塞入口中。

「換句話說，我在執行緒裡可以進行『實驗』，看看自己這麼做，周遭反應會如何，等執行緒期限屆滿，或是我自行凝神回到現實世界，時空就會恢復成執行緒開啟前的樣子，彷彿『實驗』不曾存在過，唯一改變的，只有自己經歷實驗的記憶。」

「回到現實後，執行緒會變得如何呢？」

「和『沙盒』不同的是，我開啟的平行世界不會刪除。但裡頭的人接下來會如何……連我也不知道。依照弘叔的說法，在那個世界裡，我的身體會誕生一個新的『意識』以代替回到現實的我，而那個『我』與其他人往後會怎麼互動，邁向什麼結局，我無法看見，僅能猜測。」

「你就是運用這種能力，從事偵探活動嗎？」

美古頷首道：「弘叔告訴我，我的能力不該浪費，必須用來幫助更多的人，便將我帶回徵信所。名義上是學徒，但他早就打算讓我自立門戶。」

美古攤開雙手。

「一開始我住在事務所，但時間一久，發現能力漸漸喪失。我和弘叔討論，他告訴我，想必是缺乏『能量』來源，我們好一陣子才知道那是什麼……」

腦中閃過一樣東西。

「瓦楞紙箱？」

他點頭。「而且是經過日曬、風吹雨打的紙箱屋，一般的箱子行不通。」

我想起那有如後院倉庫的小屋子。

他擁有整棟櫻桃大廈卻住在紙箱屋的理由，不是因為這樣比較自在，而是為了讓能力可以隨時派上用場。之所以在遊民時期才被發掘，想必也是如此。

「不過啊，儘管弘叔相當有耐心，我還是學不好。我跟妳說過吧？我的偵探能力是最差勁的，只會到處搞砸。但因為能不斷開啟執行緒，做事變得很容易。」

他繼續啃著盤中蘋果。

「失敗了就重來，反正過去的調查記憶不會消失。縱使執行緒有日期限制，還是很方便。網友都說我『五天就能破案』，但若將所有平行世界的調查時間加總，前後多達一個月也不為過。只因我想做到最好。很可笑吧，什麼都做不好的蠢蛋，骨子裡竟是完美主義者。」

我想起初次見面時美古說的話。他說偵探能力要很多元，調查時機的掌握、判斷力，甚至真相的表達能力都很重要。那時他給我一種老成的感覺，儘管年紀比我小，但在無數個平行世界所經歷的歲月，想必遠超過我吧！

「事務所取名T＆E，意思是Trial and Error嗎？」我問道。

那時美古用父母的名字來搪塞，但孤兒院出身的他，即使有辦法知道生父母姓名，也很難想像會以這種方式紀念他們。

「是的，抱歉扯了很爛的謊。我如此取名，只因自己是奉行『嘗試錯誤法』的偵探。」

「沒想過要逃開嗎？失敗的案件，就讓它付諸流水。」

「曾經考慮過，然而當名聲建立起來後，怎樣都無法割捨。」

美古嘆口氣，將一掃而空的水果盤遞給我。

「另一方面，我發現自己待人接物的態度有所改變——變得漫不經心。執行緒裡的人就算發生什麼事，回到現實後還是會恢復原狀，就像沙盒中的測試對象，是無法產生感情的人偶。」他吸了吸鼻子，說道：「這種冷漠甚至轉向自己。某次調查時，我在執行緒中被槍殺，恢復意識後回到了『幕前』，雖然慶幸自己沒事，卻也產生另一種想法：『啊！原來失去性命沒什麼大不了。』我明白那是錯覺，卻怎麼也揮之不去。」

他低下頭，露出有些自暴自棄的笑容。

「弘叔曾跟我說，如果遇到同族的人，意識轉移機制或許會改變。當自己開啟執行緒，只要兩人在一定距離內，即使對方能力尚未開發，仍會成為『伴遊者』意識一同進入平行世界，也會一起回到現實。」

心頭突然一陣刺痛。

「我一直懷著期待。我想對我而言，那些人才是真正活著吧！然而直到現在，從來沒有遇過。一次都沒……」他的話語逐漸微弱，消失在空氣中。

眼前的男人突然變得好小，過往的自信蕩然無存。

我脫口說道：「美古，撒手吧！」連自己也嚇了一跳。

他聞言抬起臉，兩眼直勾勾地望向我。

「這次『仙人掌』的事件就交給警方，我們……就別再……」

「新島小姐。」

美古皺起眉頭，那模樣有點恐怖。我瞬間吞回原本要講的話。

「一開始我不打算管這件事。當偵探的經驗久了，總會判斷哪些案件適合自己。你們政府想息事寧人的態度，與我的正義感不符。」

「那為何當初一口答應……」

「最初的執行緒，我拒絕了妳。我直接在紙箱屋和妳面談，刻意表現得難以相處，還請妳喝熱巧克力——那時不清楚妳的好惡，只是誤打誤撞。」美古凝視我的臉，雙瞳泛著光芒。「談話最後，妳接到一通電話飛奔而出，過了一小時，妳從新宿某大廈墜樓身亡。妳的男友以死要脅，卻將妳誤推下樓。」

我倒吸一口氣。阿茂的確有可能這麼做。

「回到現實後，我思索如何避免這狀況。我陸續開啟執行緒，嘗試不同的方法。一開始我強烈挽留妳，也改變面談地點，將妳帶到『朝顏』，然而只要我不明確表現接受委託的態度，妳都會很快告辭。那通來電也是問題，妳一接到電話便會前往赴死。我甚至試過硬跟著妳去找男友，結果卻因自己的懼高症，眼睜睜看妳墜落地面……前後試了六十多次，我終於找到方法。」

一股悲傷湧上。

「你答應委託，還更動我的手機設定。」

「是的。妳或許是感到放心，願意留下聊天。趁妳去洗手間時，我將手機偷偷設定為靜音模式。」

當晚情形——回到公寓後，我發現有數通未接來電，卻沒有設定靜音的印象，原來是因為美古的預防措施。

「接下案子後，事態變得騎虎難下。我又得扮演人人稱道的偵探，著手看似迅速，實則冗長的查案工作。」

「三位關係人的調查都是這樣嗎？你說瞄見白石皮夾，發現桑原電腦有未刪除的祕密檔案，都是胡說的吧？」

美古頷首道：「我沒有神探的觀察力，只能用弘叔教我的伎倆，不斷地嘗試錯誤而已。白石、桑原我各自花了十至二十個左右的執行緒，終於確定他們在事件中扮演的角色。至於梶谷則是危險分子，正打算調查他時，妳又在我面前死了幾次。」

我想起自己在酒吧誘惑他，他將我帶回櫻桃大廈，將我丟在五樓徵信所。那也是在保護我嗎？

「可是……為何沒躲開阿茂的襲擊呢？」

「那是突發狀況。」他指向自己肚子。「在前面的執行緒裡，我都沒將妳帶回新宿，最後的測試才這麼做。然而我卻沒檢查後續影響，就草率地在現實中執行了。換來的就是昨天早上出門，突然被捅一刀……」

我從座椅起身，盯著他的縫合疤痕。

「為什麼？為什麼要這麼辛苦？」我發現自己聲音有些哽咽。「我不過是政府派來的官員……對你而言，只是死了個不相干的人。我不是『沙盒』中的人偶嗎？為何做到這種地步？」

「對我而言，」美古的視線迎向我，眼神十分堅定。「妳是活生生的人。」

視野變得一片模糊。

等自己察覺時，人已跪倒在病床前。我的臉貼在他大腿上，低聲啜泣。

「我、我、我，嗚啊……美古……」

這幾天來，我一直有股落寞感。他言行中表現的淡漠，讓我有種被抗拒的感受。今天我知道，那是他對無法成為「伴遊者」的人一種習慣態度。然而當我了解到，他已在百餘個執行緒和我相處好幾回，並試圖解救我不下數十次時，這一切已沒那麼重要。

比起他，自己的兒女私情實在過於渺小。

「沒事了，亮子，快結束了。」美古輕撫我的頭。

對我而言，他對我稱呼改變的這句話，像是從天而降的救贖。

「真的不多留幾天嗎？」

我看著美古將換洗衣物揉成一團，塞進旅行包內。星期天下午的探病人潮很踴躍，隔壁病床青年的身邊圍著一群朋友，七嘴八舌交談著，兩側氣氛恰成對比。

「傷口已經好多了，而且我擔心案子的事。」他拉上拉鍊，將旅行包揹起。

早上美古向探視病房的醫生表示，希望能盡早出院——最好是今天。

起因是昨晚的一段對話。當時手機接到藏前署的刑警來電——是那個胖警官。他說梶谷的遺書已在現場附近被找到，似乎是被風吹進民宅內。上頭說明自己盜取機密資料並洩漏他人，擔心事發後被革職才想不開。遺書以電腦打字列印，最後有梶谷簽名。警方傾向朝自殺方向偵辦。

我將此事告知美古，順便將警方對我的訊問內容也詳述一番。

「跟我在平行世界看到的差不多。」他聽完後說道。

「咦？差不多？」

「我說過正要調查梶谷時，妳『又』在我面前死亡吧？在某個執行緒裡，那天晚上喝酒後我並未帶妳回櫻桃大廈，而是送妳回家，然而並沒有送到房門前，隨後妳在房內遭槍殺的屍體被我發現。下個執行緒我和妳一起進公寓，也因此見到兇手的臉——就是梶谷。那時就確定他是主謀。」

我不禁想像自己被梶谷殺害的情景。真是不寒而慄。

「因為他有帶槍，我嘗試好幾個執行緒才將他制伏。」美古雙手一攤。「沒想到他立刻飲彈自盡。我在那個執行緒裡待上一陣子，幾天後警方也找到遺書，內容大同小異——不過那不是為了自殺寫的，與其說是遺書，不如說是自白書吧！」

「近藤命案的發展呢？」我問道。

「那起命案一直沒找到足夠釐清的證據，或許會當成自殺處理，我因為執行緒期限，沒看見結果就回到現實了。然而，制伏梶谷需要不少運氣成分，實在難以在現實中執行，於是便決定帶妳回櫻桃大廈，直接避開襲擊。沒想到梶谷撲了個空便自殺……」

「仙人掌」的案子幾乎可以確定梶谷是主謀，我也能對上級有所交代。不禁鬆一口氣——直到下個想法閃進腦海之前。

「可是，這樣不對呀！」我脫口而出。

「哪裡不對？」

「因為，你知道梶谷利用桑原的電腦竊取資料，是在平行世界裡吧？在現實中，你只是看了那台電腦兩、三分鐘，根本沒檢查一絲一毫。」

「對呀。在執行緒裡，我對平板電腦動了不少手腳。雖然那種程度的伎倆想必會被桑原察覺，回到現實後他應該不知道才對。」

「那麼一來，梶谷理應不知道有人察覺他犯下的勾當，為何舉槍自盡呢？」

美古瞬間愣住，隨即陷入長考。

「嗯……會不會只是良心不安？認為即使現在沒人發現，遲早有一天紙包不住火？」

「就算是敏感纖細的人好了，自殺我還能理解……為什麼想殺害我？我們根本還沒調查他，僅是對桑原問話而已。矛頭會指向我的理由，我完全想不透。」

「桑原有可能向梶谷透露談話內容，他因此疑神疑鬼，認為妳會找到自己頭上……」

「『犯人的直覺』嗎？」我思考片刻。「我還是覺得很牽強。」

然而下一刻，我發現美古的表情有所改變。

他的視線凝視空中某一點，像是想到了什麼。嘴唇不斷蠕動著。

「等等，梶谷該不會……不對啊，他那時明明在大阪……難道是桑原？但如果是他，應該不會放心將電腦給我們看……這麼一來範圍就剩下……」

美古的臉轉向我，那表情有點恐怖。

「我得回去一趟。」他呢喃道。

「咦？」

「事情還沒結束，得回去確認事情。而且離開紙箱屋幾天，感覺自己的能力快消失了。」

那時已是晚上十點，他決定早上就和醫生提出院的事。隨後他像是想起什麼，起身從波士頓包取出一本筆記簿——內容像是日記。他快速翻頁，不久便停下手，目光集中於某個段落。

「五十公尺……」

他留下一句意義不明的話語，便將筆記簿闔上。

此刻，我和美古已從醫院踏上歸途。兩人剛從地鐵站走出，準備前往櫻桃大廈。他的走路速度頗快，我跟得有些吃力。

「那時說的是什麼意思？」我問道。

「什麼？」

「『五十公尺』是什麼意思？」

「噢，那個呀……」他沉吟半晌，像在考慮要不要告訴我。「是『如果電話亭』的大小。」

「哆啦A夢的道具？哪有那麼大？」我完全不懂他的意思。

「只是比喻而已。」他呼了口氣，說道：「我昨天想到一個問題：為何要做成電話亭的樣子呢？那樣又大又笨重，做成隨身攜帶的話筒不行嗎？」

「那個年代手機不流行，漫畫家沒想到吧？」

「我想到一個更好的理由：做成電話亭，是為了隔絕不相干的人。唯有進入電話亭的人才會被傳送到平行世界。如果做成手機形式，所有旁人都會被捲入。」

語畢，他又恢復沉默，僅是逕自向前走。

櫻桃大廈正門就在前方。我快速跟上。

我思考美古話中的意義。他是指「伴遊者」吧？弘叔和他提過，同族的兩人在一定距離內，當其中一人開啟執行緒，另一人也能隨同進入平行世界。這「一定距離」就是昨晚提到的五十公尺嗎？

他認為「伴遊者」是誰？在事件中扮演的角色又是什麼？

不知不覺中我們已進入大樓。美古拉開通往垃圾堆放場的後門，門扉仍像初次見面時那樣，發出刺耳的吱嘎聲。

我們朝空地角落的小屋走近。中午下了雨，空氣有點潮濕，紙箱似乎還承受得了雨水侵襲，沒有變得很濕軟。

美古轉身面向我。

「謝謝妳陪我這麼久，接下來我得獨自調查，確認些事情。」

「還會……再見面吧？」

「會的。有消息一定通知妳。」他的手伸向紙箱門。

接下來發生的事太過突然，令我無法思考。

美古突然縮回欲開門的手，一腳踹向門板。瓦楞紙固定的膠帶脫落，紙板飛向小屋深處。一隻手從屋內伸出，我尚未看清手上的東西，就被美古給撲倒在地。

「啪」的一聲，那隻手上的物件迸出火光。

槍口的滅音器冒出陣陣白煙。美古瞬間從地上躍起，右腳順勢踢向那隻手。

只聽聞一聲慘叫，手槍脫離手的掌握，呈拋物線飛向空地另一角。美古衝向該處，一個翻滾拾起手槍，俐落的身手不像剛出院的病人。

在美古轉身的一刻，我被一隻結實的臂膀從後方架住，那強大的臂力怎麼也掙脫不了。右側太陽穴傳來冰冷觸感，待我回神，才發現是另一把槍。

「等你好久了。」耳邊響起熟悉的聲音。

美古蹲在地面，將槍口朝向這兒——不是我，是架住我的那個人。或許是擔心傷到身為人質的我，他的動作有些猶豫。

「美古，這是怎麼回事……」脖頸被架住的我，痛苦地喊道。

「他是『伴遊者』。」美古一動也不動，似在思考如何突破僵局。「他知道我們已深入案件核心，打算殺人滅口。」

「你果然是『操弄者』。」

聲音有些嘶啞，與平日誇張的搞笑語氣大相逕庭。但我聽得出來那是誰——是曾在保護局任職，很照顧我的上司聲音。

「在這裡解決你，可說是一石二鳥。」竹內局長說道。

T125

美古後頸流下一道冷汗。

照理說這場面應該是瞄準對方持槍的手射擊，但在一失手便會傷到人質的情況下，談何容易。

（不管，和他拚了……）

他扣下扳機，卻只聽見「喀啦」的空發聲響。

對方哈哈大笑。「看來那把槍的子彈，被我用掉了。」

一陣絕望感襲上美古。不行，不能放棄——自己也曾徒手制伏帶槍的梶谷，一定有什麼方法。

此刻，他察覺亮子的嘴唇開始蠕動，似乎想傳遞什麼訊息。

距離有點遠，他花了數秒才瞭解唇語的意思：「衝過來，我會躲開子彈。」

（原來如此。她知道我一旦衝上前，人質便會成為槍擊對象。她想算準扣扳機的瞬間蹲下閃避，如此一來槍沒射中目標，竹內也會被我撞倒。）

美古不知道有什麼更好的方法，只能相信亮子的勇氣與反應。

「嘎啊啊啊——」

他瞬間從地上彈起，朝竹內狂奔而去。

快開槍吧！他盯著對方，等待槍口迸出火花的一刻。雖僅是一、兩秒，卻彷彿電影慢動作播放般，感覺頗為漫長。

啪！

對方終於開槍。然而，槍口卻是指向美古。

下一刻，左胸感覺被什麼東西貫穿，鮮血汩汩湧出。

美古頹然倒下。

美古後頸流下一道冷汗。

上一道執行緒失敗了。如果對方開槍的目標是自己，就只好算準那一刻，側身閃避。

（和他拚了……）

他扣下扳機，發出空發的「喀啦」聲——雖然明白裡頭已沒有子彈，還是得讓亮子知道。

竹內嘴角露出一陣笑意。「我說過，子彈被我用掉了。」

美古緊盯著亮子的嘴。不久，她的嘴唇開始蠕動，「唇語」開始了。

「衝過來，我會躲開子彈。」和上次一模一樣。

（亮子，謝謝妳。但是，這次就靠我的運氣了……）

「嘎啊啊啊——」

他瞬間從地上彈起，朝竹內狂奔而去。

槍口逐漸轉向自己。他盯著對方，內心開始倒數，他知道對方哪一刻會開槍，但只能依靠感覺。

三、二、一，來了！他朝左側橫向一躍。

啪！

對方開槍了，卻不是美古想的時機。槍口在他試圖閃避後再度轉向，待他動作停止後才開火。

子彈迎面而來。

下一刻，腹部感覺被什麼東西貫穿，鮮血汩汩湧出。

美古頹然倒下。

「怎麼了？不開槍嗎？呵呵呵呵呵。」

竹內冷笑。我顫抖著說不出話來。眼前美古表情僵硬，直盯著這裡，卻沒有任何動作。

「看來你已經發現了。第一，那把槍裡沒子彈。第二，不管怎麼試探我的動作都是徒勞，因為不會每次都一樣。」

「可惡……」美古啐了一聲。

雖感到恐懼，我仍試圖理解他們對話。

美古說竹內是「伴遊者」，也就是美古開啟執行緒後，兩人意識會一同進入平行世界，也會一同回到現實。兩人在執行緒裡的記憶是共有的。

換句話說，竹內知道自己何時身在執行緒裡，何時回到現實，可以根據前者的「經驗」調整後者的策略。他不像一般人一樣，會在兩個世界表現出相同的反應。他是沙盒中具備「受測自覺」的實驗對象，不論測試幾次都毫無意義。

就像「薛丁格的貓」，尚未打開箱子——回到現實——前，無法得知實際行動如何。要與之對決，僅能憑運氣。

美古若衝過來，竹內一定會對我開槍。我思考自己能否避開槍擊，說不定有機會……

「不衝過來嗎？」

在我打算用唇語打暗號時，竹內出言挑釁。

美古一動也不動。看來他們連我的想法也預測到了，真不甘心。

「我問個問題……」

美古肩膀上下起伏，說話帶著氣音。

「那天在麥當勞初次見面，不久你便進入我的執行緒對吧？」

「對。你在平行世界對桑原電腦做的手腳，很快被我發現了。那台平板電腦是公發的，我不放心而向他要來檢查，馬上發現你的伎倆——應該是接上什麼磁碟紀錄分析器吧？我因此認定你已知道梶谷做的事，回到現實後，馬上通知人在大阪的他。」

「為何殺了他和近藤？」美古呼吸急促，問道。

「我是不得已啊……」

竹內將槍口暫時移開，拉動滑套上膛後，再次抵住我。

「梶谷那傢伙是夥伴，原本打算殺了這姑娘，誰知等了一晚沒等到她回家，就嚷嚷說要去自首，我只好出此下策。至於近藤，我不過是叫他幫個忙，卻好死不死被警方發現，就……」

我想起梶谷和近藤的死亡現場。兇器手槍都在現場被找到，指紋與煙硝反應只要讓死者手握槍，多擊發一次便可解決——當然多的彈殼要回收。至於梶谷遺書上的簽名，身為上司的竹內也有機會取得。

「對你而言，他們只是用過就丟的手下？」

「你好像不明白，」竹內搖頭道：「日本從戰後以來，就是個有表、裡社會的國家。為了站上頂點，達成表裡統一，本來就會有必要的犧牲，也得運用非常手段。刑務所該囚禁誰，該釋放誰，不能只用單一標準決定，有時也需要彈性。」

「狗屁不通！」

為了抵抗恐懼，我放聲大喊。
「這就是你鑽『仙人掌』漏洞，讓近藤出獄的理由嗎？你這樣對得起老師嗎！」
「姑娘，給我安靜。」抵住太陽穴的槍口更加用力。「妳指加利．米勒？那傢伙是無可救藥的笨蛋，空有理論的理想主義者，竟然連沙盒應用不容許有半點的『受測自覺』都沒想到……」
「受測自覺？你是人科共進會的人？」我驚呼。
「少拿我跟那個民粹團體相提並論！」竹內喝道。「那些傢伙不明白『漏洞』對一個統治者而言，是何等重要，只會抗爭，根本成不了氣候。我這麼做不僅為了自己，為了日本社會，也為了證明米勒的愚蠢。」
我想起局長室的照片。手比V字的米勒先生，搭著笑容僵硬的竹內肩頭。
那樣的笑容，是否出自對恩師的輕蔑呢？
「你剛才說，殺了我是一石二鳥。」美古仍一動也不動。「似乎不只是隱藏罪行這麼簡單。」
「看來你發現了。襲擊新島姑娘是梶谷的擅自行動，一開始，我的目標就是你。」
太陽穴的壓力解除，竹內將槍口指向美古。
「那天我走出速食店不久，周遭景色罩上一層薄幕。我明白自已經進入平行世界，也確定你是操弄者。」
「何以肯定是我？五十公尺範圍內有很多人。」美古問道。
「打從我聽到新島姑娘轉述你的事蹟，就這麼認為了，那天只是更為確信。解決你，我的宿命才告結束。」
腦海中閃過兩個畫面。一幕是我告知竹內局長關於T&E的評價時，他那彷彿找到獵物般的好奇神情。另一幕是兩人在速食店初次見面時，竹內揪在一起的誇張五官——那一定是在掩飾內心情緒。

「宿命？」我與美古脫口而出。

「伴遊者的宿命，便是追殺操弄者。」

「為什麼？不是同一族的人嗎？」我囁嚅問道。

「因為宇宙秩序。」手槍仍指向美古。「自古以來，所有族人中僅會有一個操弄者，否則兩人同時開啟平行世界，會影響宇宙時間運行。」

粗壯的臂膀仍架在我身上，怎麼也掙脫不開。

「然而長久下來還是亂了套——平行世界不斷被創造，流動的時空愈來愈多，遲早超過宇宙負荷。於是我們被下令：若有操弄者不知節制，伴遊者們得盡全力除掉他。」

「沒人告訴過我……」

美古低語，眼神相當茫然。

他是孤兒，發掘能力的弘叔也不一定知道這點。自己一直渴望遇見的「伴遊者」竟是敵人，真是太諷刺了。

「話說太多，該送你下地獄了。」竹內拖著我，開始朝美古逼近。「你若有所覺悟，看是要乖乖受死，還是衝上前與我奮力一搏？」

「一定得選一個嗎？」

此刻，我從美古表情中察覺一絲不對勁。他的嘴角竟揚起匪夷所思的笑容，似乎正盤算什麼。

「呵呵，呵呵呵呵呵。」

他看了一眼左手的錶，開始悶聲哼笑。笑聲逐漸擴大，像是要盈滿整個空地。

「你笑什麼？」竹內語氣泛著疑惑。

「太遲了，時間快到了。」

「時間？」

「你知道為何大家都說我『五天就能破案』嗎？」美古張開左手手掌，伸出五隻手指。「亮子，妳委託我那天是星期幾？」

他目光朝向我。我思考片刻。

「是星期二……」

剛說出口，我突然想到什麼，不安感縈繞心頭。

「莫非，你提過的『執行緒期限』是……」

「是的。」

「你說這裡是現實，難道……」

「對不起，我又撒了個謊。」

「不，不要！」我忘卻自己的人質身分，高聲呼喊：「你回去了，那我怎麼辦？你說我是活生生的人，難道也是謊言？」

「我本來也想解決後再走，但來不及了。」

他的笑容逐漸減弱，表情充滿無奈。

「新的『意識』會怎麼做，我不知道。對不起，恕我無法讓這世界有個圓滿結局。」

「這才是騙我的吧？騙我的對不對？」

S.T.E.P.

「妳就當成這樣也無妨，反正對妳而言，差異不大。」

一陣莫名的悲傷襲來——太自私了，或許兩者沒什麼差別，但若想到自己不過是個「實驗對象」，有個「現實的我」能得到更完滿的結局，那比什麼都還要痛苦。

霎時間，我感到加諸脖頸的力道被釋放。

「意思是……我解決你也沒用嗎……你活著的意識……在更外層的『現實』……」

竹內似乎被他的話給震懾，愣在當場，不停喃喃自語。

「亮子，快逃！」美古吼道。

我赫然回神，發現自己早已掙脫竹內的束縛。

「嘎啊啊啊——」

美古將手中的槍——那把沒有子彈的槍——往竹內方向扔去，接著從地上彈起，朝竹內衝撞而來。

我立刻拔腿狂奔。

「哎喲！」

手槍似已擊中竹內，他發出哀號。後方傳來強烈撞擊聲——像是美古將對方撲倒在地，兩人扭打成一團。

但我僅是死命擺動雙腳，朝大廈後門跑去，甚至沒有回頭看美古——不知是我認識的那個美古，還是僅包著美古「新生意識」的空殼——一眼。

我只想知道「這裡」是哪裡。

雙腳不停動著……

EP.3〈E PLURIBUS UNUM〉

E Pluribus Unum /ˈiː ˈplʊərɪbəs ˈuːnəm/
〔拉丁文〕合眾為一（Out of Many, One）。
刻印在美國國徽正面的格言。

安德魯・基廷透過車窗，目不轉睛地凝視著街角的籃球場。

車子停在第十九街和P街交界，由於街燈不足，無人能察覺這個眉頭緊蹙、滿頭大汗的男人坐在駕駛席上。內心焦躁的基廷左手扶著方向盤，右手摸著外套口袋中的半自動手槍，緊盯著籃球場上的六個孩子——那群孩子大約十四、五歲，其中兩個是女孩。他們在球場上並不是在打球，只是在兩邊圍著鐵絲網、設備破爛、牆上布滿塗鴉的球場一角胡鬧。

「我為什麼要在感恩節晚上幹這種苦差？」

從兩個鐘頭前，基廷就不住反問自己。為了這件事，他沒有回鹽湖城老家跟父母兄弟過節，當他在電話推說自己因為工作關係，今年無法回家時，母親還抱怨了幾句。反而老爸比較通情達理，說了句「你在首都政府工作，當然會很忙，不過聖誕一定要回來啊」。

聽到這句話時，基廷感到一陣難過。父親如此信任自己，自己卻對他撒謊了。基廷在為期四天的感恩節假期留在華盛頓，並不是因為工作——聯邦政府沒有如此不近人情，要他在感恩節加班。

他待在首都，是出於良知的呼喚。

他知道，這天晚上，有一群孩子會被殺。

而他是唯一知悉內情的人。

想到這裡，基廷再一次握緊口袋中的手槍。那是一柄九毫米口徑的第六代葛拉克半自動手槍，在二〇二四年面世後，十五年來一直受美國民間歡迎。雖然彈匣只能裝填七發子彈，但它細小的槍身、後座力接近零的設計，正好適合女性和不擅長使用槍械的平民用作自衛。事實上，基廷在一個月前，也只有使用獵槍的經驗，這把「葛拉克56」正好符合他的需要。

然而，可能的話，他寧願那七顆子彈永遠沉睡在彈匣之中。

聚在球場一隅的六個孩子大聲喧鬧，即使相距數十公尺，那些夾雜著污言穢語的笑聲仍清晰地傳進基廷身處的車廂內。因為球場四周的房子都沒人居住，他們放肆喧囂也沒有居民投訴，不過基廷猜想，就算附近真的有住戶被這些小鬼騷擾，居民們都不敢直斥其非。這些小鬼並不是善類，這社區一向存在幫派問題，好孩子才不會在天黑後待在街上遊玩，會在晚上聚集的小鬼，不是這些狐群狗黨的成員，便是跟成員物以類聚的壞孩子。

「為什麼我要救這些討人厭的死小孩？」

這是基廷不住反問自己的第二個問題。這些小鬼不在，額手稱慶的人大概遠多於感到悲傷的人，天曉得這些小孩數年後會不會變成犯罪分子，為社區帶來更多麻煩、製造更多混亂、傷害更多安分守己的市民。只是，基廷覺得見死不救是錯事——就算對方是十惡不赦的壞蛋，基廷也覺得應該要出手相救，何況這些小鬼並非什麼惡棍。

而且，他更不能接受翌日看到這些小孩慘死的新聞。

別留在球場，快回家吧，快回家吧——基廷不住在心中默念。基廷心想，只要這些小孩離開現場，說不定案件便能避免發生，他只要在車子裡待一個晚上，盯著無人的球場便能功成身退。

可是，他的祈求落空了。

那個男人從第十九街遠處緩步走近。基廷看到他的身影，頓時感到頭皮發麻，心跳加速。尤其他看到那男人揹著一個偌大的黑色背包，更覺得快要窒息。

彷彿一切都按「劇本」進行。

深深呼吸一口氣，捏緊口袋中的手槍，基廷打開車門，跳出車廂。那男人和小鬼們都沒察覺站在街角的基廷，他們都正在沉浸於自己的世界中。

基廷剛打算橫過馬路，忽然聽到微弱的警笛聲，不消數秒，聲音變大，兩輛警車風馳電掣地在他面前飆過。他正為警察介入而感到慶幸時，警車卻沿著第十九街朝河岸高速公路的方向繼續奔馳，沒有半點停下來的意思。基廷這刻才發現自己誤會了，將視線轉回球場，驚見男人已經走近孩子們身邊。剛才的警車並沒有令男人分心，基廷暗暗自責失去攔截對方的黃金機會。

基廷匆忙拔出手槍，往球場衝過去，他用腳踢開虛掩的閘門，鐵絲網發出清脆的聲音。聲音似乎引起那男人和小鬼們注意，可是，基廷察覺，他將要為剛才那十數秒的分神付出沉重的代價。

男人已把背包從背上卸下，並且把拉鍊拉開了一半，正伸手探進袋子裡——

完蛋了——基廷心想。袋子一旦打開，便沒救。他在「劇本」中已讀過這情境不下數十次。

他知道，在那沉甸甸的黑色背包中，放著幾把衝鋒槍和數百顆子彈。

那些「劇本」，沒有一篇不是血腥收場的。

◐

「法蘭，請你解釋一下這些下載紀錄是什麼一回事。」

「哎喲，被發現了呢。」

聽到法蘭滿不在乎的回答，基廷不禁火冒三丈，不過，基廷好歹在人事複雜的商務部待過八年，他才不會輕易讓不滿情緒浮現臉上。尤其面對法蘭這種怪咖下屬，發怒只會讓自己心臟病發。

「法蘭，我問你，你為什麼要把系統檔案下載到私人電腦？」

「請放心啊，基廷先生，我採取了周密完整的防護措施，檔案全經過比國防部要求更嚴苛的密碼系統進行加密，而我的私人電腦設有四重保安，就算被盜去，只要沒有我的視網膜認證，強行打開機器會引發內置的物理破壞裝置直接毀掉硬體，如果駭客想駭進來更會掉進我預設的陷阱，反倒炸了對方的終端機，並且暴露位址……」

基廷揉了揉太陽穴，心想面前這個二十二歲的傢伙到底懂不懂人話。他完全沒料到調職到這部門後，最大的難題是應付法蘭克林·普拉特這位部下。

三十歲的安德魯·基廷今年八月加入聯邦司法部。他老家在猶他州鹽湖城，高中畢業後，獲得位於麻薩諸塞州、著名的麻省理工學院錄取，修讀電腦科學。雖然就讀於學者輩出的ＭＩＴ[3]工學院，但基廷沒打算唸研究所，他的目標是加入聯邦調查局，調查科技犯罪。基廷小時候很喜歡讀犯罪小說和看犯罪電影，故事中的聯邦調查員智勇兼備，屢屢偵破奇案，將惡貫滿盈的罪犯繩之以法，是基廷自小憧憬的對象。他自問體能難以符合特別調查員的要求，於是他希望從事分析和支援等後勤工作。他預料科技犯罪在未來會日益增加，故此他在中學時已立志進修資訊科學，準備畢業後大展拳腳。

基廷以優秀的成績取得學士學位，獲得好幾位有名的教授的推薦信，他亦順利通過調查局的筆試，然而，他的願望沒有成真。他完全沒想過自己居然在面試一關出局，事實上，他自問面試表現不俗，可是局方卻寄給他一封不合格通知。心灰意冷之際，他退而求其次，在其他聯邦政府機關裡謀取職銜，最後在能源部和商務部之間，他選擇就職商務部。

3. 麻省理工學院（Massachusetts Institute of Technology）的縮寫。

而這決定令他在商務部度過了八個寒暑。

他加入商務部旗下的國家電信和信息管理局，憑著敏銳的科技觸覺和圓滑的處事手腕，八年間扶搖直上，晉身局中的管理階層。他有時會想，假如當年聯邦調查局聘用他，他到今天可能仍是一個平平無奇的分析員，沒機會跟一眾政府官員開會研究國家發展策略、和總統幕僚邊喝酒邊聊國際局勢、與市長或州長在高爾夫球場上握著球桿談笑風生；不過，沒能於調查局工作，始終在他心底留下一絲遺憾。

商務部裡有不少年輕的員工，但三十歲便擠身幹部階級卻是少數。基廷被視為商務部的明日之星，獲得不少跟國會議員、白宮要員碰面的機會。在今年年初某個共和黨主辦的餐會裡，基廷經商務部副部長介紹，意外地跟那位赫赫有名的司法部大人物見面。

那位改革了美國司法制度的加利．米勒。

因為得到司法界德高望重的顧問鮑伯．D．安東尼引薦，加利．米勒在奧克拉荷馬州總檢察長任期完結後，進入聯邦政府司法部，推動他一手籌劃的「刑期評估模式」。二〇三〇年，華盛頓繼奧克拉荷馬州成為第二個使用「刑期評估模式」的地區，而這措施令華府罪案率顯著下跌。全美各州紛紛仿傚，直到九年後的今天，只餘下紐約州和夏威夷州仍未通過改革法案，但司法部的官員認為不出一年，這兩州也會實行新政策。

司法部官員如此樂觀，最主要的原因是這評估模式令全國罪案率一直下掉，尤其是像兇殺案等嚴重犯罪，數字逐年遞減，效果最為明顯。比起過去槍械管制、擴大警權等具爭議性但效果成疑的政策，這改革可說是立竿見影。事實上，即使美國仍未全國推行，加拿大、英國和以色列已向聯邦政府借鏡，向美方輸入技術，試行類似的政策，而澳洲、法國、日本等國家，亦紛紛致函司法部，表示有意派學者前來取經，看看這種利用電腦沙盒模擬決定囚犯刑期的科技會否適用於本國。

基廷在餐會上跟米勒言談甚歡，當米勒知悉基廷於麻省理工工學院畢業，更對他刮目相看。米勒也是ＭＩＴ畢業生，跟基廷待過同一個兄弟會，所以對這位年輕二十歲的學弟留下深刻印象。一個月後，基廷再次跟米勒在一項慈善活動中相遇，兩人相約打高爾夫球，而在第五次見面時，米勒向基廷提出一項邀請——他問基廷有沒有興趣跳槽到司法部工作。

「安德魯，你有資訊科技背景，在商務部也經常跟人洽商，我正好需要一位這樣的專門人才。懂得和人溝通的傢伙，往往對電腦技術一竅不通，而精通科技的，卻不擅與人打交道——但你同時兼備這兩種才能。你提過你的畢業論文題目是人工智慧和模擬系統吧？你待在國家電信和信息管理局太浪費了，而且我實在想不到有任何人比你更適合我手上的這份工作。」

「什麼工作？」

「ＢＩＲ的支援及顧問辦公室主管。」

ＢＩＲ全名是「關押與釋囚管理局[4]」，是司法部在二〇二九年成立的機構，負責利用「沙盒技術」決定囚犯刑期以及一切相關的工作。管理局旗下有多個部門，除了核心技術部門的「沙盒策略通用系統管理辦公室」外，還有像「支援及顧問辦公室」這種專責協調技術與行政的支部，也有「釋囚輔助處」這一類兼具「社會性質」的部門。

4. Bureau of Incarceration and Rehabilitation

「支援及顧問辦公室的主管八月便會離職，我一直找不到合適的人選接任。我保證薪水不比你現在的低，未來的晉升機會更多——在司法部，跟那些『巨頭』見面的機會遠多於呆在國家電信和信息管理局嘛。」

基廷沒想過自己有加入司法部的機會。雖然他已放棄加入聯邦調查局的念頭，但如果能在司法部工作，總算跟年輕時的夢想較接近——聯邦調查局跟關押與釋囚管理局一樣隸屬於司法部。他花了幾天瀏覽關押與釋囚管理局和刑期評估模式的發展資料，對職責有一定認識後，便答允米勒的邀請，並向商務部請辭。

基廷八月到支援及顧問辦公室履新，除了工作環境和職位改變了外，他的生活沒大變動——商務部大樓和司法部大樓不過相距六百公尺，同樣位於俗稱「聯邦三角」的地域。他連上下班的時間、開車路線、午膳光顧的餐廳都毋須改變，倒是初上班的幾天，他試過不小心把車子駛過頭，沿著憲法大道經過國家環境保護局，才想起自己的上班地點不再在商務部的赫伯特・克拉克・胡佛大廈。

支援及顧問辦公室的職能，主要是擔任關押與釋囚管理局技術部門與其他部門的橋樑。負責軟體運作、管理硬體和模擬數據的沙盒策略通用系統管理辦公室就像一台機器，而「刑期評估模式」涉及法院、監獄和審訊程序，支援及顧問辦公室便負責跟聯邦監獄局、司法管理局、法務計畫局、社會關係處等等建立聯絡通路，令這些機關能順暢地使用這台機器。各州的檢察部門、從外國來參考技術的訪問團也由這辦公室接洽，另外，這部門亦負責觀察和測試沙盒策略通用系統對社會的影響，從而做出非技術性的調節——比方說，在搶劫案較嚴重的州份，搶劫犯的「獲釋合格數值」需要調高，而在幫派猖獗的地區，入獄的幫派成員想獲釋，便需要進行更廣泛更詳盡的沙盒模擬。

基廷發覺，主管的工作並不辛苦。支援及顧問辦公室有多個小組，各自負責相關的業務，主管的工作，只是確保各小組正常運作，並且作一些政策上的決定。各組組長本來對這位從商務部「空降」的年輕上司能力存疑，但基廷的談吐、態度和技術背景，漸漸令他們放心。基廷也覺得跟他們合作沒有問題，除了一人——測試小組的組長、二十二歲的法蘭。

法蘭克林·普拉特是個天才。這不是一種讚譽，他的確是獲得智力評定機構承認的天才。他十四歲完成高中課程，入讀史丹佛大學電腦科學學系，十八歲獲博士學位，在矽谷成立了一間提供人工智慧應用服務的科技公司。司法部打算招攬他加入核心技術部門，從事沙盒系統「SABOTAGE」的研發工作，但特立獨行的法蘭拒絕了邀請，說他只願意加入非技術的支援部門。

「我是很喜歡人工智慧哪，不過要人類被人工智慧管理，感覺上有夠蠢的。我只願意做找麻煩、挖牆角的工作，如果你不接受，我樂得專心在矽谷繼續經營小公司。」

結果，法蘭被安排到支援及顧問辦公室，負責測試。以他的說法，這工作就是要挑戰SABOTAGE的權威性，以粉碎這種愚蠢系統為目標。他擔任這工作三年，屢屢發現評估模式的漏洞，技術小組根據他的報告加以修正，令模擬結果偏差值更小，對犯人能否釋放、對社會有什麼影響的判定更為準確。

但法蘭始終是個怪人。他的小組只有五名成員，四位部下全是醉心電腦的書呆子，而他只負責向技術部門和辦公室主管匯報，所以即使他言行再古怪，也鮮少為他人帶來麻煩。跟他接頭的沙盒策略通用系統管理辦公室成員也是個電腦癡，兩人溝通沒有任何障礙，可是，基廷這位主管卻有點招架不住。

「法蘭，我不是問你下載檔案時有沒有做好保密措施，而是局方根本不容許這些檔案下載到私人裝置，你違反了局方的守則。」基廷上任一個月後，發覺系統傳來警示，表示有部分檔案沒有經他核准，被下載到私人裝置。下載者正是法蘭。

「原來你是說這個啊，基廷先生。」法蘭仍是一副輕鬆自若的態度。「我不過是找點樂子而已，前任的史密斯先生也默許我這樣做嘛，你翻查一下紀錄，應該會看到不少相同的警示。」

「可是犯規就是犯規，你這樣做不怕後果嗎？」基廷忍耐著，平靜地說。

「有什麼後果？」法蘭朗聲笑道。「我沒有把資料外洩，只做自用，這沒有觸犯聯邦法律，只違反了局方的內部守則。局方最大的懲處是把我革職，但基廷先生你也知道，我根本不在乎啊！當天是米勒先生懇求我，我才加入的。」

基廷沒料到法蘭有此一著，他細心一想，對方所言非虛。法蘭在局內三年，貢獻良多，如果他確保下載檔案沒有外洩，將他革除，損失的反而是聯邦政府。

「況且，假如我要瞞著你下載檔案，那些什麼下載紀錄有何意義？我用五分鐘便能破解系統，竄改資料，神不知鬼不覺啊。」法蘭攤攤手，笑道。「所以請基廷先生你放心，我保證檔案不會以任何形式給第三者過目，我只是下班回家後，想繼續追看那些我在辦公室裡有權閱讀的檔案罷了，看完便會徹底銷毀。」

基廷無奈地吐一口氣，心想這次又敗給這小子的歪理。他心裡自嘲道，上任一個月的新人上司被資深的小伙子欺負，便是這樣子吧。

「好吧，可是若然出了什麼岔子，你便要負全部責任。」基廷放棄爭辯，再問道：「法蘭，其實你下載那些檔案有什麼用途？你調動的是從 SABOTAGE 匯出的模擬個案檔案，但彼此互不相關，甚至只是某些犯人的單一模擬紀錄。」

法蘭不好意思地搔搔像鳥巢的頭髮，說：「基廷先生你別發怒，我把它們當犯罪小說來讀了。」

基廷不理解法蘭的話，直愣愣地瞪著他。

「基廷先生，你對 SABOTAGE 運作有一定認識吧？」

「當然，我雖然只任職一個月，但也讀過不少資料。」

「SABOTAGE 會模擬出囚犯出獄後的情境，判斷他們再次犯罪的機率，如果機率低於某個指標，囚犯便會予以釋放，回歸社會。我們平時只在意那個機率數值高低，以及模擬次數多寡，但系統其實會做出更詳細的模擬狀況。例如囚犯獲釋後，會長期從事勞動工作，還是靠進修爭取薪水較高的職業，以及會否遷徙等等，系統都有結論。當然，這些不是 SABOTAGE 的本來用途，所以結論並不可靠，SABOTAGE 最準確的，是『犯人再犯罪』的模擬。」

「這些我都知道。」

「換言之，SABOTAGE 的人工智慧部分，對『犯罪』特別敏銳，甚至該說是特別發達的。基廷先生，我記得你在 M I T 也有修人工智慧科目吧？」

「對。」

「那麼你也很清楚，人工智慧是一種要經過『訓練』才完成的軟體。以古早的例子，要令電腦明白什麼是『拱門』，便要輸入種種例子，例如『兩個直立的方體頂著一個橫放的方體』便是拱門，但如果『兩個直立的方體之間沒有空間』便不是等等。利用大量『事實』，告知系統什麼是『是』和什麼是『否』，系統便能從『經驗』推演出『判斷』。」

法蘭頓了一頓，瞄了基廷一眼。只有在說明科技相關的事情時，法蘭才會表現出成熟正常的一面。

「為了模擬罪犯種種邪惡行徑，SABOTAGE多年來輸入的，便是全國的案例和罪犯的心理報告。憑著這些既有的資料，系統能利用囚犯的精神分析報告和日常數據，賦予模擬中的人工智慧跟真實的囚犯接近相同的思想和行徑。換言之，SABOTAGE精通古往今來的犯罪心理和手法，複製任何一種罪犯的心理都不是難事，它甚至可以創造出比艾爾．卡彭、查爾斯．曼森、泰德．邦迪、傅滿洲、漢尼拔．萊克特、雷克斯．路瑟等等更厲害的罪犯。」

基廷心想，這傢伙舉的例子有夠不倫不類，不過他們的確是不同範疇的著名犯罪者。

「以華盛頓為例，囚犯的C1系數低於八、C2系數高於九十七便予以釋放，那麼，基廷先生，你有沒有考慮過，到底系統對那些C1系數高於八、C2系數低於九十七的囚犯產生了什麼模擬情境？」

「不就是系統判定他們重犯的機會很高罷了？」

法蘭煞有介事地搖搖手指。「我說的是單一個案，即是數萬個模擬情境中的某一個情境。在那些不存在於現實的情境中，囚犯再次犯案，甚至有可能犯下比原來更嚴重的罪行。C1系數顯示囚犯重犯的機率，C2系數顯示囚犯的穩定性，C2數值愈低，便代表這個囚犯的精神狀態愈不穩定，對社會構成不良影響的可能性愈高。除非C2值很高，囚犯的精神狀態極之平穩，否則系統有機會模擬出一些極端的情境，囚犯出獄後犯下彌天大罪，而我就專挖這些個案來看。」

「你把這些枯燥無味的數據當成『犯罪小說』來讀？」基廷略略感到詫異，雖然他知道法蘭個性古怪，但把數據當故事來看，對基廷來說就像把電話簿當成愛情小說來讀一樣荒謬。

「才不枯燥哪！」法蘭揚起眉毛，表情就像向父母描述卡通如何有趣的小孩。「SABOTAGE

內建了自然語言處理系統，它懂得將資料以我們慣用的敘事方式匯出，配合先進的人工智慧，那些『數據』就像罪犯自述。根據二〇二〇年訂立的圖靈測試評分制，我估計現在的 SABOTAGE 能拿到三百六十分以上，大概比史丹佛或 MIT 的實驗室機器更先進……如果單純以『犯罪智慧』作判定，我甚至認為它能取得三百八十分呢。」

基廷再次露出不解的神色。

「哎，」法蘭搔搔頭，「基廷先生，或者你親自看看，會比我千言萬語來得容易明白。如果想找一些嚴重罪案的模擬，只要在篩選時設定Z值大於九百，系統便會找出那些比犯罪小說更厲害的個案。Z值是個隱藏參數，是用來計算罪案的嚴重程度，但這數值沒有列入評核範圍，大概是 SABOTAGE 的創建者早期用來偵錯的參數。其實我這樣做不是純粹為了娛樂啦，正所謂見微知著，一個系統的漏洞往往先反映在微小的地方，如果我們只以宏觀的角度來審核系統，到發現出錯時，問題恐怕已像雪球般愈滾愈大。基廷先生你身為主管，深入了解一下細部運作，不也是好事嗎？我兩年前便因為閱讀這些個案，發現 SABOTAGE 在複製受驗者性格上有過度傾向報復心理的偏差，技術部也因此做出修正，雖然只涉及 0.003% 的受驗者，在數百萬囚犯中不過是一百人左右，但對這一百名囚犯來說，這小漏洞是決定他們能否釋放的關鍵……」

基廷沒有聆聽法蘭接下來的長篇大論，因為那句「你身為主管，深入了解一下細部運作，不也是好事嗎」觸動了他某根神經。基廷上任一個月，對職責和部門運作都頗為了解，但對 SABOTAGE 的技術部分始終不大清楚。米勒給基廷的忠告是「讓凱撒的歸凱撒」，技術細節由技術部門處理，基廷只要縱視全局便可，不過基廷還是很在意技術部分，除了因為他大學時修讀相關學科，更因為他有尋根究底的個性。

跟法蘭談過後翌日，基廷趁著下班前有一點空閒，打開電腦終端機，登入SABOTAGE系統。身為主管，他擁有二級權限，即是除了無法直接修改核心程序，其他操作他都能進行，像調動數據、匯出匯入資料、進行獨立的模擬、更動模擬中的常數和變數等等。

他選擇篩選模擬個案，可是系統要他先輸入受驗者編號。基廷摸了摸下巴，按下選擇受驗者的按鈕，螢幕蹦出另一個畫面，列出「姓名」、「地區」、「年齡」、「性別」、「社會安全號碼」、「入獄日期」、「罪行」等等空格。

「嗯……就先從地區入手吧。」基廷沒想起任何名字，畢竟他只是想隨便找一個個案來看看。他想與其找其他州的個案，不如乾脆看看本區的。他點選「華盛頓哥倫比亞特區」後，按下確認。

畫面列出一長列的名單，角落顯示還有上千頁。

既然要像法蘭一樣找一些嚴重罪案，乾脆找殺人犯吧——基廷邊想邊輸入新資料。他在性別欄選「男性」，然後在「罪行」的空間鍵入「謀殺」。

畫面的名單一下子減少很多。名字以英文字母排序，畫面上的人名，姓氏全是以A開始，基廷隨意按下一個叫「羅伯特・亞當斯」的名字。

「羅伯特・亞當斯，三十五歲，二級謀殺……只是二級謀殺嗎？」基廷沒想到只選了一個犯下二級謀殺的犯人。二級謀殺是指沒有預謀的兇殺，例如因為受到某因素刺激，兇手臨時起殺意才殺害死者，嚴重程度遠不及一級謀殺那種深思熟慮、有計畫的殺人。基廷想他可能選錯了，他猜想如果受驗者不是大奸大惡，SABOTAGE未必會模擬出法蘭口中那種Z值超過九百的模擬情境。

雖然基廷心裡有這疑問，他還是鍵入「Z value ＞ 900」的篩選指令。出乎他的意料，畫面顯示出五十多項資料，各項均附上檔案編號和建立日期。大部分資料的日期都在兩年或以前，去年的只有五筆，而今年的更只有一筆。他點選了日期最新的一項——那是今年一月建檔的資料——按下匯出，畫面亮出選項，他找出「自然語言・英語」的一欄，不消十秒，系統生成一個名為「cas02-k-01BU7LG-287022-87196・自然語言劇本」的檔案。

基廷打開檔案，就像法蘭所說，看起來是囚犯自白似的文章。閱讀頭幾段時，基廷還在讚嘆SABOTAGE的自然語言處理甚具水準，看起來不像是出自機械生成的文字，但愈往下讀，他就忘掉感想，深深陷進那個不存在的犯人的自述之中。

那是一段段充滿仇恨的自白。

◐

我想，我已無法再忍耐了。

離開監獄已有九個月，這段時間我一直在忍耐。我每天安分地到工廠上班，週六週日到社區服務中心當義工，表面上生活很充實，但我還是無法擺脫纏繞內心的那份恐懼。那份害怕被惡魔折磨至死的恐懼。

最近我闔上眼睛，都會想起在非洲遭遇的慘劇，同伴們慘死的經過，歷歷在目。那些兇手不是人，是惡魔，是來自地獄的使者……不，或許那個國家根本就是地獄，是我和軍中夥伴們誤闖牠們的領土。

那些惡魔的偽裝非常高明。牠們披著孩子的外皮，內裡卻是正在獰笑的惡魔。我肯定牠們不是人類，因為人類才不會做出這種異常的行為。

我們是軍人，在戰場上殉國捐軀，是理所當然的事。我們都有心理準備。可是，那群惡魔想奪去的，不止是我們的性命。牠們想要的，是我們的恐懼，歇斯底里的恐懼。

雖然我獲救了，但我知道，我靈魂的一部分已遺落在那個地獄之中。從那時起，我已經不再完整，靈魂缺少的部分，只能以地獄的瘴氣業火來填補。

理智上，我知道「只有」那些孩子是惡魔，但我退役後每次看到孩子，都不其然猜想他跟那些傢伙是不是同類。

我好討厭自己。

不過，我真的認為，即使在和平的美國，有些孩子其實跟那些傢伙一樣，是惡魔。

或者該說，是有機會變成惡魔的怪物。

就像「郊狼幫」的那些臭小子。

據我所知，那群小子自組幫派，首領不過是個十七歲的小鬼。他們幹過的最大壞事，只是闖空門、買賣贓物，以及因為一時興起破壞公共設施。跟真正販毒、殺人的幫派相比，只是毫不起眼的小角色，可是，我從這些小鬼身上感到一股難以言喻的恐怖。

他們的眼神跟那些惡魔相同。

是相同，不是相似。

那是一種混和著輕蔑和征服感的眼神，他們彷彿在說「成年人不過是我們的玩具」。

我是在三月發現這特徵。

在我上班途中，我看到幾個小鬼聚集在第十九街和P街交界的籃球場。平時我都低頭走過，以免跟任何孩子有眼神接觸，但那天我一時鬆懈，碰巧跟一個小鬼四目交投。

那男孩坐在一個漆上紅油的鐵桶上，身後的磚牆塗著代表他們「郊狼幫」、以幾何圖形繪成的「Coyote」塗鴉。他就像皇帝一樣，坐在王座上睥睨著路過的我。

那目光令我幾乎窒息。

不過被瞪了一眼，我就像鬥敗的狗，夾著尾巴落荒而逃。

那之後，我開始留意街上的小孩。大部分孩子的眼神很正常，可是，大約每十個孩子當中，便有一個跟那個「皇帝」有著相同的眼神。

他們叫我不寒而慄。

我曾在社區中心跟社區守望小組的發起人福特先生談過這件事。他對我的發現大表贊同，說郊狼幫是費爾隆恩區的毒瘤。

他說，居民都以為郊狼幫只是一群「有點壞」的孩子，於是輕忽了嚴重性。他認為這些小鬼極其聰明，低調地招兵買馬，他日聲勢壯大，幹出真正的嚴重罪案便為時已晚，社區的治安被破壞便難以修補。福特先生年紀比我大二十歲，年輕時曾參軍，〇〇年代打過伊拉克戰爭，家庭狀況也跟我相似，所以我們特別投緣。我想，雖然他沒到過地獄，但他跟我一樣，擁有軍人獨特的觸覺，嗅出那些小鬼身上的邪惡氣息。

十月的天氣開始轉涼，這天早上我比平時早半個鐘頭醒過來。洗過澡後，我便步行到工廠上班，在途中買一個貝果當早餐。不巧的是，平時光顧的店子休息，我只好繞遠路，到第十八街的店購買。當我咬著貝果，拿著咖啡，緩步向明尼蘇達大道走過去時，我看到不該看的一幕。

三個小鬼正在欺負一個遊民。

他們拿著木棍，不斷拍打著瑟縮在牆角的老人，力度雖然不猛，但他們一邊叫囂一邊動手，就像玩弄蟲子的頑童。老人顫抖著，把頭埋在雙腿之間，面向牆壁，任由那三個十三、四歲的少年用破爛的棍子戳自己的背脊。

「這一坨糞便好臭啊！」其中一個小鬼笑道。

「這兒的人真沒公德心，竟然在街道留下大便。」另一個小鬼回答。

「我們不如做做好心，用火燒掉大便吧？」第三個小鬼邊說邊掏出打火機。

眼看他們要動手，我沒多考慮，大聲喝止他們。他們瞥了我一眼，丟下木棍，慢慢地往第十八街的另一方離開。我想，他們應該看到我身材魁梧，心想三人合力未必能贏我，所以才會離開，如果我外表稍弱，搞不好他們會一擁而上，把我揍一頓。

「老伯，沒大礙嗎？」我向那遊民問道。這時候我才認得他，他是偶爾到社區中心吃免費晚餐的遊民之一。

「還、還好，亞當斯先生，謝謝您。」他似乎認得我。「昨晚有點涼，我換地方睡了，沒想到這原來是他們的地盤……」

我抬頭一看，赫然發覺牆上那個白色的「Coyote」塗鴉。那圖案刺痛我的眼睛，我連忙回頭一看，發覺那三個小鬼站在街道遠處，瞪著我們。

他們沒有逃走，只是站在一個安全的位置觀察我。

他們冷峻的表情，再次讓我感到恐懼。

尤其當我跟那異樣的目光對上時。

接下來的兩天，我都渾身不自在，就像被蛇盯上的青蛙。戰場的回憶不斷來襲，隊友們慘死的面孔猶如走馬燈般掠過，悽厲的叫喊在腦海中迴盪。我知道，我必須在崩潰前幹點什麼，好遏止這種失控的情緒。

在緊接的星期六晚上，我穿上黑色外衣，戴上皮手套，再把黑色毛線頭套塞進口袋。我沿著楊格街、第二十二街、明尼蘇達大道，再經過Q街和第十八街，往費爾隆恩大道走過去。沿路我一直留意四周，可是我一直沒看到目標。

當我從費爾隆恩大道折返，走回第十八街時，我看到了。

在一個 Coyote 塗鴉旁，有兩個小鬼正在抽菸。

我確認附近沒有人，把外套的拉鍊拉到脖子，戴上頭套，取出藏在腰後的伸縮警棍。我不動聲息地走近那兩個小鬼，當他們發現我時，已來不及反應。

我的警棍往其中一個小鬼的臉龐狠敲過去。

我想我打斷了他兩顆大牙，但我沒有留情，再往他的臂膀補上一棍。這小鬼往後跌倒，我沒有多想，跨過他的身體，向另一個小鬼的胸口踹上一腳。

兩個小鬼倒地，但我沒有鬆懈，不住用警棍抽打他們的身體。天曉得他們口袋裡有沒有藏著刀子甚至手槍，我必須在他們有動作前，剝奪他們的反抗能力。街道的光線不足，我看不清狀況，但從氣味我知道他們已頭破血流，空氣中泛著一股難聞的血腥味。

我只毆打了半分鐘，便迅速逃走，留下正在哭喊和呻吟的兩個小鬼在地上打滾。我回到家，喘著大氣，但心情相當暢快。

翌日本地報章報導，說兩個郊狼幫的小鬼被神祕人襲擊。他們沒有性命危險，不過身體多處骨折，警方猜測可能是敵對幫派尋仇或爭奪地盤。我對警方的無能感到悲哀，因為我想傳達的訊息是這群小鬼會被正義的普通市民制裁，而不是什麼出於私利的幫派毆鬥。

但至少我的症狀舒緩了，恐懼感不再無時無刻綑綁著我。

接下來的一個月，我繼續執行正義的制裁。每隔數天，我便穿上黑衣和頭套，帶著警棍四出教訓郊狼幫的成員。有時候風聲緊，我不帶伸縮警棍，改用一個能偽裝成皮帶釦的手指虎，甚至就地取材，拿路邊的木棒或鐵杆當武器。我不會對付三人以上的小鬼，有時更會守候至某人落單才行動。

社區似乎因為這件事議論紛紛，但我不加理會，反正他們讚好或批評，我都會繼續幹下去。

可是十一月中開始，我發覺行動的難度大增。

這些小鬼似乎發覺落單會招來襲擊，於是他們聯群結隊，每次活動都有三人或以上。

而且，我肯定他們藏著武器。

有一次我準備襲擊時，無意間瞄到一個小鬼掏出一個小瓶——那是胡椒噴霧。那東西只要沾上臉，視力便會立即失去，氣味亦會刺激鼻腔和咽喉，令人難以呼吸。我當然立即中止行動。為了防備胡椒噴霧，我把頭套換成面罩，那是一種附過濾裝置的防護用具，就算被胡椒噴霧射中，也不會被嗆得死去活來。

然而這面罩我只用了一次，便不得不再想辦法。

原因是，我發覺有小鬼帶著更麻煩的東西——能發出五萬伏特的電槍。一旦被擊中，強壯如我也會失去反抗能力，到時便任由這些小惡魔魚肉。

我嘗試找能抵抗電槍的防護衣，但我找不到合用的。有效的抗電防護衣只供執法人員購買，黑市並無存貨，而自製的絕緣衣服很笨重，令人行動不便，即使防得了電槍，沒辦法靈活地教訓這些小孩，一切也是白搭。我只好回到忍耐他們的歲月，每天避開那些令我恐懼的目光，戰戰兢兢地生活。

但我發覺我已無法再忍耐了。

我決定在感恩節大幹一場。

因為那些披著孩子外皮的惡魔，我失去了家庭，無法正常地跟約翰一起生活，即使他是我的兒子。康妮帶著他移居西岸，我想康妮已經再婚，他們已有一個美滿的新家庭吧。我因為到過地獄，逼不得已失去跟家人共度感恩節的機會，相反，如果那些小鬼連在感恩節晚上都不願意跟家人共聚，那他們便死不足惜。

我之前沒殺死那些郊狼幫的小鬼，是出於仁慈。我給予他們一個改邪歸正的機會——假如毆打他們，能令他們察覺自身的錯誤，那便證明他們不是惡魔。但在感恩節晚上仍在街上流連的，便沒有資格跟我討這機會。

為了這場審判，我從黑市購入數支槍械和大批彈藥。它們的性能遠不及我在從軍時的裝備，但反正我曾在惡劣的地獄待過，這些衝鋒槍比當時搶來、用來殺出重圍的武器好千千萬萬倍。我把槍械一一拆開，檢查好，再重新組合，就像當年出動前整備配槍，確保機件在行動中不會出錯。

十一月二十四日，星期四，晚上九點，我默唸著死去的隊友的名字，將槍枝和彈匣仔細放進背包。我要為亡故的夥伴們報仇了。我沒有戴頭套或面罩，因為這一次我不用隱藏身分——看到我樣子的小鬼都會死。

我揹著背包，離開住所，打算把郊狼幫經常聚集的據點一個一個掃蕩。我最先走到的地方，是位於第十九街和P街交界的籃球場。除了因為那是最近我家的據點，更因為那是我首次跟那些惡魔小鬼眼神對上的地方。

途中我不斷猜想籃球場會不會空無一人。如果他們不在，或者說明了這群怪物還殘存一點人性，我只好往下一個地點狩獵惡魔。是人類的話便繼續生存，是惡魔的話便由我解決。當我距離籃球場數十公尺時，我便知道他們讓我失望——或者該說，「牠們」沒有讓我失望。那些小鬼卑劣邪惡的笑聲，傳進我的耳中。

我緩緩走進籃球場，在推開鐵閘、踏進球場的一刻，他們的喧鬧聲霍然止住。很明顯他們對我提高了警戒，可是，大概因為我沒戴頭套，又一步步慢慢向他們走過去，他們似乎沒想到我便是一直以來對付他們的神祕使者。

「大叔，幹嘛？」一個小鬼向我問道，態度很不友善。

「今天是感恩節，我有東西送你們。」我邊說邊卸下沉重背包，用左手提著。我拉開拉鍊時，他們伸長脖子，似要窺看我有什麼好東西送給他們。

的確是好東西。

我從背包掏出一把衝鋒槍，在他們來得及反應之前，已扣下扳機。三十發子彈一口氣從槍管射出，不到五秒，我已把彈匣的子彈打光。跟我搭話的小鬼最早中槍，子彈打在他的胸膛，他就像被拳頭打中一樣，整個身子向後拋起。我的槍嘴向右橫移，那些小惡魔一個一個接著倒地，他們連驚呼也來不及發出，身體已被點四零口徑的空尖彈撕開一個個空洞。

我卸下空彈匣，掏出另一個全滿的，插進槍身。這時候，我才發現地上有一個小鬼未死，他發出哼哼嗚嗚的呻吟。我把衝鋒槍的發射模式從連發改成單發，直接往他的腦袋多轟一槍，那種噁心的呻吟才停下來。

身上濺到血液嗎——我垂頭望一下身體，不過衣服是黑色的，難以察覺有沒有沾到血。我將衝鋒槍放回背包，往下一個目的地走過去。

第十八街、Q街、第十七街，一路上我看到小孩便殺。開始時我還數著數目，但當我打光第六個彈匣時，我已忘掉解決了多少隻惡魔。在Q街時，好像有一個男人想喝止我，但我把他一併解決了。他大概是那些惡魔的爪牙吧。

我似乎失去了對時間的感覺。一切就像慢動作，那些小鬼被子彈打中的一刻、他們驚惶地閃避的一刻、我更換彈匣的一刻，都變得緩慢，就像一幅幅靜止畫。在十七街和費爾隆恩大道交界的一片空地，我看到三個郊狼幫的小鬼，我便重複剛才一直進行的任務。

可是這時有人打擾了。

「別動！放下武器！」一輛警車不知道從哪兒冒出來，兩個警察站在車門後，舉槍對著我。他們在我左方，距離約有二十公尺，我這時剛掏出衝鋒槍，要解決面前的三個小鬼。

任務要中止嗎——我暗嘆一句。這些惡魔是殺之不盡的，我只能略盡綿力，為社區做這一點事。我知道我不投降，警察便會向我開槍，看他們窩囊的樣子，才不會只瞄準我的雙腿，或者該說，就算他們只想打我雙腳，也很可能把子彈打在我的胸膛上。我沒打算為這些惡魔付出性命，我想做的，是減少這群惡魔的數目，並且讓社區的人知道，對付這些惡魔不用手下留情，希望有人受到我的感召，繼承我的使命。

我把槍拋到一旁，丟下背包，向警察們舉手示意，跪在地上表示不會反抗。兩個警察向我走過來時，我無意間回頭瞥了那三個幸運獲救的小鬼一眼——

那股窒息的感覺倏地抓住我的每一條神經。

站在三人正中的小鬼，正是當初我在籃球場見過的「皇帝」。

他毫無懼色，以跟當日相同的眼神睥睨著我。

他——不，牠是惡魔。是那些我在非洲遭遇過的惡魔。

我的身體比思考更快。我霍然俯伏地上，伸手從背包取出另一把衝鋒槍，直接往三個小鬼身上掃射。在牠們中彈的同時，我感到有子彈打在我身上。

那兩個警察開槍了。

沒關係，這樣就好。

在我閉上眼睛前一刻，我看到那隻惡魔，以詫異的表情瞪著我。牠身上一片血紅，眼神漸漸變得呆滯。

我在死前，把這隻膚色特別黝黑的惡魔解決掉了。

◐

基廷從螢幕前回過神時，才發現已過了下班時間。他的視線被那「劇本」緊抓住，直至看完最後一句，思緒才回到現實。他感到喉乾舌燥，伸手拿案頭的水杯，卻發覺自己的右手在微微顫抖。

剛才太入迷了——基廷邊喝水邊想。

基廷沒有關上電腦，離開辦公室，他反而在終端機喚出程式。他想知道這個「羅伯特．亞當斯」的底細。

關押與釋囚管理局是管理囚犯刑期的部門，基廷當然能調出囚犯的個人檔案。看完那份劇本，他很想知道亞當斯的過去、在非洲遇上什麼事件、因何事入獄，甚至很單純的，他想知道亞當斯的樣子。

基廷不費吹灰之力，便成功打開羅伯特．亞當斯的檔案。螢幕投影出立體照片，是個理平頭、鼻子高挺、眼神沉鬱的男人，雖然「亞當斯」是個源自蘇格蘭的姓氏，但他分明的面部輪廓和薄嘴唇反而較像俄裔白人。基廷從他的相貌中，感到軍人獨有的氣質。

「羅伯特．亞當斯，二○○四年二月十六日出生於路易斯安那州紐奧良……」基廷默唸著文字。「二○二四年服役加入陸軍，二○二五年編進第七十五遊騎兵團，軍階為中士，曾參與多項行動。二○三○年參與剛果戰爭，六月十五日所屬小隊因為指揮錯誤於布卡武被敵方民兵擄獲。七月八日救援部隊發現成功逃走的亞當斯，依其情報剿滅游擊隊基地，但其餘戰俘無一生還。」

看到這裡，基廷便明白了十之八九。二○二八年美國以「人道理由」插手干預剛果民主共和國內戰，戰爭持續了好幾年，設備精良的美軍被擅於打游擊戰的民兵弄得焦頭爛額。據稱，有游擊隊軍閥在村落擄走兒童，將他們訓練成士兵，潛伏在城市中，伺機發難。這些童兵不過十至十五歲，但思想已被游擊隊支配，為了完成任務，可以連性命都捨棄。而且，因為在嚴苛惡劣的環境下成長，他們的性格都極其扭曲，視人性如無物。媒體曾報導，有被俘的美軍屍體被發現時，身上滿布不人道的傷痕，甚至有屍體顯示曾被野獸重複噬咬，但受害者當時並未死去，傷口受細菌嚴重感染，死者是因為器官衰竭而死。美國政府當然極力否認，指斥報導是謠言，但坊間相信這只是軍方維持士氣的煙幕。

基廷猜想，亞當斯大概遇上這些童兵，然後整個小隊被滅。被俘的士兵受到這些童兵的不人道虐待，而且在被擄的三個禮拜內，亞當斯的同伴一個一個受盡折磨後死去。但亞當斯抓住機會，逃離敵方陣營，成為唯一的倖存者。

「亞當斯獲頒銅星勳章，以表揚他的英勇功績。亞當斯於二〇三一年退役，回到紐奧良從事貨運行業。二〇三二年跟妻子康妮離婚，原因是亞當斯對六歲的兒子施以暴力行為，孩子撫養權歸母親。離婚後亞當斯移居華盛頓，繼續從事貨運工作。二〇三四年十月七日於托騰堡車站殺死一名十五歲少年，在認罪協商下承認一項二級謀殺罪……」

看到這裡，基廷不禁皺起眉頭。曾被俘虜的軍人，獲救後會獲戰俘獎章，如果英勇負傷，會頒紫心勳章，可是亞當斯獲得的，是比紫心勳章更高一級的銅星勳章。這說明亞當斯不單是個負傷的戰俘，更在該戰役中做出軍方肯定的貢獻，換言之是一個英雄人物。

但這位英雄回家後卻失去了家庭。

基廷推斷，亞當斯是因為那場遭遇，心理蒙上陰影，畏懼兒童，回家後精神不穩，對兒子做出暴力行為。從年齡來推算，兒子從出生至五歲，亞當斯都在軍隊服役，恐怕一年回家不到十天，父子間難以產生深厚的感情。

不過，基廷最在意的，不是亞當斯的家庭狀況。他想知道這位英雄為什麼會因為殺人而入獄。

個人檔案附有案件的連結，於是基廷沒看完亞當斯的資料，便匆匆打開案件檔案。案件檔案比個人檔案繁複，從法庭紀錄、警察筆錄，以至證人口供、照片和新聞報導一應俱全，基廷只好挑部分來看，嘗試了解情形。

讀過好幾份文件後，他瞭解事件的原由。他不禁為這悲劇再嘆一口氣。

二〇三四年十月七日晚上十點三十分，羅伯特．亞當斯下班後正打算回家。這一晚，托騰堡車站沒有幾個乘客，在月台上只有亞當斯、一位老婦和兩名少年。兩個少年似乎剛抽過大麻或其他藥物，精神恍惚。他們先騷擾老婦，再走到亞當斯面前，以污言穢語辱罵亞當斯。亞當斯沒有理會，但其中一名少年不知道是逞強還是有心挑釁，竟然掏出刀子作勢刺向對方。亞當斯迅速打掉刀子，將少年按倒地上，狠狠毆打。另一名少年為了拯救同夥，奮力拉住亞當斯，但被亞當斯一拳打得昏死過去。最初掏出刀子的少年被揍得鼻青臉腫，鮮血從鼻孔汩汩流出，亞當斯站起身，滿不在乎地看著在地上掙扎的少年，從口袋掏出菸包，點起一根菸。在少年痛苦地蠕動著身子，逐吋逃離亞當斯之際，亞當斯從容地放下菸，拾起刀子，往少年的大腿刺過去。少年發出夾雜著辱罵的哭喊聲，可是這呼喊只維持了一秒——亞當斯的第二刀，刺向少年的胸口。

警察來時，亞當斯坐在月台的長椅上，瞧著已變成屍體、躺在血泊中的少年。亞當斯沒有反抗，只是默默地讓警察鎖上。被刺的少年證實當場死亡，另外一個則只是被打昏。本來，檢察官考慮控告亞當斯誤殺，因為是少年挑釁亞當斯，亞當斯殺人很可能是出於自衛；可是，根據老婦的供詞，亞當斯在制伏少年後，停下來抽菸，之後再用刀子殺死對方。這已經超越「自衛殺人」、甚至超越「防衛過當」的程度，因為亞當斯當時已冷靜下來，而少年亦無能力威脅亞當斯的人身安全，法律上這是謀殺。檢察官考慮以一級謀殺或二級謀殺提告，在亞當斯的代表律師協商下，最後亞當斯直接承認二級謀殺罪，檢察官便放棄一級謀殺的控訴。

從剛才讀過的模擬個案劇本，以及這起車站謀殺案，基廷了解到亞當斯的心魔，同時間他亦佩服 SABOTAGE 系統的分析和模擬能力。亞當斯大概會說一堆什麼「眼神」、「惡魔的氣息」之類的鬼話，實際上，亞當斯會殺死少年，以及在「不存在的世界」裡寧死也要殺死那孩子，是因為對方的膚色。在車站被亞當斯殺死的少年是個膚色相當深的非裔黑人，仔細猜想一下，亞當斯在剛果被擄時，施毒手的少年兵也全是膚色黝黑的孩子，猜想這成為他失控的導火線便相當合理。

基廷把案件的資料關上，心想告一段落時，卻看到之前沒看完的個人檔案最後一句。

這句子令他極為震驚。

「亞當斯於二〇三九年五月通過系統檢測，被判斷為合格者，同月二十八日獲得釋放。」

「獲得釋放」這四個字，令基廷愣住。

為什麼這種有病的傢伙能獲釋？

基廷心裡頓時冒起疑問。

在實施「刑期評估模式」、利用沙盒系統決定囚犯刑期前，在首都華盛頓犯下二級謀殺，一般刑期是二十至四十年，最短也要待七年才有機會假釋，但如今亞當斯只關押了不足五年便獲得釋放。

基廷再次登入SABOTAGE系統，調查亞當斯的釋放資料。根據紀錄，雖然亞當斯去年的C1值和C2值維持在十和七十五的水平，但在今年四月和五月的C1值分別是七點九和七點五，C2值是九十七點五和九十七點二，確是通過釋放標準。獄方要求殺人犯連續兩個月數值達標，才予以釋放，而這些數值，代表系統判定犯人不會再犯罪。

真的嗎？

基廷看到數字，仍抱一絲懷疑。可是，SABOTAGE運作多年，極少出錯。最大的錯誤，也只是犯人再次犯下因一時貪念的順手牽羊或脾氣不好跟人打架等等。系統絕不會讓有殺人傾向的犯人回到社會。

還是相信這系統吧——基廷說服了自己。窗外幾近漆黑，時間已是晚上七點半。他心想自己在這種無聊事上費太多精神了。的確如法蘭所說，SABOTAGE能產生不輸坊間的犯罪故事，不過基廷自問不是法蘭那種怪人，不會把這些模擬劇本當成娛樂。要讀犯罪小說、看驚悚故事，還是到書店或電影院吧。
然而，基廷總是心有戚戚焉，覺得有點兒不對勁。只是他說不出那股怪異感出自哪兒。
他每天照常上下班，跟下屬開會，被法蘭的歪理氣得啞口無言，一切風平浪靜。可是他心中有一根刺，每天都被這根刺弄得心緒不寧。
一個星期後，他終於察覺到那根刺的由來。
九月十九號早上，基廷在網路上閱讀本地新聞時，偶然看到一篇小小的訪問。那是一篇探討華盛頓費爾隆恩區社區問題的專訪，其中一位受訪者姓福特，是社區守望小組發起人。
基廷猶如遭到電擊，他發現問題所在。
為什麼 SABOTAGE 的模擬裡，會用上一堆真實資料？
他曾偶然駕車經過費爾隆恩區，見過那個「Coyote」塗鴉。光從劇本的文字，他無法聯想起過去見過的圖案，可是如今細想，那個白色的圖形，正是「Coyote」這個詞語。
他記得入職前閱讀過的 SABOTAGE 相關資料，指系統依據真實環境做出模擬，可是，如果連某個小地區的幫派、社區守望小組的某位平民也加進模擬，未免太細緻。而且，模擬必須依賴真實的資料，如果要把「福特先生」而不是「某位先生」或「A先生」納入模擬，系統便要有福特先生的資料，模擬才算完整。
SABOTAGE 哪兒找來福特先生的數據？他又不是囚犯，沒有接受過心理測試啊？
「有啊。」
基廷召來法蘭，向他提出疑問時，法蘭簡單地回答了這兩個字。
「SABOTAGE 有囚犯以外的平民的數據？」基廷驚訝地問。

「對。我以為你一早知道哩。」法蘭說。

「從哪兒得到的？」

「基廷先生，你知道稜鏡計畫嗎？」

基廷點點頭。美國在三十年前以反恐為理由，向多家科技公司截取客戶資料，這項計畫便是以「稜鏡」作為代號。二〇一三年，中情局僱員斯諾登發現政府以反恐為名，大幅收集民間資料，並且入侵外國網路，於是向媒體爆料，並且潛逃到香港。美國政府發出聲明，指情報收集純粹以反恐為目的，並非要監察民眾和其他國家的國民。

「自從那時起，政府收集了大量民間資料，只是技術未成熟，就算獲得全世界的數據，也無法好好運用。」法蘭邊喝咖啡邊說：「不過，當人工智慧研究一再取得進展，語意分析、認知邏輯、機器學習等等日趨完善，這些數據便大派用場了。電腦可以從你的郵件、社交網站、網路購物紀錄、消費習慣、外遊路線知道你是一個怎樣的人，即使沒有精細的精神分析，也能掌握大概。在華盛頓決定使用 SABOTAGE 時，司法部已將系統跟稜鏡的伺服器連線，SABOTAGE 能以更真實的數據進行模擬，結果準確度更高。」

「這不是嚴重侵犯個人隱私嗎？」基廷不安地問。

「這是觀點與角度的問題吧。」法蘭攤攤手。「就像我寄一封電子郵件到你的一個免費信箱，伺服器會依據郵件內容自動選擇廣告，向你推銷，你認為你的隱私有沒有被侵犯？稜鏡和 SABOTAGE 會用上截取得來的資訊，但觀察和使用的並不是人類，而是機器。如果系統管理員偷偷打開你的信箱，察看你的信件，我們都能斷言這是侵犯隱私，但換成有智慧的機器，這界線便變得模糊了。」

基廷一時語塞。

「基廷先生，在資訊完全電子化的今天，隱私已經重新定義了，雖然我也不知道那個定義是什麼。」法蘭苦笑一下，說：「我比較喜歡以另一個角度去審視這問題——如果你信上帝，那我們根本不用考慮隱私這回事，因為你幹的好事壞事，高高在上的祂都知道。當然，信仰中的神和人類創造的機器是兩回事，而且機器背後更有人類存在；不過，也有『上帝沒有創造人類，反而是人類創造上帝』的無神論說法，那麼到底『機器知道我們的隱私』，跟『上帝知道我們的隱私』有什麼分別，不過是無聊的哲學辯論。其實我自己也是在做矛盾的研究，我壓根兒不認為人工智慧是有靈魂的思想，可是我卻努力製造有靈魂的機器。我想，我要死後見到上帝，問問祂到底靈魂是什麼，才會得到真正的答案吧。」

雖然法蘭把話題扯遠，但基廷不由得仔細咀嚼對方的話。基廷覺得，縱使自己跟法蘭不對盤，和這位天才共事，無疑帶給他不少意外的想法。

「那麼，」基廷想到另一個問題，「我們閱讀過那些模擬個案，算不算間接侵犯了他人的隱私？我們不是電腦，也不是神，只是平凡的人類。」

「哎喲，這個嘛，基廷先生你便不要深究嘛。」法蘭亮出嬉皮笑臉，基廷便知道他刺中要害。法蘭繼續說：「雖然『我們』閱讀了那些個案，但那些劇本都不是真實的嘛！當中有多少是真實，有多少是虛構的模擬，我們都不清楚……對，就像『想像』，我們在街上看到一位美女，然後從她身上的特徵推斷她的年紀，再想像她穿什麼內衣，是運動型的？還是黑色蕾絲？那才不是侵犯隱私……」

基廷對法蘭那些不三不四的比喻感到啼笑皆非。基廷覺得，閱讀那些個案，大概侵犯了他人的隱私，不過他們的工作正是涉及整個社會的安寧，本來就應獲得豁免。法蘭能夠從閱讀劇本找出模擬系統的漏洞，那自然也是無法質疑的理由，既然人類要「整體」得到進步，犧牲「部分」人的隱私，不過是「必要之惡」。

既然謎團已解，基廷漸漸忘記羅伯特．亞當斯這個男人。十月四號，一個平凡的星期二早上，基廷如常打開新聞網站，閱讀本地新聞，卻看到一條不平凡的標題。對一般人而言，這只是司空見慣的新聞標題，但對基廷來說，這標題比恐怖襲擊更具威力。

「警方找尋費爾隆恩區街童遇襲案目擊者」

基廷迫不及待點開內文，可是文章卻只有短短幾句。新聞說，十月一號星期六晚上，費爾隆恩區第十八街兩名十三歲少年被神祕人襲擊毆打，犯人犯案後迅速逃離。傷者指犯人身高六呎至六呎五吋，穿黑色衣服，戴著軍用面罩，用棍棒襲擊他們。警方懷疑事件涉及幫派鬥爭，但受害者否認自己屬於個別幫派。六〇七區警署接手調查，呼籲目擊者跟警方聯絡，提供線索。

基廷驚訝地翻出上個月讀過的劇本檔案，希望自己記錯，可是，內容有不少吻合。同樣是星期六晚上行兇，地點在第十八街，受害者是兩名少年，嫌犯穿黑色衣服，以棍棒毆打傷者。僅有的差異，是犯人戴面罩而不是頭套、受害人否認自己是幫派成員——

不對，劇本裡根本沒說明受害者有沒有承認自己是郊狼幫的人——基廷心想。

是巧合嗎？基廷有點懷疑。他記得羅伯特．亞當斯身高六呎六吋，跟報導的犯人身高有些微出入，但在光線不足的環境下，受害者的判斷未必可靠。事實上，差異只有一吋，考慮到遇襲的是身高不及成年人的孩子，他們低估或高估犯人身高並不意外。

兩星期前拔掉了內心的一根刺，沒料到有新的一根補上。

基廷對這事件有點在意，但仍不至於認為有需要向警方提供情報。他掌握的是司法部的機密資料，如果以此為理由聯絡地方警局，引起的問題不但危害自己的職位，更帶來不少法律上的麻煩。

只是他沒料到，這根刺會愈插愈深。

在接下來的兩個禮拜，襲擊案頻頻發生。費爾隆恩區出現一個專門對付街童的神祕人，在晚上毆打流連街上的孩子。犯人每次犯案都用上相同手法，以棍棒毆打受害者，不到一分鐘便逃去，行動迅速。曾經有負傷的少年企圖追蹤犯人，但犯人似乎相當熟悉社區，利用窄巷和消防梯逃走，消失於樓宇之間。

在第四次襲擊案發生後，基廷首次在報導中看到「郊狼幫」這名字。

媒體報導，自從費爾隆恩區最大的幫派「黑石」被警方瓦解，少年幫派「郊狼幫」成為區內唯一組織，鄰接的阿納卡斯蒂亞區幫派「藍色六號」曾企圖吞併，但「藍色六號」首腦因販毒被捕入獄後，「藍色六號」陷入內訌，無暇染指鄰區。警方不排除襲擊事件與幫派衝突有關，指出可能有勢力以此警告郊狼幫，涉及一些私人衝突。

才不是這樣子——基廷皺著眉關上報導頁。自從讀到十月一日的襲擊案報導，基廷經常翻讀那份「cas02-k-01BU7LG-287022-87196」劇本檔案。雖然劇本描述並不詳細，但基廷覺得，現實和模擬個案有太多相似——甚至相同——的部分。

這太超乎現實了。

為了此事，基廷特意走到法蘭的辦公室，請教他的意見。基廷想知道，SABOTAGE 有沒有可能預告現實中的某件事即將發生。

「有可能，但機會率非常小，比一個人走在街上時突然被隕石砸中的機會更小。」法蘭咬著洋芋片，口齒不清地說。

「但SABOTAGE不是精於準確地模擬現實嗎？」

「基廷先生，你要弄清楚啊。」法蘭笑著說：「這兒的機率不是指『SABOTAGE的準確性』，而是『你讀到準確預測的個案』的機會率。」

基廷愣了一愣。

「SABOTAGE是個模擬系統，」法蘭再吞下一片洋芋片，「它會模擬出數萬個個案，這些個案之中固然有跟現實相似甚至相同的可能。問題是，這只是芸芸眾多模擬之一，探討個別模擬與現實契合與否，根本沒有意義。打個比方，我們手上有一顆灌了鉛的骰子，但我們不知道那一面做了手腳，亦不能剖開骰子研究內部構造，為了判斷它的性質，我們只好在押注前不斷擲骰，統計結果。假如我們擲了一千次，當中有九百次都是擲出『四』，餘下點數各占二十次，我們便知道，把骰子交給莊家讓他正式投擲，骰子很可能亮出『四』，押『四』的贏面最大。莊家便是『現實』，骰子就是『受驗者』，那個一千次的擲骰動作便是『SABOTAGE的模擬』。SABOTAGE可以預測到骰子的特性，讓我們作出最有利的選擇，但如果隨意抽選其中一次——例如說，第八百二十一次——的投擲結果，考慮那一次擲出點數和莊家擲出的是否相同，根本沒有意義。如果那次真的是『四』，我們會說那是成功預測嗎？或者反過來，那次的結果是『六』，而莊家擲出來的，竟然也是機會只有千份之二十的『六』，我們又可說那是成功預測嗎？這完全不合理嘛。況且，『選出第八百二十一次』這決定，本來已是一種涉及機率的動作了。」

基廷明白法蘭所言，只是心理上有點難以接受。

「基廷先生，你知道無限猴子定理嗎？」法蘭看到基廷欲語還休的表情，便問道。

「是那個什麼猴子和百科全書的說法？」

「對，就是那個。假如有一隻猴子，牠面前有一台鍵盤，牠可以胡亂敲打輸入無意義的文字，只要牠有無限的時間，便幾乎必然能打出任何文字組合，包括完整的大英百科全書，或是莎士比亞的所有著作。雖然這只是理論，而且現實中根本沒有『無限』只有『非常大的有限』，但我想說的是，SABOTAGE 就是脫離了人類直覺的一種系統，如果認為它作出的某一模擬個案預言了現實，那就像碰巧讀到猴子打出的一篇十四行詩後，認定那猴子是莎士比亞一樣愚蠢。」

午膳後，基廷沒有像平時一樣直接回辦公室，獨個兒繞著司法部的羅伯特・弗朗西斯・甘迺迪大廈踱步。他走到賓州西北大道，背對著司法部大樓，坐在路旁的長椅上，點起一根菸。他已戒菸多年，只有在心煩時才會抽一口，對上一次抽菸，是兩年前跟中國政府爭取美國企業於亞洲獲得更大通訊頻譜的會議期間。基廷沒想到，這次破戒，居然不是為了公事。

賓州西北大道是華府一條特別的街道。聯邦政府的機構總部矗立兩旁，在基廷右方街道盡頭，便是美國國會大廈，左方盡處，是總統的住所兼辦公室白宮大樓。基廷遙望國會大廈的古典穹頂，在蔚藍色的天空下，它就像一幅有二百多年的歷史油畫，而這幅油畫象徵著美國的民主政治，和背後的美國精神。基廷吐一口煙，回頭望向正前方。在他面前，相隔著馬路的是八層高的約翰・埃德加・胡佛大樓，亦即是聯邦調查局總部。

造物者創造了平等的個人，並賦予他們若干不可剝奪的權利，其中包括生命權、自由權和追求幸福的權利——基廷想起獨立宣言中的一段。

生命權。

基廷從長椅站起。他下了一個決定。

回到辦公室，他打電話聯絡一位任職都警助理處長的朋友，他們曾在某次活動中見面，交換了名片。一輪寒暄後，基廷便道明致電的用意。

「我有個冒昧的請求，可否代我聯絡一下，讓我跟負責管轄費爾隆恩區的警官見面？」

「哦？司法部有什麼事情要直接找小區的警官？」對方的語氣有點緊張。

「不、不，您誤會了。」基廷連忙放輕鬆語氣。「只是私人請求，我對費爾隆恩區的某起案子有點在意，有些事情想問一下。」

「哪一樁？」

「神祕人襲擊幫派少年案。」

「啊，那個嘛……」對方頓了一頓，說：「如果是這案件的話，我不如讓你直接跟負責該案的警官見面？他是一位盡責的老警長，我們相識已久，前天我才跟他喝過酒。」

基廷猜想對方可能不想因私人事務插手地區，命令區域指揮官跟政府中人見面，以免尷尬。不過如果能跟負責案件的警官直接談談，反而更好。

「那便拜託了，謝謝。」

兩天後週末的中午，在那位助理處長安排下，基廷前往費爾隆恩區的警署，跟一位姓摩爾的警長會面。華盛頓有多個警察部門，包括歷史悠久的美國公園警察、負責鐵道範圍治安的鐵路警察、只擔任政府機關保全的特區保護服務警察等等，其中規模最大的是簡稱ＭＰＤ的都會警察局[5]，是華盛頓的基本警力。ＭＰＤ將華盛頓哥倫比亞特區劃分成七個警區，阿納卡斯蒂亞河以南、明尼蘇達大道和奈勒路以東屬於第六區，而費爾隆恩落在六〇七分區。

車子經第十一街大橋駛過阿納卡斯蒂亞河，在河岸南邊，基廷看到華盛頓的另一番景象。跟聯邦機關林立的華盛頓核心，以及他寓所所在、富庶的西北部相比，華盛頓南邊像另一個國度那麼陌生。這兒建築物破舊，有不少空置的房屋，商店都為櫥窗裝上鐵支，路人稀少，街道了無生氣，是典型的貧戶區域。停在憲法大道上的亮麗汽車，這兒一輛也沒有——除了基廷自己的藍色凱迪拉克。基廷猜，他如果把車子停在這邊的街道上一晚，翌日一定不知所終。

經過十數分鐘的車程，基廷來到位於第二十七街的警署。警署的裝潢有點古老，看起來有二、三十年歷史，令人有種置身於〇〇年代的錯覺。基廷向接待的警員說明來意，對方早有準備，領他到一間辦公室。摩爾警長正在房間裡恭候。

「您好，敝姓摩爾，是負責調查襲擊案的警長。」摩爾跟基廷握手。摩爾是位黑人，身材略胖，看樣子已近退休年紀。雖然對方看起來像個慵懶的警察，基廷跟他握手時，發覺他手勁很大，指頭粗糙，基廷心想對方實戰經驗豐富，應該是位相當勤奮的警官。

「您好，我姓基廷。」基廷坐在椅子上，說：「我想您知道了，我是在司法部……」

「ＢＩＲ的官員嘛，我聽助理處長說了。」摩爾收起笑容，嚴肅地問：「案件跟司法部有什麼關係嗎？」

「不……應該說，暫時沒有明顯的關係。」基廷在會面前考慮了很多說詞，最後覺得還是透露部分最直接。「我的工作是負責監管『刑期評估模式』，在複核結果期間，碰巧留意到在費爾隆恩區發生的連環襲擊案。我擔心犯人是釋囚之一，所以想知道更多案情，並且了解一下調查進度。」

「『刑期評估模式』不是確保了釋囚不會再犯嚴重罪行嗎？」摩爾警長露出訝異的表情。

「對，基本上是，所以您不用緊張。」為了令氣氛緩和，基廷報上一個輕鬆的笑容。「這不是正式的調查，目前我的擔憂只是出於一些毫無根據的猜測，連線索都談不上。只是凡事小心一點、事事警惕，『刑期評估模式』才能保持高質的運作，這是我們的工作。」

摩爾點點頭，往後挨在椅背上，對基廷的態度也輕鬆了一點。「司法部真是小心哩，不過就是這麼謹慎才有效率吧。案件啊……目前其實沒有什麼進展。犯人神出鬼沒，目擊者又少，大部分受害者又抗拒跟我們合作，實在頭痛。」

「受害者抗拒跟警方合作？」

「他們大都是幫派成員嘛。」摩爾聳聳肩。「而且年紀小，我們連查問都要遵守一堆保護未成年人的守則，麻煩透頂。郊狼幫去年還是個不太惹麻煩的組織，可是近半年變本加厲，有些年紀稍大、十六、七歲的成員開始幹更嚴重的案子，以前幹的都是闖空門、接贓等小勾當，但漸漸有人偷車、販毒，他們幹的壞事愈多，嘴巴便愈緊。」

「傷者都是郊狼幫的成員嗎？」

「大概是吧，不過我們沒有正式成員名單，他們不承認，我們也難以證實。當然，我想有些孩子只是跟幫派的成員廝混，不一定加入了組織。」

「警方認為犯人是鄰區幫派的打手？」基廷問。

「可能是，可能不是。」摩爾用力擦一下臉頰兩側，這是他的習慣性動作。「我個人不認為『黑石』的舊部或『藍色六號』的人會用這種吃力不討好的手段，畢竟要吞併或打擊對手，這方法沒太大作用……啊，忘了說，『黑石』和『藍色六號』是其他幫派的名字。」
基廷本來想說他已知道，但免得對方以為自己知道太多，就把話吞回肚子。
「這麼說有點唐突，」基廷挺直身子，「我想向您們提一個人，請您們多注意一下。」
「哦？」
「這個叫羅伯特．亞當斯的釋囚。」基廷打開手機，向摩爾展示亞當斯的立體肖像照片。「他曾因殺害不良少年入獄，目前居住在——」
「楊格街的亞當斯？」摩爾打斷了基廷的話。
「咦？您認識他？」
「算是認識吧，他是位熱心的義工，我知道這位先生。他應該跟案子沒有關係。」
聽到摩爾如此乾脆的說法，基廷感到不解。
「摩爾警長，您是以人格擔保，認為他不會做出這種罪行……」基廷狐疑地說。
「不，不，基廷先生您誤會了。」摩爾笑道：「我們之間沒有交情，我只知道他是個釋囚，在塑料回收工廠上班，平時有參與義務工作而已。我說他跟案子無關，是因為我們曾調查過他，案發時他有不在場證明。」
「調查過他？」
「因為有居民說見過亞當斯跟街上的孩子搭話，所以我們循例調查，我覺得根本沒疑點嘛……除了第二次襲擊外，其餘案發時間他都有不在場證明，他的房東肯定他當時沒有外出。亞當斯居住的公寓，大門就在房東兼管理員的房間旁邊，房東又經常打開房門，有人出入他都一清二楚。他是清白的哪。」

「亞當斯可能從窗戶外出吧？」
「他住在七樓，從窗戶外出未免太辛苦吧？」
「他或者利用二樓梯間的窗子……」
「基廷先生，這兒治安不好，沒有公寓的梯間窗子不裝上鐵格子防盜的。」摩爾換了語氣，問：「您對這個亞當斯如此執著，是ＢＩＲ掌握了他的什麼犯罪證據嗎？」
「不，沒有。」基廷連忙否認。他不想說出 SABOTAGE 預告犯罪這種荒唐的說法。
「除了亞當斯外，您還有哪些嫌犯想調查？」
摩爾以為基廷帶來一串名單，希望他逐一調查，以檢視ＢＩＲ的系統的正確性，沒料到對方心裡其實只有一個名字。
基廷為免過分針對亞當斯，引起摩爾懷疑，令他私下調查一事曝光，只好顧左右而言他，轉移視線。紐約州和夏威夷州州政府目前正在審核刑期評估模式，如果這時候因此事曝光而節外生枝，不單令ＢＩＲ立場尷尬，更為司法部甚至聯邦政府帶來麻煩。
「可以給我受害者名單和他們的供詞嗎？」基廷問。
「這有點為難呢……」摩爾警長用力擦了擦面頰，說：「警署有守則，那些資料有嚴格限制，尤其他們是未成年的小鬼……不過既然您也有職責在身，我讓您過目但不能複製，可以嗎？」
「這夠好了。」基廷點點頭。
摩爾在電腦調度出受害者的名單和資料，基廷一一細看。傷者全都是十一至十五歲少年，遭棍棒打傷。和劇本有差異的是，第一起事件中傷者傷勢較輕，只有一人的脛骨骨折，反而是愈近期的案子愈見暴戾，襲擊者好像打開了暴力開關，愈打愈起勁，下手一次比一次重。

「嗯……社區守望小組的發起人姓福特嗎？」基廷想起劇本中的那個人物。

「對啊，您們認識嗎？」

「不，我只是曾在新聞報導中看過他的訪問。」

「原來如此，我們經常跟守望小組開會，福特先生會安排人手，讓居民義務巡邏社區，分擔我們的工作。我們這區預算遠少於西北區，無法在路邊加裝監視鏡頭，所以治安才會不彰，只能沿用居民自組守望小組的老方法……」

「福特先生曾參軍嗎？」基廷想看看，SABOTAGE的模擬和現實到底有多吻合。他希望盡量找出不同之處，這樣他便能說服自己，那個血腥的結局未必會出現。

「是啊，聽說他打過伊克拉戰爭，跟我一樣是五十幾歲，身體卻強壯得像熊一樣。說起來，郊狼幫的成員被襲擊，福特先生說守望小組的巡邏工作變輕鬆了，真是諷刺啊……」

基廷沒能找出不同，反而確定了SABOTAGE對現實資料的準確性，感到非常無奈。他告別摩爾警長，離開警署，駕車在費爾隆恩的街道兜圈。

一路上，他看到那些「Coyote」塗鴉。塗鴉是幫派宣示地盤的標誌，如果一個幫派要入侵敵對組織的勢力範圍，向其宣戰，最常見的方法是用自己的標誌蓋過對方的圖案，或是單純用噴漆破壞。沒有背景的街頭塗鴉藝術家都清楚這些規則，他們絕不會愚蠢得碰別人的圖案——他們知道，一不小心便會令幫派誤會，惹來殺身之禍。

郊狼幫的塗鴉全都完好無缺，這更鞏固了襲擊者並非敵對幫派成員的說法。基廷看到街上一些服飾誇張的黑人少年，三三五五聚集在街角的空地、公園角落、密集式公寓的玄關前面。基廷經過時，有些少年瞟了基廷的車子一眼，彷彿正奇怪為什麼這麼光鮮的車子會駛進這個社區。基廷甚至猜，有些目光的背後，隱藏著「你夠膽將車停下來便不要怪我把車子搶去」的意思。

基廷經過P街時，無意間朝右方瞧了一眼，卻差點令他緊急煞車。

那個男人就在右前方。

羅伯特．亞當斯。

亞當斯穿著一件白色的T恤，外披一件藍色的外套，下半身是一條深藍色的牛仔褲。他跟基廷的車子以相反方向行走，迎面走過來。

基廷減慢車速，仔細看那男人的樣貌。高挺的鼻梁、沉鬱的雙眼，跟照片一模一樣，那便是羅伯特．亞當斯。基廷見機不可失，跟對方擦身而過後，連忙在街角掉頭，嘗試追回亞當斯的蹤影。車子轉進第十八街，他看到亞當斯就在前方不遠處。

基廷考慮著是否停車，利用雙腿跟蹤，亞當斯突然停下來。

「糟糕，他發現我了？」基廷心下一凜，心裡大喊打草驚蛇。亞當斯是個軍人，如果說他時刻警覺著四周並不出奇。

然而，數秒後基廷便發現自己多慮了。亞當斯沒有回頭，他只是站在路邊，愣愣地瞧著馬路對面。

基廷鬆一口氣，隨著亞當斯的視線，望向對街，卻再次叫他緊張起來。亞當斯正在窺視的，是對街一群少年。那些十三、四歲的孩子聚集在一間荒屋前的空地，其中兩人爭奪著籃球，其餘三人無所事事地坐在梯級上談話。

基廷幾乎以為亞當斯打算立即動手。亞當斯佇足不到十秒，便繼續向前走。基廷這時才發覺自己太笨，在光天化日之下，沒有人會在眾目睽睽下行兇。不過基廷肯定亞當斯是以捕捉獵物的心情盯著那些孩子。

他在記下那些孩子的外貌，甚至正在查看他們有沒有藏武器——基廷在心裡推論。

亞當斯之後回到楊格街的寓所，期間基廷邊走邊停，跟蹤到這棟十層高的殘舊公寓外面。一如摩爾警長所說，低層的窗戶都裝了防盜的鐵格子，至少五樓以上的窗戶才沒有。就算房東沒有包庇亞當斯，基廷都不相信亞當斯的不在場證明可靠——亞當斯是個出色的軍人、遊騎兵兵團成員，曾在非洲最惡劣的環境下殺敵，攀爬幾層樓、瞞過他人耳目出入大樓只是小兒科。

既然亞當斯是個智慧型的犯罪者，有明確的不在場證明反而更顯得可疑。

基廷回家後，一直心緒不寧。翌日週日早上他特意查閱本地新聞，確認前一晚費爾隆恩區沒有孩子遇襲，才稍稍安心。

現實是否朝著模擬劇本所寫的發展？這問題一直在基廷腦海中揮之不去。

如果單純是相似，基廷覺得可能是巧合，未必會放在心上。問題是，現實中的情況和劇本已不止「相似」，可以稱得上是「吻合」。

「犯人的特徵和犯案過程都一一吻合，連第一起案子都同樣在十月的第一個週六發生……」基廷心想。一點相同還可以說是巧合，但現在有多個細節相符，這便難以用「巧合」來解釋。

他不斷咀嚼法蘭的話——SABOTAGE有預測到現實的能力，不過一個人碰巧抽中符合現實的個案來閱讀的機率卻非常小。

可是，目前的證據，全指向同一事實。

基廷想起大學時學習機會率的課，察覺他對機率的看法，或許有誤。

一個人「巧合地」讀到「跟現實相符的個案」的機率很低，但當那個人真的碰巧讀到這樣的一個劇本，機率的計算便完全不同。一件事情本來的機率再小，一旦發生，它的機率便變成「一」，即是「必然」。基廷知道，他的著眼點不再是「為什麼他竟然像中彩票一樣巧合地讀到跟現實相符的劇本」，而是「現實依著劇本走下去的可能性有多大」。

以這個角度來考量，他要面對的機率問題便不再是法蘭口中的「會否被殞石砸中」，反而像是「被殞石砸中會不會死掉」。很明顯，後者的機率遠大於前者。

尤其他昨天親眼目睹亞當斯窺視街上的孩子後，他更確信劇本所說的，是某種預測。

SABOTAGE 收集了大量資料，能複製現實中的細節，它做出的模擬，自然有一定客觀事實根據。SABOTAGE 就像氣象系統，氣象系統能憑著衛星圖片、濕度、氣溫、風向來預測氣候變化，SABOTAGE 大概能以心理分析、社區環境、居民關係等複雜的資訊去預測囚犯獲釋後的情況。初期的預測不一定準確，但資訊愈充足，預測愈可靠。就像雨季來臨前，氣象局能預料有數天下大雨，而發現雨雲積聚後，更能準確估計下雨的時間、降雨地點、雨量多寡等等。

基廷估計，SABOTAGE 對亞當斯的模擬是以宏觀角度去分析，然而，如今某一模擬所列出的前期狀況跟現實吻合，便縮小了將來發展的可能性。

不過，他有一點始終無法理解——

為什麼 SABOTAGE 會容許羅伯特．亞當斯出獄？

系統做出了「亞當斯屠殺幫派少年」的模擬，但又接著釋放亞當斯，這一點令基廷難以理解。假設模擬系統完善無誤，「屠殺少年」是未來的可能性之一，那便表示系統從亞當斯的精神分析認定他有一定的「嚴重暴力傾向」，這種人按道理不應取得表示精神穩定度的 C2 值高分數。法蘭說過，C2 值高的囚犯不會模擬出那些 Z 值大於九百的嚴重罪案，可是現實中亞當斯的確合格了。

基廷細心推敲，突然發現之前沒留意的一點。

「感恩節屠殺」的劇本是一月時模擬出來的，但亞當斯出獄是五月。囚犯的模擬測試是一個月一次，即是說，亞當斯在四個月裡，令自己的嚴重暴力傾向消失了。

有這個可能嗎？

一個有嚴重暴力傾向的人，能在四個月突然變得正常？

基廷連上網路，搜尋線索。雖然政府推行「刑期評估模式」已久，但美國是個自由的國度，有人贊成的事情，自然亦有反對的聲音。這些反對者舉出形形色色的理由反對政策，當中必然會提出一些技術疑點，像是沙盒系統的漏洞。基廷想從這些理由中，找出亞當斯可能使用、騙過測試的方法。

基廷從早上閱讀到中午，瀏覽了二十個多網站。他發現一套理論符合他的想法，而且，這情況的確無跡可尋。

「受測自覺」。

SABOTAGE系統沒有誤算，出問題的，不是「系統」，而是「輸入的資料」。系統是依照囚犯的心理測試和平日的舉動去複製受驗者人格，放在沙盒內進行模擬，假如囚犯在心理測試和舉動上作偽，騙過系統，複製出來的人工智慧人格便不一定跟「本尊」相同。

這套理論在基廷讀到的一篇論文中解釋得相當詳細。在伺服器設在美國、由日本民間團體「人科共進會」主持的科技論壇上，一篇點閱率不到三百的轉貼論文抓住了基廷的注意——〈論沙盒策略通用系統的可靠性：受驗者自覺下的評估誤差〉，作者署名為Dr. H.Kawai。雖然作者資料顯示這位 H.Kawai 博士的專業是研究人類記憶與人格的生物學範疇，但人工智慧本來就是建基於對人類記憶的研究，更何況沙盒系統憑著生物特徵模擬真實人格，基廷猜想這位學者的看法應該有一定權威性。

基廷知道，系統在分析、複製受驗者人格上相當先進，過去亦沒有出現嚴重悖離模擬結果的情形，可是這不代表將來一定不會出錯。假設有一個囚犯，在經歷多次的測試後，察覺系統複製人格的重點，於是在測試中交出違心的答案，在監視器前表現出反常的一面，每天掛著假面具過活，令複製人格出現偏差，那麼，模擬結果再準、分數再高，也不過是屬於「虛假的受驗者」。換句話說，就是作弊。

問題是，亞當斯有作弊嗎？

或者該問，他有能力作弊嗎？

「受測自覺」只是一種理論，跟「無限猴子定理」一樣是一種理論，在理論層面合理，但難以放諸現實執行和驗證。囚犯無法知悉 SABOTAGE 以什麼方法取得個人數據，以哪些數據作為人工智慧複製人格的重點，而且就算知道，囚犯亦難以偽造完全吻合的資訊。SABOTAGE 會細緻到用上囚犯的步姿、體溫、語調、眼神、腦波活動去判定受驗者的精神狀態，如果能在這些範圍作弊，這人大概跟那些能在雪地上赤腳行走、從冥想進入假死狀態的尼泊爾僧人一樣具有驚人的異能。

可是，亞當斯會不會真的有此能耐？

基廷想起亞當斯的遭遇。亞當斯曾在非洲被擄，在活地獄掙扎求生二十天，意志比一般人堅韌百倍。非洲那些童兵，大概跟機器無異，為了生存，亞當斯很可能學懂瞞騙對方、甚至操弄對方思想的技巧。他成功逃走便是最好的證明，顯示他不單是個強壯的軍人，更擁有比同伴高的智慧。如果說有人能夠在某個環境下，憑著經驗法則，偽造出一個用來欺瞞他人——或電腦——的人格，那這個人非羅伯特．亞當斯莫屬。

所以，亞當斯才能在短短四個月內，將自己的暴力傾向隱藏好，在測試中取得合格的分數——基廷得出結論。

然而，就算知悉亞當斯作弊的方法，也於事無補。

司法部沒有要求國會訂立「翻案」的法例。犯人一旦獲釋，便是徹底地獲釋，沒有人有權力以系統出錯為理由硬把已獲自由的人抓回監獄。司法部亦沒有擔心過這一點，因為SABOTAGE在設定上是「寧緊莫寬」，過往只有應該放但沒有放的囚犯，沒有不應放但誤放的人。

何況基廷也想不到藉口要上級重新審視亞當斯的案子。

要再次逮捕亞當斯，只有一個辦法——亞當斯被發現是襲擊案的犯人。可是這便本末倒置了，基廷一直在想的，便是阻止亞當斯在感恩節晚上大開殺戒的方法。

基廷一直思考到黃昏，發覺只有一個結論。能阻止亞當斯的，就只有得悉內情的自己。

可是該如何阻止？

向摩爾警長說明一切？

直接找亞當斯攤牌？

通知郊狼幫的首領？

基廷感到迷惘。他知道，向上級報告肯定是不可取的，對BIR來說，阻止亞當斯犯案並不是責任，尤其目前還沒有證據證明他會再次犯下謀殺罪，基廷就算向上級報告，只會製造麻煩。

在政府工作多年，基廷很清楚官僚制度如何運作。

摩爾警長是個能溝通的對象，可是基廷覺得對方不會相信自己。即使將劇本交給摩爾，也不能保證他會完全認同內容，而且他更可能質疑這劇本的由來。基廷自己也覺得，說明這是SABOTAGE以亞當斯複製人格為對象的模擬結果，只會製造更大矛盾——摩爾一定會質問「既然亞當斯如此危險，你們為什麼准許他出獄」。

跟郊狼幫的成員聯絡似乎是個辦法，不過基廷無法保證對方相信自己的話。最壞的情況，是對方以為他有什麼企圖，甚至猜他就是那個襲擊者。跟幫派中人搭上，就算是辦法之一，也不見得是個好主意。

直接找羅伯特．亞當斯反而最合理。趁他未鑄成大錯前，好言相勸，或者事件能在發生前圓滿解決。不過，基廷想起在警署閱讀的報告——那些遇襲的少年，一個比一個傷勢嚴重。這時候亞當斯很可能已陷入狂亂，跟精神不穩定的傢伙講道理，搞不好要吃大苦頭。基廷沒有搏鬥經驗，自問不可能是前遊騎兵菁英的對手。

基廷感到苦惱，完全找不到辦法。

「不對——我不是找不到辦法，而是找不到可行的辦法。」基廷靈光一閃，忽然想到答案。他剛才一直苦思的，不是「有什麼辦法」，而是「哪一個辦法最有可能成功」。他根本不用作這個判斷。

因為他有使用SABOTAGE的權限。

SABOTAGE是個模擬系統，他只需要將自己的問題丟進電腦，讓電腦進行模擬，從結果看看哪個辦法成功率最大便可以。

基廷心思一轉，想到更好的答案。與其讓 SABOTAGE 實驗各個辦法，不如乾脆不指定任何辦法，命令電腦進行大量模擬，看看有沒有他滿意的結果，再從結果看看涉及什麼手段。既然 SABOTAGE 準確預測了亞當斯襲擊郊狼幫成員，那它自然能準確模擬出最好的解決辦法。

這天晚上，基廷在床上不能成眠。他為了翌日便能找到答案感到興奮。

翌日星期一清早，基廷比平時提前一個多小時回辦公室，停車場的保安員看到他這麼早回來也覺得意外。基廷一回到辦公室，便登入 SABOTAGE，看看如何執行模擬程序。

可是直到他的下屬回辦公室上班時，他仍找不到可行的做法。

他不是不懂得如何操作模擬，而是他發現，系統根本無法滿足他的要求。他可以重跑某個指定的模擬個案，更動變數，加入自己要求的條件，但受驗者還是那個模擬個案的囚犯。這時候，基廷才留意到自己的想法有一個盲點——SABOTAGE 掌握了很多數據，甚至能夠利用「稜鏡系統」，模擬出跟現實人物接近的虛擬人物，可是除非他變成囚犯，否則他無法讓「安德魯．基廷」這個人接受模擬。

ＢＩＲ授權支援及顧問辦公室重跑模擬個案，目的只是為了除錯。如果某一次模擬中，出現「時間逆流」、「人物同時出現在兩個地點」之類的物理異常狀態，重複執行模擬、找出系統錯誤原因便很重要。正如法蘭所說，關押與釋囚管理局對單一模擬結果沒有任何興趣，ＢＩＲ重視的是綜合所有模擬個案，計算出來的統計數字。

要改變想法——基廷暗想。他將多年前在大學時代學過的知識、解決問題的方法論從腦海深處挖出來，不斷研究如何利用 SABOTAGE 達到他的要求。他利用工作時間的空檔，不斷閱讀 SABOTAGE 的技術文件，他的部下對上司突然著迷於鑽研技術細節感到不可思議。

花了兩天，包括利用下班後待到晚上十點的時間，基廷找到解決方法。雖然他知道詢問法蘭的話，他可能只要十分鐘便能知道答案，但他不想驚動他人。

基廷可以編寫一種叫「小裝置（Gadget）」的附加程式。

所謂「小裝置」，是能在一個軟體上執行的額外程式段落，這種程式不能單獨執行，而且亦受制於軟體容許的範圍，完成有限度的作業，但足以為系統程式師以外的使用者提供一定靈活性和彈性。SABOTAGE也有這樣的配置，非技術部的程序員可以透過編寫「小裝置」，導入一些特殊的要求，不用凡事要求技術部更動主程式。

基廷想到一個巧妙的做法。

他首先要編寫一個裝置，讓單一模擬個案不斷重複執行，而每次執行都會改變一些變數。他同時要在模擬中加入一個代表自己的虛擬人物，然後由這個虛擬人物在模擬中插手事件，並在適當時間啟動那個裝置。這樣的話，他便不用以人手不斷更動變數，可以利用「一次模擬」得到「多次模擬」的結果。

基廷花了差不多一個禮拜，完成這個裝置的編程。裝置的設計比他想像中複雜，他必須用上數個連文件都沒詳細說明的函式庫，才能得到他想要的結果。為了增加模擬效率，基廷想到使用「碎片化」的原理，將模擬過程分成多個碎片，容許虛擬人物在不同的模擬時段啟動裝置，重複進行模擬。他將裝置命名為「碎片化建模裝置」，因為這裝置的用途是建立一種現實模型，是未來的縮影。為了完成這個裝置，基廷甚至偷偷將函式庫複製至自己的手提儀器，在家中廢寢忘食地開發。畢竟他已接近十年沒有編過程式，經常要翻閱參考資料，這一個禮拜他有種重回大學趕功課的錯覺。

十月二十四日，基廷將「碎片化建模裝置」加進系統，執行編號「cas02-k-01BU7LG-287022-87196」的模擬個案。感恩節正好在一個月後，基廷感到時間正在減少，限期一天一天逼近。為了增加模擬次數，基廷沒有要系統從亞當斯出獄開始重跑，他將開始日期訂定在十一月二十日。要解決事件，很可能一天已足夠，只是基廷恐怕只模擬感恩節一天，再多的變化也未必能改變亞當斯屠殺孩子的事實。多設幾天，只是在「系統效率」和「成果」之間找個平衡點而已。

基廷沒想到，模擬剛開始跑了半天，法蘭便主動找上基廷。

「基廷先生，你在SABOTAGE跑模擬個案嗎？」法蘭敲了敲基廷的房門，探頭進房間問道。

「啊，是的。」基廷不了解法蘭發問的用意，只簡單地回答。他稍稍提高警戒，怕他正在做的事情會露餡。

「為什麼你要跑模擬個案？」法蘭滿輕鬆地問。「我從今早便看到SABOTAGE有幾個子行程在跑，執行者是基廷先生你，跑了好幾個鐘頭，我還以為有駭客偷用你的帳號進行破壞活動呢。」

「我只是看過一些技術手冊，試試跑一些模擬個案，多了解一下系統而已。」基廷覺得這藉口有夠不濟。

「哦，這樣挺好嘛。基廷先生，你有疑問不妨問我，我很樂意解答。」法蘭愉快地說。他的表情就像在說「你果然是MIT畢業的，咱們臭味相投耶」。

「好的，謝謝。」基廷擠出微笑。「我可能會讓程式跑好久，你不要以為程式變成『孤兒行程』或『殭屍行程』，擅自把它殺了。」

「嗯嗯！」法蘭點點頭後便離去。「孤兒行程」和「殭屍行程」都是一些遺落在系統中、無人管理光虛耗資源的程式，通常出自技巧拙劣的程式員之手，因為設計錯誤令軟體失控。

基廷心想，既然法蘭留意到他的程式在跑，技術部的人員亦可能會注意。他不得不降低模擬的執行效能，減少運用的系統資源，令他人不再起疑，可是，原本他預算跑一天便能收集足夠的數據，現在便要多等兩、三天。

十月二十七日星期四，基廷查看程式，發覺「碎片化建模裝置」已進行了八千多次的模擬——雖然對SABOTAGE來說，那只是一次歷時出奇地長的模擬過程。基廷停止程式，利用自行開發的工具查閱結果。他沒可能把八千多個結果一一細看，所以他編寫了一個用來篩選結果的工具。比起複雜的「碎片化建模裝置」，這個工具不過是小菜一碟。

在這個工具中，基廷可以輸入簡單的篩選要求。他最想得到的結果，只有一個。

「死亡人數＝０」

沒有人死，便代表成功阻止屠殺。

然而螢幕亮出令他沮喪的答案。

「結果：０／８７１７」

八千多次的模擬裡，沒有一個是沒有人死的。

基廷按了按太陽穴，輸入另一個篩選指令。

「死亡人數＝１」

可不可能將傷亡程度降至最低，出現第一位犧牲者後便阻止亞當斯繼續行兇？

「結果：１１８９／８７１７」

有近一千二百個結果——這未必是最好的結果，但總算是好消息。如果亞當斯殺害第一個孩子後因故中止計畫，雖然對那位死者來說是一件悲劇，能以一條性命換取大部分人存活也算是不幸中之大幸。基廷猜想，可能模擬中的自己做了一些事情，令亞當斯只針對那個「膚色特別黝黑」的郊狼幫成員，或者及時令警察現身。他輸入指令，要工具列出這一千一百八十九個模擬中的死者名單，看看有沒有辦法進一步拯救那位死去的孩子，然而畫面亮出文字的瞬間，彷彿有一隻冰冷的手從螢幕伸出，抓住他的脖子，令他無法呼吸，整個人僵住。

死者：

安德魯・基廷：910

羅伯特・亞當斯：279

在那一千二百個結果當中，有九百一十個是基廷死亡。雖然制止了屠殺，但代價便是基廷的性命。

他連忙隨機取出那九百一十個結果的其中一個，放進SABOTAGE，以「自然語言・英語」輸出他能閱讀的版本。他焦躁地跳著閱讀，找尋真相。在那個模擬中，基廷到亞當斯上班的工廠，跟對方攤牌。

◉

「亞當斯先生。」我下班時，一個瘦削的男人在工廠門口等我。

「你是？」我不認識他。

「你不用知道我的名字。我只想借一步談談。」
「有什麼便說吧。」在對方身上，我感到一股咄咄逼人的氣勢。
「我知道你便是襲擊郊狼幫成員的人。」
我皺一皺眉。這傢伙是何方神聖？
「我來是向你提出警告。」男人以毫不友善的姿態對我說：「你立即停手，中止殺害郊狼幫成員的計畫，我便不會把我知道的告訴第三者。」
「你是那些小鬼的什麼人？」我問。
「毫無關係。」他冷冷地回答。「總之，你曾做過的、現在正在做的、將來打算做的，我都一清二楚。只要你放棄原本的念頭，我還可以網開一面，否則，我會將你的事告訴六〇七署的摩爾警長，或者，把你的身分告訴郊狼幫的小鬼。比起警察，那些小鬼應該會更積極去對付你。」
這天殺的傢伙……
「我要說的便是這些，請你好自為之。再見，後會無期。」那男人說罷，便坐上路邊一輛藍色的凱迪拉克。雖然我咬牙切齒，但我有留心細看他的車牌號碼。
翌日，我在社區中心做義工時，趁著職員沒留意，打開了他們的電腦終端機。社區中心的電腦跟市政廳的伺服器相連，我登入車輛登記系統，很簡單地查出那個男人的住所和工作單位。那傢伙叫安德魯．基廷，是聯邦政府的混蛋，住在西北部的有錢人。
晚上我駕車前往基廷的家，那是一棟二十層高的豪華公寓，他住在六樓。一般小偷未必能徒手攀爬六層樓，但對遊騎兵隊員來說，這只是簡單的任務。
攀上陽台後，我割破陽台門戶的玻璃，破壞電子保全系統，躡手躡腳走進房間。房間很乾淨，家具陳設都像是外國貨。他媽的，我們繳納的稅款，就是用來養這群多管閒事的垃圾。

我走進臥房，那個曾在工廠外警告我的男人毫無防備，躺在床上，熟睡得像隻豬。我走到他面前，一手按住他的嘴巴。他從睡夢中驚醒，看到我的樣子時，眼神流露著驚懼。

對，恐懼吧。你應該要恐懼才對啊。

我沒有讓他做多餘的掙扎，以匕首刺向他的胸口。就像我在戰場上殺敵一樣，我很簡單地結束了一條性命。

就像小孩踐死一隻螞蟻。

我們活在弱肉強食的世界，既然你威脅我，休怪我無情。

要怪便怪你自己多管閒事吧。

◐

基廷感到反胃。他沒想過，會在模擬中看到自己的死亡。這時候他才發現，死亡人數只有「一」並不是阻止了屠殺，而是「虛擬的基廷」在死亡一刻自動啟動了「碎片化建模裝置」，進行另一次模擬，這一邊才沒有讓劇本繼續跑到感恩節的時點，屠殺便脫離模擬範圍。

按捺住不安的情緒，基廷輸入了另一個以他死亡為終結的模擬，叫系統輸出文字劇本。他忐忑地打開檔案，開始閱讀文字。

晚上九點，門鈴響了。
從來沒有人在這個時間找我的。我狐疑地扣上門鍊，讓大門只打開一條縫。站在門外的，是一個衣著光鮮，身材瘦削的男人。
「亞當斯先生，我姓基廷，有事找你。」對方似乎認識我，但我對他完全沒有印象。
「說吧。」我回答道。
「你先讓我進來吧，我不是什麼可疑分子。我是關押與釋囚管理局的職員。」他邊說邊亮出證件。
原來是那個勞什子ＢＩＲ的人。雖然我不大情願，還是打開門讓他進屋。
我和他坐在相對的椅子上，他直盯著我。縱使他臉帶微笑，我知道那只是裝模作樣的假笑。
「什麼事？」我問。
「我知道，近期襲擊事件的犯人是你。」
「你說什麼？」我裝作無知地反問。
「我說，我知道最近教訓郊狼幫的小鬼的人就是你。」
「你有什麼證據？」
「我當然有，但我來不是要逮捕你，或者勸你自首。」基廷嚴肅地說：「我知道你正打算幹什麼，我只是來勸你不要進行。」
「你……知道我想做什麼？」我不敢大意，沒有多說半個字。

「你準備殺掉那些小鬼吧。」基廷一語道破我的想法。「你還準備了槍械和子彈，要在感恩節晚上大幹一場。」

「我……沒有。」

「我希望你沒有吧。因為如果你真的有此打算，後果會很嚴重。你會死，和那些死不足惜的小鬼一同喪命。這不值得，我跟你說，不值得。」基廷伸手進口袋，掏出一個信封，放在桌上。「這兒有十萬元，你別問理由，離開華盛頓吧，工廠方面我會替你處理。找個平靜、沒有黑人孩子的小鎮落腳，重新開始吧。」

「你這是什麼意思？」我瞧著從信封掉出來的鈔票，錯愕地問道。

「羅伯特，我是來幫你的。我只是不想你一錯再錯。」

我們陷入沉默。良久，我伸手拾起信封。

「好吧，我明天便離開。」

基廷似乎很滿意，他笑了笑。

「那我現在回去了。很高興你接受我的提議。」基廷走到大門前，跟我握手。

「嗯。」

就在基廷轉身，要打開大門時，我動手了。

我拔出一直藏在腰間的軍用匕首，用力刺向基廷的後腰。

在他打算呼救時，我掩著他的嘴巴，抽出匕首，再往他的背部刺過去。

兩下、三下。我也不知道總共刺了多少次。

我實在不了解，這傢伙是什麼人。我只知道，無緣無故送錢來的，一定大有問題。

S.T.E.P.

至少，這樣子他便不能向第三者說出我是襲擊者的事了。

◐

基廷懊惱地抱著頭，他沒想到會有這種發展。他對自己一再被殺感到噁心，但他就像撲火的燈蛾，再選一個自己死亡的模擬個案，指示系統輸出文字劇本。

◐

我緩緩走進籃球場，在踏進球場的一刻，他們的喧鬧聲霍然止住。很明顯他們對我提高了警戒，可是，大概因為我沒戴頭套，又一步步慢慢向他們走過去，他們似乎沒想到我便是一直以來對付他們的神祕使者。

「羅伯特．亞當斯！」

意外地，我身後傳來一聲叫喊。我回頭一看，叫我名字的是一個男人。一個我毫無印象的男人。

「羅伯特，來，我們走吧。」那男人裝出親暱的口吻，笑著說。但我看出，他的笑容很僵硬。

他愈走愈近，我後面的幾個小鬼似乎正在看我們。

在猶豫之間，我作出了決定。

我迅速地從背包拔出衝鋒槍，往那男人身上掃射。

「哇啊！」

那男人似乎沒料到我這行動，連慘叫都來不及便往後倒地。叫聲是來自我身後的小鬼的。

我沒多想，立即將槍口指向後方。天曉得那些小鬼有沒有武器。

我扣下扳

◆

劇本到這裡戛然而止，連句子也沒有完成。基廷心中連續罵了十幾句「愚蠢」，像是為自己的魯莽感到後悔，可是他再細心一想，那根本不是他的責任。閱讀這些劇本，宛如看到平行宇宙中的另一個自己，兩者雖然相仿，卻又像兩條平行線，互不相干。自從發現亞當斯有機會在感恩節犯案後，基廷首次察覺到自身的安危——之前他覺得自己只是事件外的觀察者，是案件中的偵探，擁有超然的地位，如今他赫然發現自己也是事件中的一個角色，並不是什麼英明神武的局外人，而是潛在的受害者之一。

撒手不管吧——一把聲音在他的腦海中響起。

可是基廷無法放棄。他一想到一個月後有一群孩子無辜被殺，就感到心寒。

他隨機抽選了一些模擬個案——那些有大量死亡人數的——輸出劇本，一一細閱。那些劇本大同小異，基廷沒有出現，亞當斯的屠殺計畫「如常」執行。為了知道「虛擬的基廷」在那些模擬中做了什麼，基廷使用他的工具，列出數據，發現模擬中的自己試過好些方法，包括向警方匿名檢舉、直接向摩爾說明一切、向ＢＩＲ上級解釋事件、甚至通知郊狼幫的成員亞當斯是襲擊者的事實，結果還是無法改變。通知郊狼幫的結果最糟，在那場模擬中，郊狼幫打算伏擊亞當斯，但亞當斯早有準備，在寓所大開殺戒，將大部分入侵者射殺。由於郊狼幫亦準備了槍械，雙方在住宅區駁火，波及不少居民，做成更大的傷亡。

在無奈之中，基廷將目光放到「只有亞當斯一人死亡」的個案上。在讀過自己死亡的劇本後，他隱隱察覺那個「唯一的答案」。只是他不想面對。然而讀過為數不少、傷亡更慘重的劇本後，基廷知道，他不能逃避。

他從那二百七十九個「因為羅伯特．亞當斯死亡而終止」的模擬中，選出其一，放進SABOTAGE。劇本檔案很快出現在螢幕上。

◉

我緩緩走進籃球場，在踏進球場的一刻，他們的喧鬧聲霍然止住。很明顯他們對我提高了警戒，可是，大概因為我沒戴頭套，又一步步慢慢向他們走過去，他們似乎沒想到我便是一直以來對付他們的神祕使者。

「羅伯特．亞當斯！」

意外地，我身後傳來一聲叫喊。我回頭一看——

「砰！砰！」

我胸口感到一陣灼熱，喉頭似有什麼要湧出來。我低頭一看，發現胸膛正在流血。

我無力地抬起頭，看到呼喚我名字的男人。他手上有一把手槍。

這傢伙是誰？
我來不及拔出衝鋒槍。太大意了。我該把槍藏在外套裡。
我沒想到這些惡魔還有同夥。
我緩緩向前仆倒。
算了，我要去跟隊友們聚舊了。
我已經盡力了。我想他們不會怪責我。

◆

果不其然。一如基廷料想，這是阻止屠殺的最直接方法。由他親自動手。
對付亞當斯這種菁英軍人，只能攻其不備，先發制人。
但基廷不想殺人。
基廷唸五年級時，曾遇上一樁劫案。劫匪持槍搶劫商店，在逃走時被碰巧經過的警員開槍殺死。
雖然基廷只是站在遠處，但他清楚看見那劫匪死亡的過程。那個滿臉鬍子的男人中槍，倒地，身體流出鮮血，將地面染紅。警員謹慎地走近劫匪，第一件事不是為他進行急救，而是踢走他身旁的手槍，再檢查他身上有沒有其他武器。在警員搜身期間，那鬍鬚男的四肢偶爾抽搐，基廷想起生物課堂上那些被解剖到一半的青蛙和老鼠。警員確保安全後，才通知救護人員到場，但那男人在救護車到達前已經斷氣。

基廷明白這是現代社會無法否定的一環。在這個槍械流通的國家，有壞人用武器威脅他人的生命，警員就有理由射殺他。生命很脆弱。理智上，基廷欣然接受這個結果，但情感上他無法擺脫人類跟青蛙和老鼠在本質上相同的荒謬想法。

他對「殺人」這回事感到很不安。不論被殺的是好人、還是壞人。

這是令他曾立志加入調查局，調查犯罪的原因之一。這更是他希望從事分析工作，而不是在犯罪現場拘捕犯人的原因之一。

然而，如今他只有一個選擇。天秤的一邊，是由他用「殺人」來制止亞當斯的暴行，另一邊，是十多二十條人命。

如果他沒有經歷過那件事，他猜想自己很可能會覺得殺死亞當斯不是一件大不了的事情。用兇手的命換回多人的性命，對一般人來說這是理所當然的選擇。只是，基廷知道，如果自己沒見過那死去的鬍鬚漢，貿然動手殺死亞當斯，之後一定會因為這魯莽的決定而陷入困惱——因為奪去一條人命而要背負的心理包袱，並不是單單一句「理所當然」便能夠減輕。

殺人，需要很大的覺悟。

基廷花上不少時間研究只有自己或亞當斯死亡的模擬個案，仔細比對每次的差異，再抽選一些變數相近、但屠殺仍然出現的情況，檢視細節，最後歸納出一個結論。

如果他事先接觸亞當斯，有一半的情況會被殺害，餘下的一半，則是對案情沒有影響，亞當斯照樣在感恩節晚上殺人。換言之，嘗試找亞當斯談話完全沒有幫助。

跟警方說明情況的話，有九成情況無法阻止屠殺。其餘一成，警方雖然接受基廷的意見，但無法順利阻止亞當斯。死亡人數最少有九人，當中有警員殉職，包括摩爾警長。

亞當斯一人死亡作結的二百多個個案裡，下殺手的，全部是基廷。八千多個模擬中，有約五百個是基廷在第十九街埋伏，等待亞當斯現身，當中一半是基廷殺害亞當斯，阻止對方的兇行，有一百多個是反過來被亞當斯殺掉，數十個是兩敗俱傷。其中有數個模擬基廷躲過亞當斯的子彈，但之後亞當斯仍繼續他的計畫，槍殺了不少孩子。

結論便是，如果基廷要讓孩子們活，便要親手解決羅伯特・亞當斯。

十一月一號，經過數天的心理掙扎，基廷終於下定決心。

他依照劇本的變數，將模擬中的條件在現實中一一實行。

他首先到一間射擊俱樂部登記成為會員，聘請一位教練，指導他射擊的技巧。他一如模擬個案中，購入一把葛拉克56，並且學習如何打理槍械，每天在家熟習握槍和射擊的姿勢。為了在感恩節晚上萬無一失，他每天下班便到俱樂部練習，週末更是從早上練到夜晚。基廷的教練對這位新學生的熱情感到詫異，每天基廷都最少打光兩盒五十發的子彈。

基廷的眼界一天比一天準，動作也愈來愈俐落，從最初扣扳機時猶豫不決，七發子彈只有兩發命中標靶，到三個星期後已能從拔槍到射擊一氣呵成地完成。雖然準確度仍有提高的空間，但他知道目前已經足夠。他要打的目標，會在十公尺範圍之內。只要先發制人，便能完成任務。

基廷最擔心的，是自己會在唯一一次的實戰中失手。在SABOTAGE進行模擬，只要按一個按鈕，世界便會重置，回到一片空白的境界，事情可以重新開始，但現實中沒有這個按鈕。他必須在僅有一次的機會中，迅速殺死對方，不得有誤。基廷知道，如果他因為一念之仁，嘗試不取對方性命，瞄準對方雙腿，後果只會是自己斃命——他讀過這樣的劇本，亞當斯負傷後拔槍還擊，結果模擬中的基廷仍是逃不過死神的召喚。

十一月二十四日，是基廷跟亞當斯決鬥的日期。

縱然這場決鬥，是單方面決定的。

在這一個月內，費爾隆恩區的少年遇襲案仍持續著。受害者的受傷程度比之前更嚴重，甚至有孩子因為頭部受創，昏迷了三天，差點死去。看到這新聞時，基廷更感到自己的責任重大。

基廷沒有放棄找尋「不傷人命而解決事件」的方法，他讓SABOTAGE一直跑他那個加上「碎片化建模裝置」的模擬個案，累積了約八萬個結果。只是，在這八萬個模擬中，「死亡人數」從來沒有變成零。這令基廷知道，自己即將要做的事，是沒有辦法之中的唯一辦法。

為了防止出現意外情況，基廷在感恩節當天留在家裡，直至黃昏。太陽下山後，他再三檢查手槍和子彈，穿上黑色的夾克，然後離開寓所，走到停車場，坐上他昨天租來的廉價日本車。在模擬中，駕駛凱迪拉克有機會引起一些麻煩，由於停在第十九街和P街交界太矚目，反而吸引了郊狼幫一些小鬼搭話調侃，而亞當斯在一眾小鬼圍著車子時現身，不由分說亂槍掃射，基廷連拔槍的時間都沒有。他穿黑色夾克也出於相同理由，如果衣服顏色太鮮明，有機會在車廂中盯梢時被發現，萬一需要跟亞當斯正面交鋒，淺色反光的衣服亦較容易被擊中。

基廷在七點半到達目的地。當他盯著無人的籃球場時，內心充滿矛盾。一方面他祈求那些孩子不要出現，這樣子他便能心安理得回家去；但他又害怕那些孩子不出現，亞當斯會在其他地方行兇，他失去阻止的機會。基廷只能一動不動地坐在車子裡，直盯著那破落陳舊的籃球場。籃球場位處街角，兩邊豎著鐵絲網，另外兩邊是旁邊大廈的牆壁，圍起一個比正式球場略小的空地。靠牆的一邊有一個籃球架，球圈上沒有籃網，球架也因為日久失修而鏽跡斑斑。鐵絲網上有兩道虛掩的閘門，分別在球場的兩端。牆壁上，「Coyote」塗鴉就像頭張牙舞爪的怪獸，鐵絲網恍若獸籠，在昏暗的街燈映照下，怪獸正伺機而動，靜候那些孩子自投羅網。

八點十五分，街道遠處傳出喧鬧的笑聲。四個孩子從離基廷較遠的閘門走進籃球場，基廷緊張得嚥下一口口水，身子不自覺地前傾，鼻子快要撞上擋風玻璃。那些孩子年紀稍大，約有十四、五歲，其中三個是男孩。當中一個男孩拿著滑板，偶爾放在地上溜一段距離，再耍帥地跳起。他們走到籃球場一角，其中兩個男孩坐在鐵桶上，掏出香菸。

不一會，再有兩個孩子加入。基廷沒有鬆懈，手中緊握口袋中的手槍，目不轉睛地盯著那六個少年少女。他不住在心裡重複流程——亞當斯會從街道右方出現，揹著裝滿槍械子彈的背包，走到距離那些孩子只有三公尺的位置，放下背包，取出槍械殺人。基廷知道，亞當斯一旦打開背包，他便無法阻止案件發生。他利用模擬統計了各種條件，只要亞當斯拉開背包的拉鍊，對方便能迅速拔槍和開火。「打開背包」變成任務失敗的旗標。

「右手拇指撥開保險，左手包覆著右手的手指，右手虎口向前推，而左手用作穩定……」基廷默唸著射擊的基本守則。縱使他在過去一個月已把射擊變成習慣，但他終究沒試過對人開槍。他有點擔心，在面對亞當斯、生死繫於一線的瞬間，他能否如常扣下扳機。

等待的時間變得很慢。一分鐘就像一小時，五分鐘恍如一整天。天氣已經轉涼，但基廷感到自己的背脊被汗水浸透，衣服緊黏著皮膚，只是他無暇理會。

他的注意力全放在眼前的街道上。

九點二十二分，命運的時刻無聲無息地降臨。

羅伯特．亞當斯步進基廷的視野。

一如模擬劇本所寫，他揹著偌大的背包，緩步走近籃球場。

基延打了一個寒顫，然後鼓起勇氣，抓緊口袋中的手槍，離開車廂。

「嗚——」甫離開車子，基延便聽到警笛聲。他在車廂中沒有察覺，但一打開車門，那漸漸變大的警笛聲抓住他的注意。他找尋著聲音的來源，數秒間，兩輛警示燈閃亮、警笛大鳴的警車在他面前直奔而過。他正為「警方介入」這個沒有出現在模擬的事件感到乍驚乍喜之際，警車卻絕塵而去，消失在馬路的彼方。

基延驚覺自己弄錯了，連忙回首找尋亞當斯的身影。亞當斯沒有跟基延一樣停下看警車，當基延看到他時，他已走進籃球場，站在孩子們的前方。

基延不斷責罵自己愚蠢。在費爾隆恩，警車猛飆是見怪不怪的事情，反正在這個罪案率不低的社區，警察經常疲於奔命，處理大大小小的案件。居於費爾隆恩的郊狼幫小鬼和亞當斯，才不會因為這種小事而分心。模擬劇本是以受驗者的複製人格作主述，當然會省略一些那個人覺得平常的事情，而且無論警車有沒有出現，都不會影響亞當斯犯案的過程。

只是基延察覺，這個微不足道的情況引致他失去先發制人的機會，而無法及時行動是模擬中他失敗的條件之一。

情急之下，基延拔出手槍，撥開保險鈕，往籃球場跑過去。他三步併成兩步，衝過馬路，用腳踢開鐵絲網上的閘門。

「錚！」鐵絲網發出清脆的聲音。

響聲令亞當斯和六個孩子都停下本來的動作，望向基延。基延跟他們對望時，目睹那關鍵性的條件。

亞當斯正伸手探進背包當中。

看到這一幕，基廷雖然繼續向他們奔跑過去，但腦袋一片空白。現在開槍還來得及嗎？還是該找掩護？基廷知道自己想得愈多，生還機率愈渺茫，可是在這節骨眼，他無法作出判斷。

在猶豫間，他瞥見亞當斯的表情。和照片中那個眼神沉鬱的男人不一樣，基廷在亞當斯臉上看到敵意——不，是殺意。

基廷沒上過戰場，但他知道，那是生死之間才會露出的表情。

然而那表情令基廷冷靜下來。

基廷急促煞停，擺出從射擊訓練所學的姿勢，左腳踏前，往右轉身約七十度，用左手包覆著右手，右手緊握槍柄，左手手肘微垂，雙肩和手掌形成一個狹窄的三角形，槍身上的前後準星跟視線落在同一直線。不消半秒，基廷純熟地讓身體做出射擊準備。

餘下只有指頭上的動作。

基廷從來沒有向人開槍的經驗，而他忽略了這一點的重要性。

在瞄準亞當斯的一刻，基廷突然覺得指頭僵住。平時可以輕鬆扣動的扳機，此刻恍似千斤重，任憑基廷如何努力，它都文風不動。

慌張的感覺，從基廷的後腰沿著脊椎往上爬，經過延髓侵占了他的大腦。基廷隱約覺得，自己的生命只餘下數十秒——甚至可能只有數秒。

只要亞當斯拔槍，基廷便注定命喪於對方手上。

不過，亞當斯的動作出乎基廷意料。他沒有從袋子中取出衝鋒槍，反而向他旁邊的一個少年狠狠撲過去——

基廷瞥了那少年一眼。那是一個年約十四歲、膚色黝黑的男孩。

膚色黝黑——是那個「皇帝」？
基廷想起原始模擬劇本中的最後一段。
那個亞當斯寧願命喪於警員槍擊之下，也要奮力消滅的「惡魔」。
那個膚色特別深、打開亞當斯妄想開關的始作俑者。
當想到這一部分，基廷不再理會目前的情境有沒有出現在某個模擬之中，而就在亞當斯撲向無法理解狀況的少年時，基廷解開內心最後一把鎖。
那把繫在他右手食指上的枷鎖。
「砰！砰！」
一如某個模擬，基廷朝亞當斯開了兩槍。兩槍都擊中背部，子彈沒有貫穿，孩子沒有受傷。
亞當斯俯伏在籃球場的硬地上，鮮血從傷口流出。
「哇呀！」孩子們發出尖叫，紛紛連滾帶爬地躲到鐵桶後面。
「沒、沒事了，不、不用怕……」基廷喘著氣，結結巴巴地說。可是他的聲音好小，說話全被孩子的呼救聲蓋過。
基廷垂下手槍，渾然忘我地瞧著生命之火逐漸熄滅的亞當斯。縱使他在模擬劇本中看過這一幕無數次，他還是難以接受這似是虛構的現實。
基廷站在原地，一動不動，孩子們躲在掩護物後，傳來驚呼和細碎的啜泣聲，當中較大膽的偶然探頭警戒著。五分鐘後，一輛警車駛至。
「別動！放下武器！」
基廷順從地放下手槍，跪在地上，雙手放在頭顱後方。他早想過這情況——雖然模擬從來沒機會演到這一段——而他知道，或許他會因此事犯上若干刑法，只是他覺得這是值得的。

畢竟他拯救了一群孩子的生命。

那群幾乎慘死於槍下的孩子的生命……

基廷邊想邊瞥向一旁，眼角卻赫然瞄到不尋常的地方。

亞當斯的黑色背包倒在一旁，拉鍊半開。基廷直盯住那個開口處，無法理解映進眼球中的影像。袋子裡的槍械和彈藥，完全沒有槍彈應有的外型。它們好像書本。

是一本本有點殘舊破落的書本。

書本？

基廷焦躁地向四周張望。他望向倒地的亞當斯，再次確認他的樣子——

沒錯，那是羅伯特．亞當斯。

還是外貌跟亞當斯相似的男人？

他殺死的，是誰？

這時候，兩名警員趨近，一人持槍戒備，另一人將基廷按倒，扣上手銬。

就在基廷被壓在冰冷粗糙的水泥地面時，他聽到難以置信的話。

「羅伯特！羅伯特！你別死啊！快點救救他……」是一個女孩子的聲音。話聲夾雜著哭聲，很是悲涼。

基廷驚懼地回頭，只見六個孩子中的一個女孩，跪在亞當斯身旁，哀傷地撫摸著對方的頭髮。其餘少年圍在旁邊，另外一位女孩將面孔埋在一位少年的胸口，身體不斷顫抖。

為什麼會這樣的——基廷很想大喊，但他沒有機會。

轉瞬間，他被警員押上警車，他只能透過車窗觀看籃球場內的情況。就像十分鐘前他一直在做的事情一樣。

◉

在拘留室裡，基廷感到無比困惑。

他無法理解在籃球場目睹的異常現象。

背包裡的是書本？

書本下面是不是藏著槍械？

女孩認識亞當斯嗎？

她的話到底有什麼意思？

而基廷心中最大的疑問，是他根本不知道那個男人是不是羅伯特．亞當斯。

雖然那女孩喊出「羅伯特」的名字，但基廷漸漸懷疑那是不是名字相同、外貌相似的男人。

他對目前的處境完全沒有實感，甚至一再質問自己，到底這是不是現實。

我其實只是一次模擬個案中的虛擬人物？這個世界到底是真實的世界，還是SABOTAGE中的一個不存在的世界？在這個世界之外，是不是有一個按鈕，只要技術員輕輕一按，一切都會化成虛無，消失於虛空之中？

基廷陷入精神錯亂。

昨晚警察拘捕他，押解他到警署後，一位警官向他進行初步盤問。由於他完全無法整理好思緒，對方的話他充耳不聞，一直保持緘默，任由那個兇惡的警官大吼大叫，他都不為所動。他只知道，警官指他殺死了一個叫「羅伯特．亞當斯」的人，但他不知道那個亞當斯和他認識的亞當斯是否相同。後來有另一位警官好言相勸，又主動問他要不要聯絡律師，但基廷只是靈魂出竅似的呆在盤問室，茫然地盯著前方。

兩個鐘頭後，兩位警官終於放棄，決定翌日再嘗試攻破基廷的心理防線，讓這名嫌犯開口自白。他們從基廷身上的私人物件知悉他的身分、工作和來歷，對這位政府官員持槍到貧民區槍殺一名素不相識的男人，感到相當疑惑。

基廷獨個兒在拘留室，徘徊在睡夢與清醒之間。他不知道他是否睡著了，眼前的景色是不是夢境。現實、模擬、夢境，三者互相交纏，他懷疑自己是不是瘋了。或許，一切都是虛構的幻想，他從來不是司法部的官員，更不是什麼從ＭＩＴ畢業的菁英，他不過是個精神分裂的病人，現在身處的房間，是他待了不知數年還是數十年的病房。

基廷神色委靡，半躺在床上，身上縐巴巴的衣服滿是被捕時沾上的污跡。陽光從狹小的窗子射進室內，基廷伸手嘗試抓住陽光，皮膚上溫熱的感覺卻令他拾回部分對現實的實感。

雖然基廷沒有飢餓的感覺，但看守人員從門上的狹縫遞進的食物，他都一一吃光。基廷想從「進食」這行為確認現實，可是，他覺得那些麵包和雜菜像沙子一樣無味。

「嘎。」不知道等待了多久，鋼造的拘留室房門傳來響聲。一名警員打開鋼門，要基廷跟他出去。基廷猜想，警官要繼續盤問他——或者，是他的主診醫生要診治患精神分裂症、妄想出這一切的他。

來到那個狹小的盤問室，基廷坐在跟昨天相同的位置。房間牆壁漆成白色，門上有一個陳舊的時鐘，時間是下午六點半。房間其中一面牆上有一面偌大的鏡子，基廷猜那是用來觀察嫌犯的單向反光玻璃。鏡子後應該有些人在觀察他，只是基廷在想，那些人到底是警察，還是醫生。

警員將他押進房間後便離去，基廷一個人呆在椅子上。五分鐘後，房門「喀」的一聲打開，一個男人走進房間——看到對方，基廷彷彿重拾理性，再次確認自己的真實身分。

進門的是法蘭克林．普拉特，他的怪咖部下。

「基廷先生！你怎麼幹出這種蠢事啊！」

法蘭一如平時般口沒遮攔，但此刻基廷對這種無禮而熟悉的語調，感到無限欣慰。

「你是法蘭，對吧？法蘭？」基廷問道。

「我當然是法蘭啊！基廷先生你撞到頭嗎？失去記憶嗎？」

「告訴我，我是誰？」

法蘭皺了一下眉頭，說：「基廷先生，你叫安德魯．基廷，是聯邦政府司法部關押與釋囚管理局支援及顧問辦公室的主管。」

基廷鬆一口氣，至少他確認自己不是精神病人。

「我沒有瘋，幸好……」基廷喃喃自語。

法蘭明白基廷話中的意思，再說：「基廷先生，你沒有發瘋——至少我猜你沒有。」

「法蘭，為什麼你會來？」

「我跟警察說項，說我能叫你開口，他們才讓我跟你見面。我昨晚收到米勒先生的電話，告知我你因為殺人而被捕，我嚇了一大跳。他問我最近有沒有發現你有什麼異常，我便想起這個月你在辦公室神經兮兮的樣子，還有之前問過我的古怪問題……幸虧我沒回老家過節，不然我也沒辦法來幫你。基廷先生，為什麼你之前不跟我商量啊！如果你跟我好好談一下，你便不用淪落到這地步……」法蘭氣急敗壞地說。這時候，基廷才留意到法蘭雙眼滿布血絲，像是一日一夜沒闔眼的樣子。

「法蘭，你先告訴我，」基廷緊張地將身子向前傾，「我昨晚槍殺的人，是不是五月出獄、曾犯下二級謀殺的那個羅伯特．亞當斯？」

法蘭怔了一怔，瞄了牆上那面玻璃鏡一眼，生怕基廷這番話會被當成承認殺人的自白。可是，他明白基廷的用意，唯有希望警察們容許他們繼續對話，不會直接將基廷踢回拘留室。「對，你殺的是那個羅伯特．亞當斯。」

基廷放下心頭大石，整個人軟癱在椅子上。

「太好了，我還怕我錯殺了一個樣子相似、姓名相同的男人。」

「好什麼啊！」法蘭扯高聲調，焦躁地說：「你殺掉那個無辜的亞當斯，會被控一級謀殺啊！」

「那個男人才不無辜！他準備大開殺戒，幹掉那些孩子！」

「果然啊……」法蘭一副想哭的樣子，扶著額頭沉吟道。他大力抓了一下鳥巢般的頭髮，抖擻精神，嚴肅地直視著基廷雙眼，說：「你是因為讀過模擬劇本，認為他會殺人，對吧？」

「那個劇本描寫的事情逐一在現實中出現啊！十月開始便有郊狼幫的孩子被伏擊，劇本準確預測，如果我不及時行動，亞當斯會在感恩節殺害十多二十個孩子……」

「準確個屁！」法蘭大喊。「基廷先生，你怎麼如此魯莽啊！我昨晚趕回辦公室，駭進、呃、『打開』你的電腦，想查看你的日程表和郵件，尋找你犯案的理由，結果看到那篇模擬劇本，和你編寫的那個『碎片化建模裝置』……我才明白你上個月問我『SABOTAGE 能否預告現實中的事件』的理由。唉，一切都錯了，全錯了。」

「哪裡有錯？費爾隆恩區發生街童遇襲案件，第一起在十月初發生，受害者大都是郊狼幫的成員，犯人穿黑色衣服、蒙面，以棍棒毆打受害人，這些全跟劇本所寫的一模一樣！就連犯人的身高、犯案地點和頻率都差不多，SABOTAGE 準確預測到亞當斯會再次犯案……」

「你怎麼只挑相同的部分？」法蘭打斷基廷的話，說：「我依著你的日程表，找上摩爾警長，幾個鐘頭前我跟他談了許久，也看過現實中的那些襲擊案的資料。它們跟劇本所說的，有很多相異之處啊！」

基廷瞪著法蘭，為他們彷彿在說兩件不同的事而感到詫異。

「相異之處？」

「先說犯人特徵吧，你說『身高差不多』，那根本就不一樣！受害人說犯人高六呎至六呎五吋，但亞當斯有六呎六吋高，這怎叫『差不多』？」

「受害者是孩子，以他們的角度來看，可能有一兩吋偏差……」

「警方已把這偏差算進去了！不然為什麼會有『六呎至六呎五吋』這麼大的範圍？」法蘭比手畫腳地說：「傷者只要回到現場，便能憑環境準確指出犯人的身高，而且這供詞不是來自一位受害人，而是接近十個受害的孩子啊！事實上，警方認為犯人高六呎二吋，只是他們怕因為光線影響那些孩子的判斷，才增大範圍，讓調查的警員保持警覺。基廷先生，人家已經預留了偏差值，你還加上自己的偏差，硬說那是『差不多的身高』，這哪兒說得過去？」

「就算身高不同，現實和劇本中的犯人都是身穿黑衣和蒙面！」基廷反駁道。

「晚上伏擊他人，自然穿黑衣啊！難道會穿老遠便能看見的螢光衣嗎？你昨晚為了埋伏，不也穿黑色的夾克？而且犯人又不是要殺人，做案時自然會蒙面，以免被認出嘛……」法蘭一口氣說道。「況且，同樣是蒙面，劇本中的是頭套，現實中的是面罩，為什麼你不把這個相異之處當作反證，只強調『蒙面』這一環？」

基廷想開口駁斥法蘭，但他發覺道理不在自己這一邊。他想起劇本中第一起案子中，傷者身上多處骨折，但現實中只有一位受害者脛骨折斷。在傷勢的嚴重程度上，兩者也不盡相同。

「但……日期也未免太準確吧？劇本中亞當斯在十月開始犯案，現實中便在相同的日子發生事件了，這又是巧合嗎？」基廷放棄在犯人特徵上爭論，改以另一個他認為是「鐵證」的情況來為自己辯護。

「什麼相同日子？」

「劇本和現實的第一起案子，都在十月一號星期六發生……」

「劇本的案發日期，不是十月一號啊！」法蘭嚷道。

「不是？」

法蘭取出手機，正要打開，卻若有所思地向盤問室的玻璃鏡望了一眼。他心想警察可能禁止他這樣做，但門外沒有動靜，警察們沒有走進盤問室加以阻止，大概是默許他這做法。他向鏡子稍稍點頭，再操作手機，用投影機能將文件投射到牆上，向基廷展示。他這樣做，是想讓警察們也能了解他們的對話。

「基廷先生，你看，這是你最早下載的劇本檔案。」法蘭指著牆上某處。「劇本中，亞當斯在第十八街幫助那位遊民時，已是十月，你可以從『十月的天氣開始轉涼』和遊民口中那句『昨晚有點涼，我換地方睡了』確認這事實，然而，模擬劇本中的亞當斯是在『緊接的星期六』犯案——

今年十月一號是星期六，首個工作天是十月三號星期一，換言之，在『上班途中』救助遊民的亞當斯，首次犯案的日子是在十月八號的週六晚上。這才跟現實毫不吻合！」

聽到法蘭清晰的說明，基廷啞然，將信將疑地瞧著投影到牆上的文字。

「但……但……但是現實中真的出現了孩子遇襲的事件！還要是郊狼幫的！光這一點，不就出奇地吻合嗎？」基廷將他心底最大的理由吐出。

「唉……」法蘭無奈地關上投影裝置，說：「基廷先生，你沒有看過『其他』模擬劇本吧？」

「我沒有看過亞當斯的其他模擬個案，我記得他一月的測試中，Z值超過九百的只有這一個。」

「不，我不是說羅伯特．亞當斯的其他模擬個案，我是說『其他囚犯』的個案。」

「咦？」

「你沒看吧。但我有。我可以清楚告訴你，我至少看過五篇……不，六篇涉及費爾隆恩區幫派遇襲的模擬個案。」

「什麼？」基廷摸不著頭腦。

「我在其他囚犯的劇本中，看過同類案件。基廷先生，如果現在有一場賽馬，有十四匹馬參賽，撇開馬匹的能力不談，押中第一名的機率是十四分之一吧。」

「對。」基廷不明白法蘭突然說什麼賽馬。

「要你猜中第一名，機率很小，但對莊家來說，有人押中第一名是『近乎必然』的事情，因為下注的人有很多，注碼會平均地押在不同的馬匹上。同一件事，以不同的角度來看，機率大小差天共地。」

「這跟案件有什麼關係？」

「某人出獄後在費爾隆恩區犯案的機率很小，不代表費爾隆恩區有人犯案的機率很小。」

基廷被法蘭的話弄得糊塗。

「我用另一個比喻來說明，」法蘭嘆一口氣，「日本位於環太平洋地震帶，發生地震是近乎必然的，但問題是震央接近哪個城市，以及何時發生。費爾隆恩區的街童遇襲案也一樣，華盛頓南部多年來是罪惡溫床，幫派問題嚴重，居民一直對這些壞分子深痛惡絕，如果說某天某人義憤填膺要動用私刑，發生機率並不小。SABOTAGE 是個擅長分析罪行的系統，對這類預測有一定的準確度，但就像說出『日本一定會發生地震』或『這場賽事一定有人押中第一名』一樣，在宏觀角度上準確，在細節上卻完全沒有把握。事實上，這種不確定性正好是模擬的重點，SABOTAGE 會將一些預期發生的犯罪條件，套進受驗者身上，看看受驗者的個性對事件構成什麼變化。例如說，精神穩定度高的受驗者看到『遊民被街童欺負』，大概會在救助後不採取任何報復手段，而偏偏你讀到的那個劇本，卻集合了一切最壞的條件。」

「你想說我讀到集合一切最壞條件的劇本是巧合嗎？」基廷仍死心不息，認為自己讀到的是一種預測。

「不是巧合，是人為喔。」法蘭搔搔頭髮，語氣略帶苦澀地說：「因為你一開始便要找『Z值超過九百』的嚴重罪案，讀到的自然是集合一切最壞條件的個案了。」

基廷愕住。

法蘭面露歉疚，說：「我應該早點提醒你，可是我一時不察，沒想到你會把劇本的細節視作預告。可是，你沒有想過嗎？在二十萬次的模擬中不過只有一次Z值超過九百，變成嚴重罪案，這樣的個案才沒有任何代表性啊……真正可怕的傢伙，有一半模擬個案Z值會破千，那才是真正十惡不赦的大壞蛋……」

「二十萬次？」

「你讀過的劇本編號是……」法蘭瞄了手機螢幕一眼，「……『cas02-k-01BU7LG-287022-87196』吧？『cas02-k-01BU7LG』是該次評估測試的編號，『287022』是模擬的總次數，『87196』是模擬個案的號碼，即是說，你讀到的是二十八萬七千多次的模擬中，第八萬七千一百九十六個個案。」

「可是，」基廷沒有理會那些數字，「你不是說過，只有C2值不夠高的囚犯才會令系統模擬出極端的犯罪嗎？就算不提剛才的一切，一月仍模擬出Z值超過九百的嚴重罪案，五月卻合格出獄的亞當斯明顯有不對勁的地方！儘管只有一個個案，這也說明亞當斯作弊了吧！」

「作弊？」法蘭反問。

「『受測自覺』啊！亞當斯一定是用方法瞞過測試和監視，偽裝出另一人格……」

「基廷先生，你別相信那種坊間奇談好不好？『受測自覺』並不是如此簡單便能做出來的，你以為技術員日夜開發，花上大量時間精神為了什麼？就是要確保沒有犯人能作弊啊。」

「如果不是『受測自覺』，亞當斯怎可能在四個月內令C2值飆升？」

「人會因為一些事情而改變性格吶。」法蘭語氣帶點悲哀，再次打開手機的投影裝置。一篇手寫的文章展現在基廷眼前。

「這是什麼？」

「今年一月尾羅伯特・亞當斯收到的信。因為我想知道他的底蘊，所以駭……向聯邦監獄局索取了他的資料，包括他在獄中的行為報告、私人書信副本、訪客名單紀錄等等。你看過這封信，便會明白。」

基廷滿腹狐疑地望向牆上的文字，一行一行地唸下去。

爸爸：

我不知道你收到這封信時，會不會因為看到寄信人是我，連讀也不讀便丟掉，但我還是鼓起勇氣寫這封信給你。你身體好嗎？

我去年已升上七年級了，成績還可以，除了數學之外都拿到B等。老師稱讚我的歷史報告做得好，我的歷史科一向也有A。我想我會努力讀歷史，將來要做個考古學家。

加州的環境很好，我在學校有很多好朋友。媽媽沒有再婚，但她有一位男朋友，他在電視台工作，對我也很親切。他因為工作關係經常拿到球賽的門票，他會帶我和媽媽去看比賽。

爸爸，請你原諒我這些年來一直沒有寫信給你。我其實很想寫的，但我怕媽媽傷心。我每次提起你，她都避而不談。我想，她對你令我額頭上留下疤痕感到難過，或者，也很憤怒。我其實不大記得那件事的經過，我只記得很痛，和你當時露出的恐怖表情。我曾經很害怕你，甚至害怕得不想記起你。但我在三、四年前，漸漸知道多一點了。我從書本上知道了人是會患上一些心理疾病，跟流行性感冒和拉肚子一樣，是身體的問題。當時我才明白，爸爸你不是個恐怖的人，只是你的心患病了。

我瞞著媽媽，調查了爸爸你的事情。我知道你在戰場上吃過很大的苦，也知道你犯了什麼事被關進監獄。但我相信，你會做出那些事情，就像當年打傷六歲的我一樣，不是出於你的本意。我在媽媽藏起來的舊相簿中，找到一張舊照片，是我、你和媽媽的合照。那時候我應該只有三歲，而爸爸你穿著帥氣的軍服，樣子很溫柔。我想，那個才是爸爸真正的一面。

升上七年級後，我跟馬克談過你的事。馬克就是媽媽的男朋友。他替我說服媽媽，請她讓我寫信給你，最後她答允了。我希望你能讀到這兒，而且，我更希望你不會討厭我。雖然馬克對我很好，但只有你才是我的爸爸。

爸爸，我愛你。我想跟你見面。二月十五號老師會帶我們到華盛頓旅行，參觀國會大廈和國家廣場，如果可以的話，我想探望你。

就算你討厭我，我也想見一見你。

約翰

◉

「這是亞當斯兒子給他的信？」基廷問。

「對。」法蘭點點頭。「就算今天的郵遞系統已全面電子化，手寫的信件還是有它的價值啊……」

「這跟亞當斯的C2值上升有什麼關係?」

法蘭沒有回答，按動手機，牆上的信件消失，換成一張照片。照片中有兩個人，一個是亞當斯，另一個是基廷沒見過的黑人小孩，年紀約十三、四歲。

「這便是約翰·亞當斯，羅伯特·亞當斯的兒子。這是獄方聽取心理醫生的意見後，特意讓來訪的約翰跟亞當斯合拍的照片，給亞當斯留為紀念。」法蘭指著照片中的黑人男孩道。

「亞當斯的兒子是黑人?」基廷詫異地盯著照片中膚色完全不一樣的二人。

「是混血兒。羅伯特·亞當斯的前妻康妮是位非裔美國人，約翰是『黑白混血』，只是他遺傳了母親的膚色。」

基廷突然發現之前他一直忽視的某個事實——為什麼亞當斯從戰場回家後，會因為對兒子動武而導致家庭碎裂。

「亞當斯在戰爭中患上心理病，對黑人兒童產生恐懼心理，雖然不是對所有孩子都心生畏懼，但會因為特定的刺激而導致暴力行為。」法蘭引述他從監獄的詳細心理報告得悉的資料。「據知，約翰六歲時，在家中無意間找到父親的槍械，雖然手槍沒子彈，保險鈕也關上，手槍完全沒有危險，但亞當斯看到兒子持槍遊玩的模樣，猛然陷入極端恐懼，搶去手槍以槍柄毆打約翰。亞當斯回復冷靜後非常後悔，但他不想承認自己心理有問題，寧願離開妻兒也不肯接受心理治療。提出離婚的不是他的太太康妮，而是他自己。」

基廷訝異地張開口，他一直以為亞當斯是單純因為戰爭的後遺症而變成有暴力傾向，妻子受不了所以帶著兒子逃走。

「亞當斯因為五年前在托騰堡車站殺人而入獄，在監獄他被迫接受精神治療，可是因為過去的傷害累積多年，醫生認為難以根治。然而亞當斯的精神狀態在收到兒子的信後產生變化，醫生覺得這可能是解開心結的關鍵。信中約翰以為父親討厭自己，但事實上是反過來，羅伯特．亞當斯一直對曾經傷害自己的兒子耿耿於懷，認為妻兒憎恨自己是理所當然的事，是某種報應。亞當斯的評核分數其實一直不差，五年間他的分數一直有進步，模擬中高Z值的個案也愈來愈少，只是距離達標還差一點點。而這一點障礙，在他跟兒子冰釋前嫌後也消除了。」

「所以……亞當斯沒有作弊？」基廷戰戰兢兢地問。

「完全沒有。」

基廷感到一切在崩裂瓦解。過去一個月他堅信的某些事情，剎那間全部變成不實的猜想。

「等等，那麼說，亞當斯不是襲擊郊狼幫孩子的犯人？」

「不是。」法蘭愁眉苦臉，說：「我就說過他是無辜的啊……」

「那他為什麼去那個籃球場？我之前跟蹤過他，親眼看到他在窺視街上的小孩……」

「我從釋囚輔助處拿到亞當斯檔案。他一如SABOTAGE的模擬，被安排到費爾隆恩區定居，在塑料回收工廠上班，但有一點你的劇本跟現實並不相同。他沒有在社區中心當義工。」

「沒有？但我記得摩爾警長說過亞當斯有做義工……」

「不，他是『有』做義工，但『不是』在社區中心工作。他在費爾隆恩一間叫『華盛頓小獅』的非牟利私人志願機構當義工，那機構的服務對象是二十歲以下的青少年，協助他們建立健全的生活，遠離幫派和罪犯。」

基廷幾乎不敢相信自己的耳朵。

「你說那個亞當斯做青少年事務的義工？在這個有大量黑人居住的社區裡？」

「對。心理醫生指出，亞當斯對黑人孩子的恐懼心理全因為不了解，認為他們跟非洲那些童兵沒分別，為了克服這一點，多接觸孩子有助他解除心理障礙。當然，他從兒子身上找回那份失落的親情是一切的契機，如果沒有那一步，亞當斯不可能對其他黑皮膚的孩子心生憐憫。」

「所以，他在街上窺視孩子……」

「應該是物色幫助的對象。」法蘭說：「隨便跟幫派成員搭話容易惹麻煩，但街上有不少孩子其實沒有正式加入幫派，只是跟有幫派背景的朋友一起混，甚至只是朋友的朋友是幫派成員之類。費爾隆恩區本來的大幫派被警方剿滅，郊狼幫不需要面對挑戰，組織鬆散，義工們就是瞧準這些孩子，想令他們重回正軌。」

「那、那亞當斯到籃球場……」

「唉，他只是趁著感恩節，探望那些因為家庭問題，無法跟家人共度的孩子啊。你以為他要在第十九街開始殺人嗎？完全弄錯哪……他和其他義工從黃昏開始，已經走遍費爾隆恩區，跟那些孩子聊天，叫他們平時到『小獅』的中心聚會，又帶了禮物給他們。今天是『黑色星期五』[6]，有錢的父母都會趁商店特價購物，義工們便代替父母，送一些小禮物給他們了……」

基廷赫然明白亞當斯那個背包中的是什麼。

「亞當斯的背包裡……裝的真的是書本？」基廷結結巴巴地問道。雖然明知答案，但他還是想求證。

6. 並非指不祥的「十三號星期五」（Friday the 13th），而是指感恩節後的星期五，這天是聖誕節採購期的開始，不少商店也會趁這天讓商品降價，吸引消費者。由於傳統上記帳以黑色代表盈利，紅色代表虧損，所以獲得大量利潤的這天被稱為「黑色星期五」（Black Friday）。

「對，是一些二手課外書籍，裡面還有兩雙運動鞋、兩副棒球手套和幾個棒球。我不知道你有沒留意，昨晚那些孩子中，有人溜滑板，那塊滑板正是亞當斯送的。他已接觸了那些孩子好久，他們也從抗拒亞當斯漸漸變成把他當作可以聊天的對象，我聽摩爾警長複述『小獅』的其他義工說，亞當斯說那幾個孩子有興趣加入中心的興趣班，數星期的工作有成果了。」

基廷聽到摩爾警長的名字，這時候才意識到之前某段對話的真正意思。摩爾警長說過，因為有居民說見過亞當斯跟街上的孩子搭話，所以他們循例調查，摩爾警長「覺得根本沒疑點」。基廷一直以為這是摩爾的主觀想法，但事實上，因為摩爾知道亞當斯在青少年中心當義工，在街上跟孩子搭話只是工作的一環，所以才會說是「循例調查」。

「那、那、那麼，亞當斯看到我時，為什麼一副要取我性命的表情？他為什麼撲向那男孩，寧死也要幹掉對方？」基廷激動地問道。

「亞當斯他露出這樣的表情嗎？他已死了，我們無法知道原因啊……」法蘭沮喪地說：「或者，他以為你是這兩個月來襲擊孩子的犯人？你身穿黑衣，還手持槍械，如果你沒像警察那樣子命令對方別動，他可能認為你便是那來歷不明的犯人、或是鄰區幫派的打手吧？至於『寧死也要幹掉男孩』……基廷先生，我從新聞看到，那些孩子說的是亞當斯奮不顧身替他們擋子彈，他們都哭得一塌糊塗，說為了報答亞當斯以後要好好做人啊……」

基廷感到一陣暈眩。他完全把事情顛倒了。因為魯莽，不單製造了一樁悲劇，更讓自己身陷囹圄。他想到亞當斯的兒子便感到心痛，按照法蘭的說法，亞當斯這位退役英雄終於擺脫了過去的夢魘，甚至跟兒子修好了，但他卻因為個人的主觀猜想，令這對父子陰陽相隔。他令亞當斯看不到兒子畢業的模樣，令約翰無法在當上考古學家時讓父親感到光榮。

就是因為他一廂情願、獨斷獨行，鑄成無可挽回的大錯。

基廷突然想起多年前收到聯邦調查局的面試不合格通知。這一刻，他終於理解自己為什麼在面試出局——他就是缺乏自省的能力，無法看出自己的錯誤。什麼「受測自覺」、什麼「偽造的不在場證明」、什麼「感恩節屠殺」，全是自我妄想，而他更主觀地把這些妄想當成事實。

「犯人……襲擊孩子的犯人到底是誰？不是亞當斯的話，到底是誰？」基廷顫聲問道。

「如果警方早一天抓住那傢伙，你或者看到新聞後，會中止你的行動……這時間也真的太不巧了。」法蘭頓了一頓，說：「昨天晚上九點多，警方拘捕了社區守望小組的發起人福特，懷疑他跟案件有關。那傢伙還一度拒捕，警方派出多輛警車追截，最後在阿納卡斯蒂亞公路上把他截停……說起來，地點跟第十九街滿接近。警方在他家搜出武器，經ＤＮＡ鑑定後，上面有之前多起案件中受害人的血跡。我聽摩爾警長說，他們的調查一直沒有進展，直至半個月前他想起跟基廷先生的會面，你曾提過福特的名字，他想你是不是想提示他福特有嫌疑，警方才循這個方向調查，結果終於破案。摩爾警長說他正想答謝你，沒料到你竟然在同一個晚上犯下謀殺……」

基廷感到腦海一片空白。他巴不得這只是一個模擬個案，有一個按鈕可以令世界重置，可是，他知道這只是妄想。他為自己的罪行感到難過，雙眼不自覺地流下眼淚，慢慢從哽咽變成啜泣，從啜泣變成抱頭痛哭。

「唉，一切都錯了。」法蘭再嘆一口氣。「不過基廷先生，你不用擔心，如果你感到悔疚，在『刑期評估模式』之下我想你不會被關太久。只是，你殺過人，我想你的Ｃ2值未必能在短期升至合格水平，這段期間你只好忍耐一下，努力令自己變回一個對社會有貢獻的人便好了。」

基廷無視法蘭的話，只是一味號啕大哭。法蘭向鏡子示意，不一會一位警員走進盤問室，替基廷進行筆錄。法蘭離開房間，跟警官寒暄幾句後，離開警署。

法蘭看到基廷這個樣子，心裡很不好受，所以他才沒有把最嚴重的事情告訴對方。殺害了無辜的亞當斯已令基廷相當痛苦，如果他把另一件事也說出來，他怕基廷會精神崩潰。

◉

一星期後，法蘭應加利．米勒的要求，主持ＢＩＲ一個技術會議。與會的除了局長加利．米勒外，還有沙盒策略通用系統管理辦公室的一眾管理人員，以及十數位負責 SABOTAGE 的開發員工。法蘭還看到兩副陌生的臉孔，他猜他們不是調查局的，便大概是白宮的。

「普拉特博士，請你跟大家說明一下。」米勒對法蘭說。法蘭覺得「普拉特博士」這稱謂很彆扭，畢竟他平時習慣被叫做「法蘭」，但在這種正式場合，用上正式的頭銜也無可厚非。

「相信大家都知道早前發生在安德魯．基廷先生身上的悲劇，」法蘭站在講台前，瞧著台下二十多雙眼睛，「那件事的詳情我便不多提了。問題是他為了達成目的，做了一件我們之前完全沒有想過、影響深遠的事。他利用自己的權限，在 SABOTAGE 進行模擬實驗。本來這沒有什麼大問題，但他竟然想出一個絕妙的點子，令單一模擬出現複數模擬的效果。」

法蘭按下眼前的螢幕，他背後的投影牆亮出相同的畫面。畫面上顯現的是「碎片化建模裝置」的原程式碼。

「這個設計連我都沒有想過，基廷先生利用兩個相當少用的函式庫，容許加入了這裝置的人工智慧在模擬中製造保存點，在某些條件完成後自動回溯，再改變變數進行第二次、第三次的模擬。這裝置破壞了SABOTAGE的本來用途，我們在單一模擬中根本不需要用上這手段，只是因為基廷先生想利用一次模擬來得到反覆模擬的結果，才鑽了這個漏洞。」

「這對我們有什麼影響？」一名技術員問道。

「影響很大，超乎想像地大。」法蘭臉色一沉。台下眾人不知道是因為他覺得這問題很笨，還是因為這影響嚴重得令他發愁。「SABOTAGE是個有自動學習機能的系統，它利用『知識』為囚犯進行模擬，同時亦從模擬中『學習』，調整判斷和預測的可能性。基廷先生導入了『碎片化建模裝置』，令SABOTAGE學習了這種不合邏輯的知識，簡而言之，他令SABOTAGE以為現實中保存時點，令時間回溯是有可能發生的事。」

「沒有辦法令SABOTAGE回到基廷加入裝置前的狀態嗎？」台下另一技術員發問。

「沒有，因為發現得太遲，系統沒有保存二十天以前的狀態備份。而且我們亦沒有能力找出那些已深入SABOTAGE知識庫的資料，加以刪除。SABOTAGE採用碎片化的方式貯存抽象的知識，貿然刪改數據，可能導致更大的災難，讓本來完善的模擬世界出現大量的物理異常。」

台下議論紛紛，而米勒一直板著臉，聆聽著法蘭的話。

「這裝置除了令某些模擬出現反覆回溯外，對系統資源亦構成嚴重負擔。舉例說，系統模擬一次，要用上十個單位的資源，附加了『碎片化建模裝置』的人工智慧在該模擬中發動一次，便會多耗十個單位資源。換言之，那個虛擬人物利用這裝置回溯一千次，那一個模擬便耗用了多一千倍的資源，而最壞情況，更是那個人工智慧無節制地不斷回溯，開啟大量執行緒，嘗試達成某些無法達到的目標，這模擬便會跟『殭屍行程』一樣，變成只虛耗資源，沒有用途的垃圾行程。縱使管理員可以手動中止有問題的模擬，但管理員無法同時監控數以百萬計的模擬狀態，找出那有可能出錯的數百至數千個異常的行程。」

法蘭按下螢幕，畫面顯出另一個界面。那是一組檔案。

「更壞的消息是，基廷先生犯了另一個錯，他是在家中開發這套裝置的。他在拷貝、上下載這些原碼和已編譯的元件時完全沒有做任何保密措施，我有理由相信，部分檔案已被駭客截取。基廷先生有瀏覽過一些反對沙盒系統、抗議政府利用科技操控社會的組織的網站，他似乎不知道這些網站都有高度危險性，在用戶端連上的時候，已被伺服器反向偵測網路位址，並且招來攻擊。我猜，某些人可能已取得這套『F.M.G.』組件。」

「F.M.G. 是什麼？」一名年輕的技術員舉手問道。

「就是『碎片化建模裝置（Fragmentary Modeling Gadget）』的縮寫，基廷先生以它為檔案代號。我恐怕將來有駭客會利用這套裝置，破壞沙盒系統。各位都知道，目前有多個國家政府正組訪問團，參考這技術的可用性，假如沙盒系統應用於更廣泛的範疇，駭客手中的『F.M.G.』便有莫大的威力。」

法蘭想到的，是將來有政府或金融評級機構利用沙盒進行模擬，擁有「F.M.G.」的駭客便能夠潛入破壞，拖垮經濟體系，或是利用多重模擬令結果偏離正確預測。城市規劃、經濟發展、農業產量、災難應變、甚至宇宙探索，沙盒技術都有機會被引入運用，基廷的裝置，可說是打開了潘朵拉的盒子，讓危害人類文明的魔鬼走出來。

「那有什麼補救辦法？」加利．米勒開口問道。

「正如我剛才所說，嘗試從系統中刪走『F.M.G.』是不可行的，而且就算成功，我們亦無法阻止駭客將來找出漏洞，把這裝置再次加入沙盒系統內。我建議的補救辦法，是製造跟『F.M.G.』

有相似性質的『彗星』，就像對付電腦病毒的防衛軟體，長期執行，並且進行『搜尋和銷毀』。」

法蘭讓畫面出現一幅流程圖，幫助說明他的想法。

「『F.M.G.』是要附上某個人工智慧才能執行的，這虛擬人物會得到時間回溯、改變變數、記錄數據的能力，我姑且將他稱為『操弄者（Manipulator）』。我建議我們開發類似的裝置，為特定的虛擬人物附加功能，稱為『護衛（Escort）』，替系統『護航』。『護衛』擁有低階的偵測功能，只要『操弄者』在跟『護衛』相處於同段的記憶體位址──簡單來說便是『距離相近』──開啟執行緒進行反覆模擬，『護衛』便會一同進入該衍生出來的模擬子行程，跟『操弄者』一樣保留變數和紀錄，在確認『操弄者』的身分後，加以消滅，令模擬個案回到正常狀態。」

「這種『護衛』倒像陪伴旅遊那種『伴遊（Escort）』啦……」一名年輕的技術員脫口說道，但他話畢便不好意思地張望一下，發覺自己不該在這麼嚴肅的會議中說這種戲言。

法蘭沒有理會，繼續說：「雖然我不想加入技術部門，但既然這麻煩是支援及顧問辦公室弄出來的，那我便負起部分責任吧。我想成立一個臨時開發小組，花二至三個月開發『護衛』專用的裝置，並進行測試。基廷先生將『F.M.G.』的反覆模擬機能設下五天時限，我想是不幸中之大幸，如果他沒有設這個時限，『操弄者』會做成更大的麻煩，我們更難偵測到它的存在……」

EP.4 〈PROCESS SYNCHRONIZATION〉

Process Synchronization

程序同步

在計算機程式語彙中，意指多個程序（執行中的程式實體）需要合作以達成目的時，
為避免錯誤而採行的一連串溝通模式。
最常見的情況在於：當數個程序欲共用某一系統資源，
必須妥善安排存取的順序與機制，以避免存取錯誤資訊。

PROCESS INITIALIZATION

費美古盯著眼前的女人，心想該如何攆走她。

「美古先生，敝單位真的很需要您的協助。」

已經三個多小時了，這位名叫亮子的女人，仍執拗地不肯走。

一週前，美古收到一封顯示來自「Ryoko」的電子郵件，信中自稱是法務省官員，有要事商量，希望今天能在美古的事務所──「櫻桃大廈」見面，地點選在一樓的紙箱屋，或是五樓的「徵信所 Hiroshi」都可以。郵件內容大致如此，最後附上一句：「這件事與您密切相關，希望獲得正面回覆。」

美古感到背脊發涼。自己曾經是遊民，早已習慣瓦楞紙箱的生活，直到開業當偵探後仍未改變，索性在大樓後方的垃圾堆放場架個紙箱屋，約委託人在那裡面談。另一方面，五樓徵信所的弘叔早已不在人世，身為他的弟子，美古也承接徵信所的業務，反正現代社會有網路很方便，一台筆記型電腦便可搞定。

這樣的雙重身分並沒有公諸於世，理當很少人知道。

但轉念一想，既然是政府官員，知道自己的來歷也很正常，尤其是這個已被「監察系統」侵入的國家社會。美古腦中的防衛機制開始啟動。

（該安排見面嗎？感覺有危險……）

不過信末「與您密切相關」這句話，仍觸發美古的好奇心。他立即答應對方，地點選在「徵信所 Hiroshi」，紙箱屋因前日的連綿細雨，變得有些潮濕，不適合長久談事情。

這天現身的女性穿深藍色套裝，一頭烏黑的半長髮，髮尾齊平落在肩頭，臉上略施脂粉，長得還算標致。但一想到對方的職業，美古就對她一點興趣也沒有。根據遞過來的名片，她的姓名是新島亮子，任職單位為「法務省情報管理局總務課」。

「這是新名片，去年底我還在保護局服務，最近調至同省的情報管理局，同樣任職總務課。請多指教。」

「哦，省廳的菁英。」美古的話略帶嘲諷。

亮子皺起眉頭嘟噥：「竟然說一樣的話……」美古不懂她的意思，尚未出聲，她便走向會客用的沙發，自行坐下來，從公事包取出一疊文件。

「這是什麼？」

「不好意思，想請您看一段故事，讀完後我再說明來意。」亮子回道。

語氣很恭敬，做法卻相當失禮。美古咋了一聲，接過文件。用燕尾夾固定的一疊紙頗有厚度，封面印有「劇本編號：TE000021386574 96」字樣。他翻開第一頁，掃視上頭的字句。

沒多久，美古已被文件內容挑起好奇心。他的眼睛不停地追逐文字，翻動頁面，呼吸急促起來。

如同亮子所言，內容是一段故事，而主角竟是美古與亮子本人。開頭敘述亮子委託「名偵探」費美古，說明政府使用的沙盒系統「仙人掌」（SABOTEN）出了問題，導致某位假釋犯出獄行為不如預期，為了找出可能的人為因素，兩人一同調查。起初他們詢問幾位關係人，劇情採偵探小說模式，後半段卻急轉直下，以美古的超能力為中心，成了科幻小說。美古負傷出院後，兩人在紙箱屋前與幕後黑手竹內邦雄對峙，亮子被竹內挾持，美古出手相救，亮子卻對自身所處的世界感到疑惑。故事以開放式結局收尾。

美古翻閱的速度相當快，不消半小時便閱讀完畢。他像是陷入沉思，許久後抬起頭。

「這是小說吧？」他的臉孔有些扭曲。

「可以當成小說沒錯，」亮子頷首。「更精確點說，是現實狀況的『模擬劇本』。」

「模擬劇本？是現實的模擬？」

「是。劇情雖是虛構的，但目前所知，人物設定有百分之五十與現實相符。當然，如果連您的部分也正確無誤，就是百分之七十……」

「我才沒有超能力，」美古有些不悅。「如果有這種能力，早就賺大錢了！還苦哈哈地守著這棟大樓幹啥？說到這個，關於超能力的說明……」

美古將文件翻至某一頁，指著上頭的文字。

「這個『執行緒』是什麼？是人類的語言嗎？還有什麼『操弄者』、『伴遊者』、『宇宙秩序』的，聽起來就很奇怪……啊，還有這個！瓦楞紙箱是『能量』的來源？聽起來像什麼特攝片的幼稚設定。」

「那就是剩下的百分之三十，與現實不符的部分。」亮子回道：「劇本中您有超能力，並非個人資料有什麼錯誤，而是『仙人掌』系統遭受惡意程式攻擊的結果。至於您提到語彙怪異之處，導因於系統處理自然語言的異常，使得文字敘述會混雜如『執行緒』（thread）之類的情報工程用語，或是借用某些事物作象徵。比方說，『操弄者』（Manipulator）與『伴遊者』（Escort）是惡意程式與防衛程式在劇本中，各自依附的人物代稱。『宇宙秩序』指的是系統執行效能，這關係到記憶體、中央處理單元（CPU）的使用率。至於瓦楞紙箱與『超能力』的關聯，目前猜測是惡意程式常駐的某一段記憶體位址，劇本中『操弄者』會經常逗留其中，因此反映到現實的紙箱屋……」

「停！」

美古揮手打斷，因為聽不懂對方在說什麼。

「這些不重要！我讀完劇本了，所以呢？跟妳想談的事有何關係？」

「美古先生，我說過，這劇本是『仙人掌』受到惡意程式破壞的產物。其中『操弄者』現實中的人物原型，正是您啊！我才會找到這裡。」

亮子深吸一口氣，開始娓娓道來。

「仙人掌」是法務省情報管理局開發的分析評估系統，評估對象是全國各大刑務所的受刑人。該系統改良自美國的 SABOTAGE，是利用沙盒原理，模擬與現實相仿的安全測試環境，針對受刑人出獄後的各項變因，寫出相應的劇本，分析他們可能的行為模式，藉以預測其再度犯案的機率。該系統具備自然語言模組，劇本讀起來就像小說一樣流暢。

日本並不像美國，已全面使用沙盒系統評估罪犯刑期，目前僅應用在假釋申請上。那些劇本與數據，僅能成為受刑人「是否獲准假釋」的參考依據。雖有此限制，由於準確度高，各地方的「更生保護委員會」已紛紛透過保護局，向情報管理局要求這些分析資料。

至去年底為止，運作狀況一切良好——除了一件事以外。當然，並沒有發生 TE000021386574 96 裡頭談及的問題。在「仙人掌」上發生的，是更大的風波。

有人企圖用某種惡意程式，攻擊「仙人掌」。

該程式似乎是一種「小裝置」（Gadget），本身無法單獨執行，要植入至「仙人掌」才能發揮作用。於「仙人掌」執行模擬的過程中，程式會依附在特定的劇本人物底下，稱為「操弄者」。所有操弄者會不時記下保存點，只要發生特定狀況便執行回溯，使系統模擬回到保存點的位置。所有記錄與回溯的動作，可在單一模擬下完成，換言之，這個小裝置利用嘗試錯誤的方式，使「一次模擬」產生「多次模擬」的效果。每當操弄者記錄一次保存點，系統便開啟一條執行緒，但這條執行緒並不會因為回溯而刪除，因此若毫無節制地執行記錄與回溯，系統會產生大量虛耗資源的「殭屍行程」，進而癱瘓整個系統。更可怕的是，「仙人掌」具備人工智慧的學習機能，透過小裝置的反覆運作，「仙人掌」很可能自行學會這些動作——也就是遭受「感染」，就算移除小裝置，系統還是會發生異常。

這個惡意程式就像提供毒品的人，引導「仙人掌」走向慢性自殺之路，即使切斷聯繫，「仙人掌」的毒癮仍會不時發作。

去年十月，原本毫無毛病的「仙人掌」出現數次的癱瘓現象，症狀大同小異，均為系統資源耗盡所造成。那時以為是情報分析課進行的模擬測試過多，超出系統負荷，便沒多加理會。事後回想，那時操弄者的機制已滲透到「仙人掌」的人工智庫，造成感染。一個月後症狀變得頻繁，團隊才開始正視這個問題，但已經來不及了，還原至最遠二十天前的狀態備份也沒用。這使得情報管理局長竹內急得直跳腳（根據亮子對竹內的認識，應該真的「跳」了起來），連忙找來系統工程課的人，其中包括當初的開發人員，但他們也束手無策。

萬不得已，竹內只好求助美國，找來自己的舊識——也是曾解救 SABOTAGE 危機的功臣——法蘭克林．普拉特博士幫忙。

論外表，普拉特博士頗不修邊幅，二十八歲的他，一頭鳥巢般的髮型像極了年輕版的愛因斯坦，但為人倒是頗為親切。他剛下飛機就用不靈光的日語問好，還請大家直接稱呼他的暱稱「法蘭」。那時亮子仍在保護局任職，因部門交流之故，與法蘭也有幾次互動。

法蘭進入省廳的系統管理室，沒花多久就找出原因。他淡淡地說了句：「跟那時的狀況真像。」二〇三九年，美國BIR（全名「關押與釋囚管理局」）的「支援及顧問辦公室」主管安德魯．基廷，因自己對沙盒系統的理解錯誤，本想阻止命案發生，卻導致自己犯下殺人罪。不僅如此，他在策劃過程中寫的程式，差點造成SABOTAGE的系統崩壞，最後由一個小小的測試員——法蘭找出解決辦法。

這些事蹟，曾在美國研習的竹內自然有聽說，但他並不知道基廷的程式「碎片化建模裝置」（Fragmentary Modeling Gadget，簡稱F.M.G.）有多大破壞力，也不知法蘭是如何解決的。直到此刻，竹內才明白這起「仙人掌」系統破壞事件，與六年前如出一轍。

「各國索取的『沙盒系統』原始碼，是最陽春的版本，自然沒有受到F.M.G.侵害，日本開發的『仙人掌』想必也沒有吧！只可能是後天性的植入。」

當時法蘭雙手抱胸，深深嘆了口氣。

「而且……就跟你們修改SABOTAGE基底原始碼，開發出『仙人掌』一樣，這個惡意程式想必也是F.M.G.組件改造而來的。我們稱它為F.M.G. Japan好了，它是專為『仙人掌』量身打造的毀滅者。」

基廷當初開發F.M.G.的地點，並非保密完善的公用裝置，而是自己的家用電腦。因此當他瀏覽一些危險性高的網站，並且上、下載F.M.G.組件時，檔案極可能遭駭客截取。法蘭相信，F.M.G.在世界各地一定有改造後的變種，F.M.G. Japan就是其中之一。

和六年前的解法相同，最後依法蘭的建議，請系統工程課的人加緊開發「護衛」（Escort）程式。護衛和操弄者一樣，會依附於特定的劇本人物，不同的是，他的目的是與操弄者一同出入執行緒，直到找出操弄者並消滅之。至於護衛所依附的人物，開發小組很快就選好了，便是模擬劇本裡的「竹內邦雄」，現實中他是情報管理局長，要消滅操弄者是最合適的人選。

託法蘭提供的美國版「護衛」原始碼之福，小組成員只花了兩週，便將其修改成適用於「仙人掌」的版本，並取名為「伴遊者」——源自法蘭第一次提到「護衛」時，隨行翻譯的一時口誤。「伴遊者」很快就發揮作用，系統逐漸穩定下來。法蘭回到美國，情報管理局的人們也得以安穩度過聖誕假期。

新年過後一開工，亮子的調職令便生效。她去局長室報到，竹內模仿落語家的口吻，誇張地大聲吆喝，為亮子加油打氣。

然後指派第一道任務給她——找出植入 F.M.G. Japan 的罪魁禍首。

「你們懷疑是自己人幹的？」美古問道。

「八九不離十，」亮子頷首。「『仙人掌』運作的伺服器，並沒有連上網際網路，而是局內的獨立系統，一般駭客想侵入，幾乎不可能。如此一來只剩相關人士……」

「那不就結了？你們政府揪出內賊就好，找我一個小老百姓幹嘛？」

「我不是說了嗎？因為劇本內容。」亮子露出不耐煩的神情。「過往的測試都是以受刑人為主角，這份模擬劇本不同，是局長以我為主角做的測試。產生的時間點，是『仙人掌』已受到感染，剛植入『護衛』的時期，那時我還在保護局。」

美古翻開TE000021386657496前幾頁。亮子說得沒錯，標示「T1」的場景，的確有提到她的任職單位。

不過有件事令人在意。

「上頭寫T1，是指編號一的執行緒對吧？為何往後翻，下一條執行緒成了編號六十三？如果照妳說的，操弄者會造成多次模擬的結果，那編號二至六十二到哪裡去了？」

「是我刪去了。這份劇本太多無謂的內容，畢竟只是讓您理解情況，不用全文印出。」亮子露出惡作劇的微笑。「話說回來，重點還是閣下在劇本裡的身分吧？要怎麼解釋『費美古』是操弄者……啊，這麼說來，F.M.G.不也正是您名字Fei-Mei-Gu的縮寫嗎？」

「那是巧合！至於劇本將我設定為操弄者，一定是有人陷害我！如果是我幹的，這麼設計不等於告訴別人我是駭客？還有，我覺得其他執行緒的場景很重要！如果這份劇本真的是現實模擬，裡頭說不定有我清白的證據，不完整的劇本，無法讓我心服……」

「別緊張，」亮子伸手制止對方。「我並不打算指控您是攻擊『仙人掌』的嫌犯。剛才就說了，九成以上是自己人幹的。」

「那為何找上我……」

「所以說，我認為犯人一定認識您，不然就是您身旁的人中有共犯。」

亮子突然壓低聲音，彷彿有人偷聽似的。

「共……犯？」美古低喃道。

「我希望您找出身邊的可疑人物，協助偵破本案。我這邊也會告知調查內容。您一定很好奇吧？究竟是誰要陷害自己。」

這句話讓美古動搖了。他本來打算若對方有任何要求，一概回絕。他討厭政府，不想和官員合作。他也討厭純粹靠機器執行決策的做法，打從認識沙盒系統的那一刻，就徹底厭惡它。剛才的話與其是為自己抗辯，不如說是在質疑「仙人掌」生成劇本的正確性。

但如果有人想對他不利，自己絕不能坐以待斃。

「美古先生，敝單位真的很需要您的協助。」亮子深深一鞠躬。

（已經僵持很久了。如何應付眼前這個女人？）

「我想讀過劇本的妳也知道，我不會和政府合作。」美古的語氣轉為低沉。「劇本中我之所以協助妳，是因為不這麼做，妳會死在我面前。還是妳現在想以死來要脅我？我可能會同意喔。」

亮子抬起低垂的頭，她抿著雙唇，眼神中帶有屈辱與憤恨。對一個霞之關的高級官員來說，最丟臉的事，莫過於被人瞧不起吧。美古覺得自己說得有些過火了。

「我想詢問一點，」美古舉起手中的劇本。「裡頭關於我的身家、個性描述，撇除超能力的部分，近乎八、九成與事實相符，實在難以置信。根據妳剛才的說法，這份『現實模擬』命中所有人物背景的百分之七十。這些資料是哪來的？政府是不是用了『監察系統』？」

或許是感到措手不及，亮子倒吸一口氣。

「監察系統」是近期網路討論區一則甚囂塵上的傳聞。貼文作者指稱現今日本政府已像美國那樣，開始大幅蒐集民間人士的資料。這項做法始自美國的「稜鏡」計畫，現代人生活離不開網路，透過各項媒介，政府可以找到許多關於特定人物的資訊，甚至建構人格的心理數據。消息傳出便引起廣泛討論，有人痛批這是侵害個人隱私，也有人認為得視資料的使用方式而定。

政府在日前已出面澄清，絕對沒有使用該系統。然而就「仙人掌」的執行效果來看，這項說法令人起疑。

「就拿劇本內容來說吧！裡頭說T&E偵探社的社長『是個神探，五天之內即可破案』，可見這項網路資訊有被擷取，納入政府的民間資料庫。」

美古內心偷笑了一下。那些說法，其實是他為了門可羅雀的生意，所放出的網路謠言。他在各大討論區申請不同帳號，假借他人名義鼓吹自己事蹟，且內容幾乎是虛構。反正有生意上門就好，只要委託人對服務感到滿意，也不會在意幾天之內破案的問題。至於偵探社名T&E，完全是一時隨興亂取，和Trial and Error毫無關係。

「除此之外，連我出身孤兒院的身世，當過遊民的經歷，喜歡喝『山崎』二十五年份，即使承接別人的徵信所，依然住在紙箱屋裡……這些生活細節都知道。我想妳一定有個擔任酒店男公關，叫阿茂的已分手男友，家裡也的確養了隻名叫大河的虎斑貓吧？」

亮子閉口不語，似乎是默認了。

「所以新島小姐，」美古第一次用敬稱。「我們的政府究竟有沒有使用『監察系統』？」

亮子思考了半晌，才下定決心般地點頭。

「有。但日本的監察系統沒有美國那麼強大，您那些鉅細靡遺的資訊，可能是身邊的人洩漏出去……」

「罷了。」美古揮手。「看在妳乾脆承認的份上，我答應妳，我會對身邊的人進行調查，直到找出可疑人物為止。但我實在很難信任政府，所以得開個條件，就是：除非我主動聯絡妳，否則我們不會交換任何情報。當然，調查所需的費用仍由你們支付。」

這條件並不合理，但亮子仍露出笑容。

「這樣就可以了，謝謝您。」

她站起身，再次深深行了一禮。

當亮子走近玄關，手伸向門把時，又轉過頭問道：

「美古先生，或許是我的錯覺……您是不是討厭機器，或科技方面的事物？」

「我不討厭機器，偵探這行偶爾也得靠機器吃飯……我只是討厭『依賴機器』的態度。」美古露出苦笑。「機器是給人類方便的，科技以人為本嘛。可是一旦太過依賴，就會被機器給束縛了，甚至成為機器的奴隸，沒了機器就會感到不自在……」

他發出深長的嘆息。

「那樣啊，就會連僅存的人性都沒了。科技因人而生，人性可不能被科技改變啊，那是我最痛恨的。在機器之前，我始終最相信人——包括自己。」

PROCESS FEI

亮子離開後，費美古一股腦兒倒在沙發上，陷入沉思。

（身邊有破壞政府系統的元兇或共犯？那個人想陷害我？）

如果是，那個人想必也對政府有所不滿，想藉攻擊行動表達訴求，和自己的立場相同。為何嫁禍給他呢？美古真想站在那個人面前說：「嘿，別鬧了。」並伸出友誼的手。

這幾年來，他沒有多少稱得上「朋友」的人物，真正關係密切的，只有這棟「櫻桃大廈」的人。

會是誰呢？二樓「朝顏」的媽媽桑真央？她為人親切，雖已屆中年，仍風韻猶存。上週看她在店裡多是愁眉不展，像在煩心什麼，這兩天也沒見她開店……還是三樓「紫陽花」的媽媽桑杏里？她像是朵紅玫瑰，性格帶刺，不過倒是滿照顧人。最近她有些殷勤，偶爾會來探望紙箱屋裡的美古，詢問「是否有狀況，需不需要幫忙」等問題，像是有什麼企圖。

還是……

「叮咚！」

門鈴響起，美古跑去開門，打開一道門縫。一張剃著平頭，滿臉刀疤的面孔映入眼簾。

「誠哥！」

「我剛在一樓撞見一個女人，是你的委託人？」刀疤男不打算進來，像尊仁王像一般站在門口。

「嗯，她剛離開。」

「她身上有政府官員的氣味。」

「是來自霞之關沒錯，但不是警視廳的人啦，你別擔心。」美古笑道。

「那就好。」刀疤男撇了撇嘴。「小子，下午能不能借這裡一用？」

「可以，我應該會出去。要做什麼？」

「員工在外頭惹麻煩，得避風頭。你出門時通知我。」

美古點頭表示理解，門便「碰」一聲關上。這個人還是老樣子，寡言、行動迅速。

刀疤男名叫金村誠，是「快樂金融」的社長，大家都喊他「誠哥」。自從美古成為櫻桃大廈擁有者，這個人便跑來將四樓租下，開一家疑似高利貸的金融公司。他總是一副撲克臉，跟「快樂」扯不上邊，且他的員工（手下？）老在外頭惹事，美古一直懷疑他和黑社會有關。但誠哥幫了他不少忙，也就沒那麼在意。

（會是誠哥嗎？那個陷害我的人……）

亮子的臉孔又浮現腦海。都是那女人害的，自己有些疑神疑鬼了。

驀地想起剛才讀的「劇本」內容。亮子在調查過程中，逐漸對自己產生情愫，引來前男友嫉妒，自己被捅一刀而住院……

亂七八糟的劇情，絕不可能發生這種事。美古搖頭，試圖趕走腦中的思緒。

他將手伸向電話。剛才與亮子的對話中，他對某件事特別在意。

自己的名字 Fei-Mei-Gu 與 F.M.G. 的關聯……

他從小在孤兒院長大，院長是個叫費思哲的台灣人，費美古這名字是他取的。而根據亮子的說法，F.M.G. 是六年多前一位美國技術人員基廷開發的組件名稱，其意為「碎片化建模裝置」。兩者看起來毫不相干，名稱的相似性，只能視為單純的巧合。

但……如果不是巧合呢？是不是基廷在開發過程中，認識了和 Fei-Mei-Gu 有關的人，在有意無意的情況下，將軟體取名為 F.M.G.？

美古知道很無稽，卻無法克制自己不這麼想。他決定確認一番。

他撥起電話，對象是自小待到大，位於長野縣的孤兒院，離開那裡後，美古再也沒有與院方聯繫。

話筒傳來清亮的聲音。

「你好，這裡是『晨曦愛育園』。」

「我想找院長費先生。啊，」美古想起應該先報上名字。「我叫美古，曾經待過你們那裡。」

「美古？」對方停頓半晌，像是對這名字感到陌生。「你說的費先生，是費思哲先生吧？他已經退休囉！」

「那請告訴我聯絡方式。」

「他退休不久就搬家了，只留下新地址，連電話都沒給。等一下，我唸給你聽……」

對方相當熱心。美古將地址記下，道謝後便掛斷電話。

（埼玉縣所澤市……下午出發，晚上應該能回來。）

他盯著紙條上的地址，盤算該如何詢問。

美古站在二層獨棟住宅前，看著眼前的電鈴發愣。

前來這兒的路上，他一直思考要和院長說些什麼，他努力挖掘年輕時的記憶，卻徒勞無功。同是有恩於自己的人，比起弘叔，美古對院長的印象更為淡薄。

自己十八歲離開孤兒院，隻身來到東京，嘗試許多工作都失敗。當時曾患有莫名的偏頭痛，不時在上班時發作，導致什麼事都做不好。最後，美古成了撿破爛、吃過期便當的遊民。改變美古生活的是弘叔，他將美古帶回自己執業的徵信所，當他的學徒。

這些經歷與劇本 TE000021386557496 描述的並無二致，唯一的差異是，櫻桃大廈並非美古賺得的資產，而是弘叔為了開業買下的。他在五樓開設「徵信所 Hiroshi」，讓美古住在一樓的紙箱屋，接著真央、杏里先後跑來承租，各自開了小酒館，由於客群不同，兩個女人並沒有針鋒相對，反倒成為好朋友。兩年多前，弘叔因車禍身亡，那時美古才知道自己是櫻桃大廈的繼承者。他在喪禮上號啕大哭。從此他成為大樓主人，誠哥租下四樓是之後的事了。

對弘叔的回憶，美古可以列出一籮筐。弘叔不僅供他吃住，教他偵探技巧，還將名下的房產送給他。美古也不知道為何一個素昧平生的人對自己這麼好，相處只有兩年，弘叔在他心中卻像父親一樣。

相較之下，美古反而對照顧自己十多年的孤兒院院長沒什麼感情。院長在他印象中，就是個自我中心的胖大叔，偶爾會對小孩發脾氣，經常吹噓自己來日本打拚的事蹟。他說自己的姓名「費思哲」中文意思就是「費心思考哲學問題」，和他的言行一點也不相稱。

最討厭的是，院長只因為無聊的諧音笑話，就將他取名「費美古」——用日文發音是卑彌呼（Himiko），害他從小就被同齡的孩子取笑。想必自己在孤兒院有許多不愉快的經歷吧！只不過忘得一乾二淨。也因為如此，離開孤兒院後，從來沒想要回去探望老師們。

（算了，反正沒什麼好聊，簡單問問就走……）

躊躇良久，美古終於下定決心按電鈴。

大門很快開出一道縫隙，腦滿腸肥的臉從門鏈上方探了出來。「哪位？」

「您好，」美古欠身。「我是費美古，以前在『晨曦』的小孩。」

「費美古？」

門縫中的人偏著頭，一臉「我不認識你」般的神情。難道他不是院長？美古仔細端詳，眼前的中年男性臉上多了些皺紋，但的確是記憶中的院長臉孔。

「是我呀，您是費思哲先生吧？我是那個經常被叫成 Himiko 的小男孩。」

「我是費思哲沒錯，但你……」對方皺起眉頭，嘆了口氣，並將門鏈解開。「先進來吧！」

美古踏入玄關，跟著費思哲到客廳，掃視四周。一樓是三房一廳的格局，頭頂有個不小的水晶吊燈，正前方有道螺旋狀階梯通往二樓。

「一個人住在這裡，稍嫌大了點。」

費思哲取來酒杯與葡萄酒，示意美古坐下，替自己和客人各斟一杯，坐下後自行喝了起來。偏好威士忌的美古沒有碰酒杯。

「呼！」前院長將杯中物一飲而盡。「你說，你是『晨曦愛育園』的孩子？傷腦筋，我對你沒印象啊。哪一年離開的？」

「應該是六年前，我十八歲的時候。」

「那麼，這裡應該有你的照片。」費思哲從一旁的茶几取來頗厚的冊子，似乎是相簿。「你來得正好，我剛好在回憶從前。二十年來的照片都在這兒了。」

美古接過相簿，開始翻閱。一頁、二頁、三頁……照片一張張映入眼簾，大多以孤兒院為背景，有不少熟悉的景物。他在其中尋找自己的身影。

（沒有……）

翻超過一半了，仍然沒找著。這時他發現一件事：不僅自己沒出現，這些照片裡的人除了院長外，他一個也不認識。怎麼會這樣？他努力思索過去一起長大的孩子們臉孔，試圖捕捉兒時回憶，卻一個畫面也沒有。有哪些同學和老師？自己發生過什麼事？完全想不起來。

（沒有……）

相簿翻到最後一頁，仍是徒勞無功。美古思緒已陷入混亂，內心感到絕望。

「有發現嗎？」前院長問道。

美古搖頭。

「這樣啊，那就沒辦法了……」

「可是，我的名字是您取的啊！『費美古』用日文唸就是Himiko，您不記得嗎？」美古十分焦急，聲調逐漸拉高。

「你這麼說我也……等等，」費思哲像是想到什麼，右手撫著下巴。「你說Himiko，該不會……你稍等一下！」

對方迅速起身，啪答啪答地衝上樓，不久傳來重物移動，以及書籍一本本掉落的聲音。美古不禁想像前院長拖著龐大的身軀，在書房翻箱倒櫃的畫面。

約莫十分鐘後，費思哲喘著粗氣走下樓，遞給美古一張A4大小的紙。

「我想起來了，的確是六年前，有朋友將這東西託付給我。」

紙張因歲月的緣故已微微泛黃。美古接了過來，掃視上頭的字句。

霎時間他雙眼圓睜。

那是某份文件的首頁。頁首標示保密等級為「極機密」，緊接著是「計畫代碼：U504283」與「計畫名稱：HIMIKO」的字樣，隨後是該計畫的參與成員。美古瞥見一個熟悉的名字。

高柳弘。

美古倒抽一口氣。為何弘叔的名字在這裡！他和名為HIMIKO的國家計畫有什麼關係？美古無論如何也想不透，回過神時，他已揪住費思哲的衣領。

「快告訴我！這份文件是什麼？和弘叔有什麼關聯？」

「你、你說阿弘嘛？」前院長被眼前年輕人的舉動給嚇著，語氣有些顫抖。「就是他將文件託給我的……那天他敲我家門，一臉嚴肅的樣子，不由分說就塞給我一包文件。他也沒說是什麼，只吩咐要好好保管，千萬不要交給其他人，他會找一天來取回……」

沒想到阿弘和院長是舊識。美古更混亂了。

「文件內容是什麼？其他部分在哪？」

「我沒讀，不知道內容啊！目前只找到這張，至於其他……我想，不是在這裡，就是在舊的住所吧。大概是搬家時一不小心，首頁從紙包裡飛了出來……」

美古頓時洩了氣，隨後察覺自己的失態，鬆開揪住對方的手。

「對不起，剛才失禮了。真的、真的很不好意思！不知能否麻煩您幫我找找？」

「咳、咳……沒關係啦！」費思哲整了整歪掉的領結，狼狽不堪地說道：「雖然阿弘叫我保管，卻一直等不到他來拿，之後就傳出車禍過世的消息……應該可以給你吧！不過我翻遍書房，確定沒有剩下的部分。只能找別的房間，或是打電話問舊住所的房客。」

自己沒那麼多時間在這裡空等，只好先打道回府。美古將首頁收下，請費思哲找到其餘的部分後，務必第一個通知他，他會過來領取。

「沒問題。」費思哲爽快地回道。

兩人在玄關前道別。美古懷著激動的心情踏上歸途，儘管前院長最終還是不記得他，但找到新線索，也算是有所斬獲。

然而，這是美古過為天真的想法。他不知道此刻，一道暗影正在背後窺視自己。

也不知到了晚上，自己會從電視上得知費思哲的死訊。

從新宿回到霞之關廳舍，新島亮子第一件事就是敲局長室的門。

「是新島姑娘吧？請進。」傳來竹內特有的渾厚嗓音。

亮子打開門，步至局長的辦公桌前，行了個舉手禮，以不輸對方的聲量高喊：「調查官報告！」

「很好，很好。」竹內在辦公椅上往後仰，拍手鼓掌。

看見局長滿意的樣子，亮子也綻開笑容。這種自衛隊對長官的問候方式，是他們相處的默契。竹內在省廳素以言行舉止逗趣聞名，亮子面對他時，也會不自覺做出搞笑動作。

剛通過國家考試、進入省廳時，竹內邦雄就是亮子在保護局的主管。雖然僅相處半年，竹內就調任至情報管理局，他頗具喜感的言談（雖然本人說那是壓力大的表現）與開明的處事作風，加上年屆五十仍長得英挺俊朗，很快獲得新人們愛戴。偶爾在員工餐廳遇見他，或是部門交流時，他也不改詼諧本性。一旦有機會提出調職申請，亮子毫不考慮就選擇情報管理局。

然而，著手調查「仙人掌」破壞事件後，她開始對竹內產生疑問。

「情況如何呢？速速道來。」竹內揚起右手。

「和劇本中給人的感覺一樣，是個有點討厭的傢伙。」

竹內「噗」笑了出來。「那個『討厭的傢伙』之後可是讓姑娘墜入情網喔！」

「別說了局長！」亮子雙頰染上紅暈。「那是劇本情節，現實沒有發生，以後也不會發生！」

「哈哈，不過一些背景資料都正確吧？」

「的確是，看他的反應，大多數都命中了。櫻桃大廈的描述也是。」

離去前，亮子刻意不搭電梯，而是走樓梯一層層觀察店面情況。四樓掛有「快樂金融」的招牌，三樓「紫陽花」與二樓的「朝顏」大白天尚未營業，但透過外部裝潢，多少能感覺其中氛圍。她還繞至一樓後方的垃圾堆放場，那兒的確有個紙箱小屋。和劇本寫的都一樣。

亮子記得在紙箱屋前遇見一個滿臉刀疤的男人。她心想，這一定是高利貸老闆「誠哥」吧。那個人掀開屋前的紙板，探頭進去發現沒有人，便轉身離開，和亮子錯身而過時，也只是眼睛動了一下。

劇本人物的資料大致符合，卻也讓亮子有些不安。

「局長，我有個問題。」

「請說。」

「我知道使用『監察系統』儘管不能公開，仍勢在必行。但……我們政府人員就算了，民間人士的身家背景、生活習慣、休閒嗜好等等，這些資訊任由政府擷取，真的好嗎？」

「哎呀哎呀哎呀，」竹內晃動雙手，有滾輪的辦公椅載著他倒退一公尺。「沒想到新島姑娘會這麼問。妳不也問過法蘭類似的問題嗎？」

法蘭克林．普拉特滯留日本期間，法務省辦過幾次部門研討會，當時在保護局的亮子也有幸旁聽這名傳奇人物的演講。當法蘭在講台上提到，現今日本也有必要和美國一樣，採用類似「稜鏡」蒐集平民的各項數據時，亮子立刻舉手發問。

「法蘭先生，這不是嚴重侵犯個人隱私嗎？」

講者苦笑，搔搔頭上的鳥巢回答：「六年前，我的同事問過一樣的問題，我現在就用當時的答案回覆妳，小姐。」

於是法蘭展開他的論述：當查看資料的是人或機器，其中的差別問題，「隱私」與上帝的哲學辯論……當舉出「看到一位美女，從外觀推測她穿什麼內衣，算不算侵犯隱私」的例子時，男性聽眾都露出詭異的笑容，令亮子有些不自在。

亮子也不是不能理解，但一直有股抗拒感。

先前聽過美古的論點。現在，她想知道局長的想法。

「那換個方式問好了。科技高度發展下，總會與人性產生衝突吧？這時局長要如何選擇，人或機器？科技還是人性？」

「如果一定要抉擇，我選科技。」意料之中的回答。「人性本來就會隨科技而改變，這是必然的道理，且聽我道來。比方說我們現在常用的手機，這上個世紀末的產物……」

竹內從西裝口袋掏出自己的機子，放在桌上。

「妳如果是上個世紀的人，在街上看到有人對空氣講話，一定會覺得他有精神疾病。但是在二十一世紀，反而覺得稀鬆平常，因為妳知道那個人在用『免持聽筒』講手機。話說回來，手機這東西說是給人方便，卻反而讓人愈來愈忙碌喔！妳不覺得在餐廳吃飯還得接到長官電話，是很累的事嗎？啊，我不是那種長官啦……」

亮子不禁點頭。下班還得顧慮工作的事，這點她深有同感。

「至於說到風行幾十年的電子寵物，那更明顯啦！以前不是有新聞嗎？有人養的電子烏龜葛屁了，那個人難過很久，甚至幫寵物立了墓碑。雖然不少人嗤之以鼻，但隨著技術不斷進步，外型和行為愈做愈逼真，遲早有一天，人類對這些東西投注的感情，會和真正的寵物一樣吧！」

「我懂局長的意思，但這樣的人性變化是好的嗎？」

「我認為，」竹內的臉努成一團。「沒有好或壞的問題，只有做與不做。如果為了不改變人性，而放棄科技發展，人類社會也不會這般進步。常言道：『社會轉，人也跟著轉。』社會換成科技也是一樣。」

「所以局長和法蘭相同，認為人的『隱私』也會隨科技改變。」

「對。但新島姑娘也不用如此糾結……日本的監察系統還不夠完善，個人數據仍會出錯。我們閱讀劇本，那些人物背景也並非百分百正確，劇情發展就更不用說啦！『仙人掌』的一次模擬只是提出一種可能，但全部發展可能有幾億種。」

（的確，現實中的阿茂分手很乾脆，沒有糾纏不休。但……）

「所以局長不會變成大惡棍？」亮子微笑，刻意讓自己像是在調侃。

「哎唷唷！」竹內揉著額頭，彷彿自己「中箭」了。「那份劇本我是『護衛』，要消滅『操弄者』，不當惡棍誰要當啊？妳該不會真的以為，我打從心底認定『受測自覺』這種作弊方式可行吧？」

「哪兒的話。我當然明白，局長對米勒老師相當尊敬！」亮子吐吐舌頭。

儘管兩人的語氣很戲謔、輕鬆，亮子卻無法壓抑內心對竹內的質疑。

（局長，我可以相信你嗎？）

亮子想起去年法蘭的演講完畢，她正要離開研討室，法蘭叫住了她。法蘭知道她過去是竹內的下屬，打算談談竹內這個人。

「我覺得他有點可怕。」法蘭說道。

「咦？」

S.T.E.P.

亮子感到詫異，他一直以為法蘭和竹內交情甚篤。

「四年前，那時竹內隨日本的司法研習團來到美國。他非常聰明，我們很快便熟絡。」法蘭談起往事。「某天他跟我說，自己正在進行一項研究計畫，雖然沒有掛名，但的確是主導者。他還說這計畫牽涉多項科學領域，若成功必定對全人類有幫助，可以使人忘卻煩惱……」

「忘卻煩惱？」

「他是這麼說的。但我一追問下去，他就以國家機密為由不願多談。這次我來日本，曾主動問他關於該計畫的事，他回答：『發生了點意外，暫時中止了。』」

暫時中止？

亮子完全不知道有這項計畫。但倘若是相當機密的研究，自己不知道也很正常。

「重點是，竹內一開始談到計畫的神情，那眼神有些瘋狂……隨著和他相處愈久，我愈掌握到他的人格特質。我認為，他的思維和日本二十世紀前期的軍國主義分子，有異曲同工之妙。」

當時法蘭說的話，讓亮子瞠目結舌許久。她訝異法蘭為何要這麼說竹內，以她自己和竹內接觸的經驗，完全感受不出什麼異常性格。

直到她讀了「劇本」。TE000021386557496 裡頭的惡棍竹內，結尾時說道：「日本從戰後以來，就是個有表、裡社會的國家。為了站上頂點，達成表裡統一，本來就會有必要的犧牲，也得運用非常手段……」

即使知道劇本只是提出「可能」，她就是無法忘記這段話。

她忘不了。

亮子報告完今後的調查方針，便走出局長室，朝管制室前進。

管制室的電腦，控管局裡所有的情報系統，由每六小時一任的管制官輪班交替。目前裡頭當班的人應該是郁大，亮子昨天拜託他值班時調出某項資料，不知弄好了沒。

從局長室到管制室會經過中央處理室。亮子剛接近那裡，門禁系統的燈便開始閃爍，不到一秒門被打開，河合安治美走了出來。

「妳好，安治美。」亮子朝她問好。

「妳好。」對方欠身。

髮線明顯的旁分頭，圓潤的臉頰上有些雀斑，雖然年過三十五，娃娃臉使她看來年輕許多。

中央處理室有數台超級電腦，「仙人掌」的運作就由它們負責。當然，情報管理局各個房間都有終端機連到這些電腦，要操作「仙人掌」無須跑一趟中央處理室，除非想進行更複雜的操作。

所謂「複雜的操作」便是利用各種「小裝置」連接系統，使系統能以不同型態進行模擬測試，進而發現漏洞。這項操作需要將超級電腦接上存有「小裝置」的外接磁碟，因此只能在中央處理室，透過特定人物之手——系統工程課的測試官執行。

可想而知，中央處理室必定是門禁森嚴。事實上，該室最多只容許三名測試官進入，門禁系統本身配備３Ｄ攝影機，以及最精確的人臉辨識系統，測試官進出都靠自己的那張臉，且每次出入都會留下紀錄。

由於中央處理室容納人數有限，每名測試官都有被安排允許進入的時段。各時段的「可進入名單」以及進出紀錄，都存在該室的門禁系統裡。非名單內的人無法打開門，若試圖強行闖入，便會警鈴大作。

亮子和安治美錯身而過，她似乎剛結束工作，正要回去休息。兩人交情不深，沒有多寒暄幾句。

不久便到達管制室。雖然這裡也是「閒人勿進」，相較於中央處理室，管制室的門禁寬鬆許多，進出只要刷卡就好，且沒有人數限制。

鈴木郁大在房間深處，邊戴耳機聽音樂邊操作電腦。他綁了個黑人式的辮子頭，穿唇環，戴墨鏡，T恤下襬短到露出六塊肌，搭貼身牛仔褲——這身裝扮並不像工程師，倒像是電台DJ。也只有他敢穿這樣來上班。

「郁大，拜託你的事如何了？」亮子問道。

「妳說這個嗎？」郁大的手在鍵盤上按了按，螢幕出現一個視窗。

上頭是一連串柱狀圖，顯示從去年十月一日開始，每天進出中央處理室的人員列表，以及進出時間。亮子取過滑鼠，操作滾輪上下瀏覽。顯示範圍到十一月三十日止。

「沒有人在裡頭超過兩小時……怎麼會！」亮子發出失望的嘆息。

由於惡意程式F.M.G. Japan也是一種「小裝置」，要將其植入「仙人掌」，必須存於外接磁碟中，再將磁碟接上中央處理室的電腦，進行模擬測試才行。這無疑是宣告：系統工程課的所有測試官都是嫌犯。

幸好法蘭當時提供一條線索：F.M.G. Japan採用的是相當繁瑣的「一次模擬達成多次模擬」機制，即使如何改良演算法，以中央處理室的電腦效能，跑一次模擬測試也得花兩小時以上。而且每位測試官專用的外接磁碟都有內部編號，若磁碟尚未移除，磁碟擁有者也無法開門出去。從以上兩點來看，令「仙人掌」感染的元兇，必定會在中央處理室超過兩小時。通常測試官不會待上這麼久，因此全面盤查各時段人員進出中央處理室的時間，理論上可以篩選嫌犯。

管制室的電腦擁有存取門禁系統的權限，很容易進行篩選。亮子昨天請郁大調出這些資料，以為可以輕鬆解決，沒想到一個候選人也沒有。

「我猜相同的方法，去年底有人試過了吧！」郁大將嘴裡的口香糖吹出泡泡。

郁大與亮子相同，年初才調任至情報管理局，因此可以免除嫌疑。他的職位是測試官。事實上，亮子強烈懷疑郁大是上頭派給她的「調查用助手」，否則穿那麼招搖，早就被長官關切了。

被安排和一個怪男人搭檔，亮子倒也沒有不滿，反而因為他第一次見面就出櫃說自己是同性戀，往後和他互動十分自在，像是多了個姐妹淘。

傳來「嗶」一聲，管制室的門被打開，河合亞沙美的頭探了進來。

亞沙美是安治美的姐姐，兩人相差十歲。亞沙美生得一張鵝蛋臉，五官線條較妹妹柔和。姐妹倆總是以素顏示人，亮子曾想過兩人畫點妝是否會更好看，卻從未跟她們提。

管制室由特定幾位測試官輪值，稱為管制官，亞沙美便是其中一員。妹妹安治美只是一般測試官，不用參與輪值。由於這幾天亮子都往管制室跑，因此和「管制官集團」變得較熟絡，相較之下和安治美就不太熟，僅見過幾次面。

牆上時鐘已進入六點，正是亞沙美的值班時間。亮子以手示意，請她再等一等。

「欸，你覺得犯人是不是這麼做？」亮子朝郁大低聲問道：「他接上存有惡意程式的磁碟，開始跑模擬測試，但還不到兩小時就拔下磁碟離開了。這樣還是會感染吧？也不會留下證據。」

「怎麼可能啦。沒跑完模擬測試就拔磁碟，會導致系統異常！還是會留下紀錄。」

「那，有沒有可能是這樣？有兩位獲准進入的測試員A和B，犯人和A一起進去，和B一起出來……」

「門禁系統的辨識，不是只有開門前而已。即使是門扉開啟的當下，若有其他人想闖入，還

S.T.E.P.

是會執行辨識並記錄下來，如果那個人不在可進入名單裡，就會觸動警鈴。」

「攝影機會不會有死角？跟在其他人後面，躲入死角混進去就沒問題了。」

「哪這麼容易躲？」郁大露出輕蔑的表情。「想挑戰看看嗎？」

「才不要！」亮子大喊，隨後意識到門口的亞沙美。「欸，你值班時間結束了，快離開吧。別讓人家等太久……你怎麼了？」

只見郁大靠在牆上，右手握拳搥著額頭，像是要將裡頭的東西敲出來似的。

「你中邪喔？」

「等等，我有點靈感，說不定可以破解犯人的伎倆……」

「咦？」亮子驚叫出來。「是什麼？快說，快跟我說！」

「有點複雜，我明天來實驗，可行的話再解釋給妳聽。」

郁大抄起座椅上的黑皮外套，走向門口。亞沙美疑惑地望著他們。

「可不可以透露一點？一點點就好，告訴我嘛……」亮子仍不死心。

「簡單說，就是『同步』（Synchronization）問題吧……我得去跑些模擬測試，失陪啦。」

郁大頭也不回離開，留下急得直跺腳的亮子。

「在講什麼呀？」一旁的亞沙美露出好奇的表情。

（管制室值班很無聊吧……）

亮子從剛才就一直這麼想。因為亞沙美打從坐下開始，就不停用手機傳電子郵件。

亞沙美一坐在辦公椅上，就低頭傳了第一封郵件，約十秒後收到回信，接著又傳第二封。再次等待的期間，她開啟一些程式視窗，在上頭瀏覽一陣，看不出來有做些什麼，手機一有反應便將視窗關閉，然後再次檢閱來信、回信。如此周而復始，手機一段時間就會震動，螢幕上的視窗開開又關關。

看著她的動作，亮子感到很不耐煩。

（都中年人了，還像個高中女生一樣不停傳郵件。對象是誰啊？啊，該不會……）

「請問……我需要迴避嗎？」亮子囁嚅問道。

「嗯？」亞沙美停下手，抬起頭來。

「我看妳一直傳郵件，想說妳是不是很想跟情人講電話，不方便讓我聽到才……」

「噢，」亞沙美睜大眼睛。「沒關係，妳留在這兒，反正快結束了。」

「不好意思。」

這時，亮子注意到螢幕上有個視窗，自從開啟後就沒關閉過。她不禁有些好奇。

「那個視窗不關閉，沒關係嗎？」

「嗯？噢，那個呀……」亞沙美朝螢幕瞄一眼。「沒關係，只是例行公事，等一下再做也可以。」

「例行公事？」

「設定下一梯次中央處理室的『可進入名單』啊！值班結束前完成就好。」

亮子看向螢幕，視窗上有兩排文字。第一排顯示「目前名單　鈴木郁大　河合安治美　津田喜人」，第二排則只有「下次名單」，後頭接了三個空格，應該是要自行輸入。

她想起不久前在中央處理室門口遇見安治美，郁大離開前也說「要去跑些測試」，這兩人目前的確都在可進入名單裡。視窗介面一目瞭然。

亞沙美仍在傳郵件。約又傳了五、六次左右，這才像是注意到那個「例行公事」。她開始移動腳步，查看貼在牆上的輪替表，再走回螢幕前，將下次名單的三個人選鍵入空格，點選「寫入」後關閉。

「現在更換，如果還有人在裡面，不會出不來嗎？」

「十二點才會生效。」亞沙美回道：「而且就算那個人待到超過十二點也沒關係。雖然測試官進出中央處理室都須經過臉孔辨識，但只有『進入』才會核對名單，『出來』時不用，只要他有『進入』的紀錄便可以『出來』。」

接下來的時間，亞沙美仍會不時傳電子郵件，只是頻率減低許多。她對螢幕上的程式也失去興趣。某一刻突然抬起頭，朝亮子搭話。

「亮子，妳覺得女人有幾張臉孔？」

「嗯，」問題來得突然，亮子一時無法反應。「三張……吧，一張給親人，一張給情人，一張給朋友。」

「我覺得，女人的臉孔是無法細數的，因為每經過一段災難，就會多一張臉。」

「包括失戀？」

「包括失戀！」亞沙美笑了出來。

兩人各自談起自己的情史，年長不少的亞沙美，閱歷自然比亮子豐富。當亞沙美提到至今為止的最後一個男人時，露出未曾展現過的笑容。

「我們並沒有分手。」

「沒分手？」亮子感到疑惑。「那是如何失戀？」

「他是……為『義』而死的。」

亞沙美雙眼泛著光芒，亮子以為她要哭了。只見她吐了口氣，說道：

「他一定上了天堂。如果我下地獄，還能彼此相愛嗎？」

這話讓亮子心頭一凜。

此刻，她發現管制室門口有人。

「津田，什麼事？」亞沙美問道。

一名高瘦的年輕人站在門口，亮子對他沒印象，應該是不用輪值的測試官。只見他鐵青著臉，講話吞吞吐吐。

「我、我剛要進中央處理室跑模擬測試，結果看見……呃、啊，看見……」

這麼說來，「津田」有出現在剛才的可進入名單裡，全名是津田喜人。他話說不清楚，索性拉起亞沙美的衣袖。「啊！」亞沙美被他拖著跑，一路來到中央處理室門口。亮子也跟在後頭。

津田站在門前數秒，便傳來門鎖解除的「喀嚓」聲，他將門推開走進裡面。由於其他兩人不被允許進入，津田便站在門的內側，將門扉拉開九十度，讓亮子她們可以看見裡頭的狀況。

亮子和亞沙美同時叫了出來。

只見一個人背對門口伏在鍵盤上，一把短錐插在側腹，傷口滲出陣陣鮮血。那作為註冊商標的辮子頭，以及過短的T恤下襬，在在說明了那個人是誰。

「郁大！」

亮子失聲大喊，顧不得會震天價響的警鈴，衝進門內想要抱住那個人。

她最得力的「助手」。

和預期差不多，回到櫻桃大廈已是晚上六點。

美古走向垃圾堆放場。今日很晴朗，紙箱屋的濕度已減輕許多，他打開充電燈源，一股腦兒躺下，嗅著瓦楞紙的氣味。唯有這樣，他才能放鬆心情，思考一天得到的情報。

國家計畫 HIMIKO。

具體而言是什麼計畫，美古還不曉得，只知道弘叔涉入其中。六年前自己離開孤兒院，弘叔將文件交給院長也在同一年。兩件事先後次序為何？目前仍不清楚。計畫名稱的 HIMIKO 是大寫字母，可能是某種縮寫，自己名字的日文唸法也是 Himiko，美古不認為這是巧合，一定存在因果關係。

（弘叔如果還活著，會告訴我這一切嗎……）

美古忍不住悲從中來。但他明白想再多也沒用，現在唯一能做的，就是等待費思哲的通知。

他需要補充酒精。

美古一骨碌翻起身，朝外頭走去。天色已暗，進入歌舞伎町最忙碌的時刻，可以聽見人們的喧囂，其中混雜著拉客小弟的吆喝聲。

他不想外出，從後門進入大廳，直接上了二樓。他想看看「朝顏」媽媽桑的臉。

前天的公休告示依然貼在門上，令美古大失所望。開店時間已到，看來今天又不會營業。

他只好拾級而上，來到三樓的「紫陽花」。這裡除了一般酒，也賣些雞尾酒，媽媽桑身兼調酒師，美古一向不喜歡那種花俏的東西，即使來這裡還是只點威士忌。

一拉開門，就瞧見杏里神色有些慌張。

「歡迎光臨。不好意思，請客人等一下再來……啊，」一察覺是美古，她像是見到救星般。

「你來得正好！」

「妳說得是，我等一下再來。」美古感覺到不對勁，想拔腿開溜。

「給我回來！」

杏里一個箭步揪住美古的後衣領，美古只好乖乖坐下。「什麼事啊？」

「有個朋友發生事情，我得出去一趟，麻煩你幫我顧店。」

「嗄？」美古感到莫名其妙。「要顧多久？」

「我想……八點前應該回得來。」

「那麼久！我不會調酒，妳會損失很多客人。」

「反正不會比沒人顧店更糟，」杏里走向店內一角，拎起她的大包包。「你只要應付點一般酒的客人就好。」

美古看著杏里。這女人是認真的嗎？看她那麼匆忙，或許真有很重要的事。她平常也算照顧自己，幫這一次也無妨。

杏里的鱷魚紋包包尺寸相當大，似乎裝了不少東西。她掛在肩上掂量一番，改用手提。

「妳最近有看見真央嗎？」美古突然拋出問題。「加上今天，她已經連三天公休了。」

「啊？嗯，」杏里停下走向門口的腳步。「真央姐最近有些煩惱，可能沒心思開店營業吧！」

「什麼煩惱？是不是和錢有關？」

「真央姐不想說，我也不知她營業時間去了哪裡……不過她都有回來睡！」

兩週前，真央租的公寓房間有些合約問題，暫時得在外頭住宿。這段期間她經常在「朝顏」打地鋪睡覺。雖然住在店裡，美古也很少在白天遇見她，最近連晚上都不見人影。

「一定是棘手的事吧！她不想讓我們操心。」杏里嘆了口氣。「我該走了！」

這時「紫陽花」的店門打開，風鈴發出悅耳的聲響，一名高壯的男性進來，白天見過的刀疤臉再度現身。

「阿誠，歡迎光臨！」杏里朝他問候。「你難得來，我卻無法幫你調杯『神風』，得由這位小哥招呼你！美古，拜託你囉！」

杏里踩著平底鞋，快步走出店門。誠哥朝美古望了望，像是明白發生了什麼事。「員工的事搞定了，五樓還給你。」

「噢。」

「一杯角瓶，謝謝。」

語畢，他走向角落的四人座，將公事包置於桌旁，一屁股坐在凳子上，美古很擔心那小凳子被寬廣的身軀壓壞。他從公事包取出一疊紙，開始翻閱。看他認真的程度，似乎是借貸者清冊。

美古回到吧檯，取來「角瓶」與杯子、冰桶，本打算倒一杯後送到誠哥桌上。誠哥卻一語不發走了過來，將裝有冰塊的杯子，以及整瓶威士忌直接端回座位。坐下後，他幫自己倒了一杯，繼續看文件。

接下來半小時，陸續有些客人上門。工作日顧客較少，多是為了捧媽媽桑的場，且大部分是偏年輕，愛喝調酒的男性上班族。這些人一發現吧檯裡的人不是杏里，都露出失望的表情。有人相當不給面子，直接轉身便走，有人則是點雞尾酒後得知美古不會調酒，只好打道回府。

（杏里真是太亂來了……）

只有喝一般酒的顧客會留下來，幾乎沒什麼生意，美古索性打開電視，看起新聞報導。

「今日早上十點，法務省情報管理局長竹內邦雄召開記者會，對日前全國各地『地方更生保護委員會』之情報系統遭受網路攻擊事件，表達高度關切。竹內局長強調，以『仙人掌』系統輔助執行的假釋評估策略，穩定性已達全國化標準，此次網路攻擊為此而來，望各地方負責人嚴加防範，勿讓不肖分子得逞……」

伴隨播報聲的畫面，是一張被許多麥克風圍繞的俊秀臉龐，閃光燈此起彼落。美古想，原來他就是竹內局長。白天與亮子會面後，美古就對這個人百般厭惡。並非因為他在劇本TE000021386557496裡的惡棍形象，而是他將「監察系統」與「仙人掌」結合的政策，使得有心人士只要針對某人進行模擬測試，就能透過劇本觀察其生活形貌。政府得以偷窺全國人民，而竹內正是推動者。

儘管亮子說日本的監察系統並沒有那麼厲害，但重點不在那裡，是制度本身就有問題。也因此，美古對新聞中的「不肖分子」反倒抱有好感。近期的網路討論中，有人列出近二十年來的反政府組織，判斷其中一個叫「人科共進會」的最有可能參與此次行動。該組織相當神祕，據說已有十年歷史，內部集結各地的高科技菁英，暗中用各種方式癱瘓政府機制，令官員們十分頭大。

劇本TE000021386557496提過這個組織，想必監察系統也有他們的資料。即使如此，針對政府的網路攻擊依然防不勝防，可見該組織強大之處。

（去年十月「仙人掌」遭F.M.G. Japan破壞的事件，當時沒有上新聞，大概是省廳懷疑有內賊，打算掩蓋消息。這次網路攻擊事件擴及全國，媒體也紙包不住火……）

美古在內心為「人科共進會」（雖只是推測的主謀）大聲喝采。

「現在插播一則社會新聞。」

主播的聲音將美古拉回現實。他將注意力放回電視上，沒想到卻看見熟悉的景象。

「晚間七點，埼玉縣所澤市一名男性被發現陳屍於自宅。死者是五十七歲的費思哲，屍體被鄰居發現，因頭部中槍而斃命。現場狀況相當凌亂，極有可能是強盜殺人。警方將持續偵辦……」

新聞畫面拍攝的住宅，正是美古今天拜訪過的房子。

（院長被殺了？）

美古呆立在吧檯內，久久不能自已。

杏里回到「紫陽花」的時間是八點半。零星的幾位顧客多已結帳離店，目前店裡除了一開始的誠哥、吧檯內的美古外沒有其他人。

「對不起久等了！」杏里一進門就大吃一驚。「哎呀，客人都走光啦？咦，阿誠你還在？怎麼整瓶都喝光了？」

她走向角落，將手提的大包包置於凳子上。誠哥似是不勝酒力，縮成一團伏於桌案。一旁的「角瓶」空空如也。

「阿誠，醒醒，阿誠……」

所幸誠哥醉得並不嚴重，拍了幾下後便站了起來。他走路搖搖晃晃的，杏里幫他提起公事包，扶著他行走，折騰一番才送到門邊。確認誠哥可以自己上樓後，杏里關起門回到店內。

「咦？怎麼有東西留下……唉，算了！等一下再送回去。」這時，杏里終於注意到吧檯裡發呆的人。「美古？你在做什麼？看來交給你真的不能放心！喂……」

美古單手托腮，垂著雙眼盯著吧檯桌面。他從方才就一直是這副德行。費思哲死亡的消息令他感到震驚，他認為是自己的責任。

「喂，美古！」杏里按住美古雙肩，用力搖晃。

搖了好幾下，美古終於恢復意識，認出眼前的人。

「杏里嗎？妳怎麼卸妝了？」

杏里平日的妝偏向濃豔，現在脂粉未施，感覺完全是另一個人。

「終於清醒啦？還以為你睜著眼睡著了！多謝你的幫忙，接下來交給我。」杏里環視店內，手扠著腰。「不過看這情況，之後也不會有人來，不如提早關店吧！」

她拍了拍美古的背，催他從吧檯出來，接著走向門口，將外頭掛著的營業牌翻了個面。

「營業額想必沒多少，不過你也有苦勞，我請你喝一杯吧！要喝什麼調酒？」

「『山崎』二十五年份。」美古撇嘴道。

「不好意思，這裡沒有，而且我是說『調酒』。」杏里板起臉孔。

「那……長島冰茶。」

杏里說了聲「沒問題」便鑽進吧檯，從酒架取出材料與雪克杯，不消多久便完成調製。她給自己倒了一杯柳橙汁，將兩人的飲料置於檯面。

「你先喝，」她從吧檯出來，走向洗手間方向。「我去補個妝。」

美古坐上高腳椅，啜了一口。果然，自己還是喝不慣。

洗手間傳來杏里哼歌的聲音。美古環顧室內，視線朝向角落的四人座時，凳子上的兩樣東西吸引他的目光。

鱷魚紋包包和之前一樣鼓脹，另一張凳子則是一包牛皮紙袋，袋裡似乎有什麼。

（她出去時有帶著嗎？大概是從外頭拿回來的，塞不進包包才用手拎著……）職業培養的好奇心被挑起。美古知道這麼做很缺德，但還是克制不住想一窺的欲望。

他離開吧檯走向四人座，將袋內東西取出。是一疊以燕尾夾固定的文件，角落標有篇名和頁碼。美古僅是瞥見頁碼旁的字就僵住了。

研究計畫 HIMIKO。

最上頭一張是目次頁，其次是寫有前言、主旨、綱要等文的紙面——少了「首頁」。依照紙張的泛黃程度，這和自己在院長家拿到的首頁，應是出自同一份文件。杏里怎麼會有這東西？

他想起院長被害的新聞。莫非……

美古努力克制湧上的情緒。他望向洗手間方向，杏里隨時會出來，得想辦法製造空檔，他知道不能急，帶回自己的小窩閱讀是個好想法，問題是如何不被發現。

思考片刻，美古將文件放回原處。他從上衣暗袋取出一個膠囊，那是他為了應付各種狀況，隨身攜帶的安眠藥。

他回到吧檯，打開膠囊，將裡頭的粉末倒入柳橙汁，用手指攪拌。粉末很快便溶解。

「啊，終於好了！」

杏里從洗手間出來，她的臉已上了一層粉，也多了眼線和假睫毛。美古不禁感嘆女人化妝真是迅速。

「久等啦！」杏里鑽進吧檯，再度與美古面對面，用吸管喝了一口柳橙汁。

兩人開始閒聊近況，杏里抱怨無禮的客人，美古則談起徵信所業務。期間美古一直注意對方飲料減少的量，估計她多久後會睡著。

「美古，業務有狀況嗎？需不需要我幫忙？」

「妳最近一直這麼問，」美古看向對方的眼睛。「有什麼企圖？」

「哎喲，你就像我弟弟一樣，我看你生意這麼清淡，擔心生活出問題嘛！有沒有女朋友？」

他搖頭苦笑。

「無趣的男人。」杏里手指按住美古額頭，彈了一下。「要把握難得的邂逅機會。」

驀地，美古想起了亮子。「今天的委託人倒是個女的。」

杏里聞言，耳朵立刻湊過來，要美古說給她聽。美古便簡單提起今天會面的情況，當講到對方是「政府官員」時，杏里雙眼圓睜，露出讚嘆的表情。

（或許可以測試看看……）

「杏里，問妳個問題。」美古轉移話題。「妳知道 HIMIKO 嗎？」

「Himiko？不就是你的外號嗎？還是你是說歷史人物？」

「我說的是大寫字母，」美古搖頭。「H、I、M、I、K、O，是一項研究計畫的名字。」

霎時間，美古察覺杏里的表情凍結了一下。

「你在說什麼呀？」她的笑容有些僵硬。「什麼研究計畫？」

（她果然知道。）

「就是研究計畫，我只知道名字，內容不是很清楚。」

「你哪裡聽來的？呃……」說到一半，杏里突然右手撫額，左右搖晃腦袋。「奇怪……」看來藥效發作了。她的腳步開始不穩，美古扶住她的雙肩。

「怎麼會這麼想睡……」

杏里的上半身逐漸撐不住，往前倒在吧檯上。美古觀察了一陣，確認杏里已完全陷入沉睡，便鑽入吧檯，將她以坐姿放置在地。店裡沒有毯子之類的物品，也只能這樣了。

（抱歉了，杏里，讀完文件再叫醒妳。）

美古接近角落的凳子，拾起那份文件，然後走向店門口。

他打算回到一樓的紙箱屋，好好檢視這項重要線索。

PROCESS RYOKO

廳舍的狀況變得一團糟。

在中央處理室看見流血倒下的郁大，亮子不顧門禁系統闖入，使得警鈴大作。三人發現郁大一息尚存，立刻叫救護車，但醫護人員也得進出，這又觸動了幾次警鈴。整個過程中鈴聲交錯不斷，響徹整個廳舍。直到請技術人員關閉警鈴，耳根才得以清靜。

隨之而來的是警方調查。由於警視廳在附近，警方很快趕到，但他們也得面對門禁的問題，索性請技術人員暫時解除門禁，刑警們才能進入現場。

經過幾番折騰，亮子已筋疲力盡。時間是晚上十點，她只想好好回家沖個澡，睡上一覺。

然而事情還沒結束，接下來還得面對警方盤問。警方借用管制室作為問訊地點，第一個詢問對象是亞沙美，亮子在外頭等了一段時間才輪到自己。
管制室裡有兩位刑警，一胖一瘦，胖的叫細川，瘦的叫太田。亮子端詳兩人的體格，思考他們是不是曾在劇本 TE00002138657496 出現過。
亮子一坐下，太田便催促道：
「請敘述見到死者……呃，」細川用手肘頂了太田一下。「被害人前的經過。」
「當時我在這房間，和亞沙美在一起。」
亮子說明下午的行動。她離開局長室後前往管制室，那時當班的人是郁大，六點亞沙美進來交班，但亮子和郁大在討論中央處理室門禁的話題，延遲約二十分鐘。之後郁大說要去跑模擬測試，便離開管制室。接下來的時間，亮子一直和亞沙美在管制室，直到津田過來通知，三人前往中央處理室，那時才看見倒下的郁大。
「津田是何時來的？」細川問道。
「一到現場我有注意時間，那時是晚上九點，因此津田出現是在九點前。」
「所以六點二十分到九點期間，妳和河合小姐在這裡。」
「是的。」
「那時候，她是否有不尋常的地方？」太田接著發問。
「也還好，只是有段時間一直傳電子郵件。」
亞沙美想和情人通話，顧慮到亮子在場才改傳郵件，亮子對此很不好意思。兩位刑警聽了只是點頭，沒放在心上。
「被害人去跑模擬測試前，有什麼異狀嗎？或是與平時不同之處？」細川提出問題。

「我想想……」亮子想起郁大的話。「他說有了破案的靈感，打算明天實驗……還說是什麼『同步』的問題。」

「破案？破什麼案？」

亮子解釋，這和去年「仙人掌」被惡意程式攻擊的事件有關，或許是亞沙美已經說明過，兩位刑警一聽便表示理解。郁大想必是察覺入侵的方法，打算明天試試看。至於「同步」指的是什麼，亮子和刑警們都不明白。

細川與太田眼神交會。

「這麼說來，鈴木先生沒有自殺動機囉？」太田搔頭。

「不可能！」亮子回道。

「事實上，案發現場的電腦留有訊息視窗，」細川打岔。「上頭寫著『對不起都是我做的』這種像是自白的內容，可以看成是遺書。」

「不可能，」亮子重複道。「郁大年初才調來這裡，他不會是犯人啊！」

「嗯……如果不是自殺就棘手了。」太田雙手抱胸。

亮子不太理解這句話的意思，面露疑惑。細川見狀便走到螢幕前，操作滑鼠點選視窗。上頭出現郁大給亮子看過的柱狀圖，不過日期不同，是今天的。

「這是下午出入中央處理室的人員與時間，妳看……」

只見柱狀圖標示以下資訊：

河合安治美：入 15:42，出 17:10　鈴木郁大：入 18:24

津田喜人：入20:53，出20:56，入21:01　非允許人員：入21:02……

亮子一開始曾疑惑，為何警方要在管制室進行偵詢？這會影響到管制官作業。現在她明白了，警方是為了調閱這些資料，才選擇管制室。

亮子一一審視這些資訊。安治美離開中央處理室是五點十分，自己也在那時與她錯身而過。郁大離開管制室，差不多是六點二十分左右，看來他直接前往中央處理室無誤。津田即將九點時，發現腹部被刺的郁大，立刻來管制室通知亮子和亞沙美。至於九點二分的「非允許人員」應該是指誤觸警鈴的自己……

（大家的行動和資料沒有衝突，所以不自然點在……）

「啊！」亮子脫口而出。

「看來妳發現了。」太田說道：「沒有兇手的進出紀錄。從鈴木進入案發地點開始，直到津田發現屍體……呃，被害人之前，資料顯示沒有任何人進出。」

「可是，這不就表示兇手是津田……」

亮子推測，津田有可能在行兇後通知她和亞沙美，偽裝成第一目擊者。

「姑且不論津田三分鐘內可否完成行兇……」細川搖頭道：「我們有打電話詢問醫護人員，他表示根據被害人側腹傷口的血液與組織反應，那不可能是在一小時內刺的。他說這句話的時間是九點半，因此犯案至少是八點半之前。」

（也對，測試官通常不會在中央處理室超過兩小時，郁大約六點半進去的，不會待到九點這麼久……）

亮子感到束手無策。如此一來便沒有嫌犯了，毫無頭緒。

然而下一秒，一道想法閃現她的腦海。

「我們會再思考自殺的可能性。」太田嘆道：「死者……呃，被害人目前正躺在醫院，尚未脫離險境，有狀況會通知你們。」

「謝謝。」

問訊結束。亮子朝兩位刑警道謝，打開管制室的門出去。離開前，還聽見瘦刑警的喃喃自語：「八成是屍體看多了，怎麼一直講錯話……」

她回到自己的辦公處——調查官室，撥了通內線電話請技術人員過來。

亮子心想，今天的案件和去年「仙人掌」遭破壞，兩者有類似之處。

（都是找不到嫌犯的進出資料……）

她認為，問題一定出在門禁系統。

「妳想知道運作細節？」

眼前的技術人員姓岩崎，是個戴黑框眼鏡、精神矍鑠的老人。雖然一頭銀髮，聲音卻鏗鏘有力。

亮子猛點頭，她認為關鍵一定在門禁系統的細節裡。「麻煩您了，請盡量簡單明白些。」

「真難得哪，即使是調查官，也從來沒人問我這些。」

岩崎扶起眼鏡端詳眼前的亮子，像是見到稀有生物似的。他滿意地點點頭，走向一旁的白板，拿起白板筆在上頭畫了個表格。（圖一）

「關於門禁系統，妳可以想像成一台小電腦，裡面存的資料大概像這樣。」

他蓋上筆蓋，以白板筆充當指示棒，指向「可進入名單」一欄。

「這個欄位存的資料，就是被允許進入中央處理室的三位測試官，分為『目前名單』與『下次名單』。每當有人想進入，門禁系統就會將臉孔辨識所得的資料，與『目前名單』裡三人的資料做比對，只要有一人符合，那人就算是通過辨識，門會開啟。」

亮子聚精會神聽著，像是正在上課的學生。岩崎將筆指向表格的另一欄「進出歷史紀錄」。

「這個欄位顧名思義，記錄了每天、每一次進出的資訊——包括進出者的人名、時間，是『出』還是『入』。剛才提到，有人通過辨識門會開啟，當他一走進門內，這欄位就會新增一筆『入』的資料。」岩崎停頓片刻，用筆敲打著白板。

「而要從中央處理室出來，原理也差不多。測試官接近門以進行人臉辨識，不過這次辨識的資料不是和『目前名單』比對，而是從『進出歷史紀錄』的最新資料開始，往前逐一比對。只要發現該人有『入』卻沒『出』，這人就會通過辨識。門會打開，他走出去，系統新增一筆『出』的資料。」

「有可能那個人明明在裡面，卻在『進出歷史紀

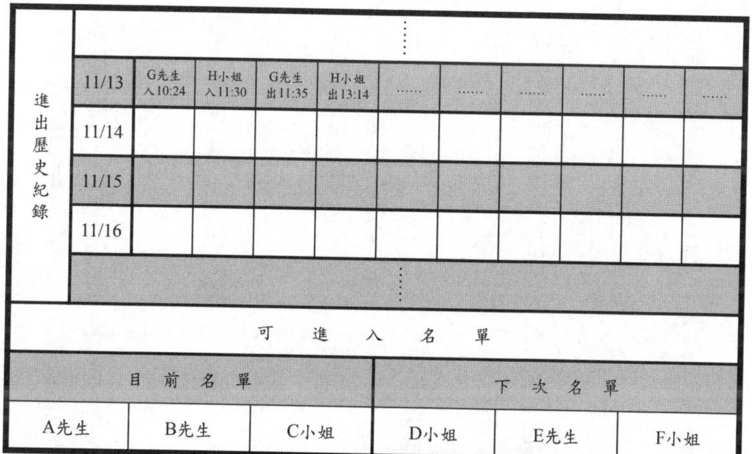

進出歷史紀錄		……							
	11/13	G先生 入10:24	H小姐 入11:30	G先生 出11:35	H小姐 出13:14	……	……	……	……
	11/14								
	11/15								
	11/16								
	……								

可　進　入　名　單					
目　前　名　單			下　次　名　單		
A先生	B先生	C小姐	D小姐	E先生	F小姐

圖一　門禁系統簡易資料結構圖

錄』裡找不到他『入』的資料嗎？」亮子問道。

「通常不太可能，若真發生這種狀況，」岩崎苦笑。「那他就是非法侵入，反而會被鎖在裡面。對了，差點忘了說，測試官離去前要記得拔下自己的外接磁碟，如果門禁系統發現某人的磁碟沒移除就想出去，門是不會開啟的。」

「我知道。」

「再來是『可進入名單』的『下次名單』。」岩崎拿筆指向該欄。「每天的『目前名單』會有兩次進行更新，分別是中午與午夜的十二點。到了更新時間，系統會將『目前名單』的三個欄位，改成『下次名單』的三人名字，再將『下次名單』欄位清空。」

亮子想起亞沙美輪班時說過：「十二點才會生效。」原來是這個意思。

「至於空白的『下次名單』要如何填上，有兩種方法。第一種是用特殊磁卡……」

岩崎放下白板筆，從上衣口袋取出一張卡片，交給亮子。她端詳一陣，發現上頭有幾個小開關，每個開關旁邊都印有人名，是測試官的名字。

「選擇要填入名單的三個人，將他們在磁卡上對應的開關扳至ＯＮ，其他扳至ＯＦＦ，再將磁卡靠近門禁系統的感應器即可。聽到『嗶』一聲，『下次名單』就會自行填入這三人名字。不過這張卡片得重新製作，因為沒有鈴木君的開關……」

他指的是今年才調來的郁大。看來人員一有變動，卡片就得重做。

「磁卡平時是放在管制室嗎？」亮子問道。

「對，填名單的工作，分別由上、下午六點至十二點的管制官負責。這種方法較方便、安全，但因為卡片在製作中，目前用的是另一種方式，比較像是權宜之計……」

「直接用管制室的程式修改，對吧？」

岩崎點頭。亮子說的是之前亞沙美用的方法，當時亞沙美開啟一個視窗，上頭顯示「目前名單」與「下次名單」的內容，與白板上的表格一樣。

「那個程式是我寫的小工具，」岩崎有些自豪。「門禁系統的內部記憶體有先天限制，那就是資料讀寫必須整塊執行，無法執行一部分的讀取或寫入。因此程式開啟後，它會將門禁系統的資料整份複製到管制室電腦，內容包括『進出歷史紀錄』與『可進入名單』。管制官可以透過這程式觀看進出資料，或是寫入『下次名單』到門禁系統。機制像是這樣……」

岩崎思考片刻，在白板上畫了第二個簡易表格，接著畫了幾個節點，用箭頭連接。他用白板上的圖示意門禁系統與管制室電腦的相互作用。（圖二，請見二八四頁）

「首先程式會讀取門禁系統資料，顯示資料給使用者看。當使用者填好『下次名單』並按下『寫入』，程式便會將整份修改過的資料，蓋過門禁系統的舊資料。小工具用這種方式更改門禁系統的『下次名單』。」

亮子回想當時亞沙美的操作。視窗上的確有「寫入」按鈕。

「啊，不過用小工具修改真的是不得已，畢竟會有些問題……」

岩崎講的內容亮子大致明白。但這樣的機制有什麼問題呢？她決定用郁大的說法來套話。

「您說的，該不會是『同步』問題吧？」

「聰明！」岩崎對亮子比了個拇指。

技術人員離開後，亮子打內線電話到管制室。

兩位警察已經結束問訊，接電話的是管制官亞沙美。亮子看了看時間，快十二點。

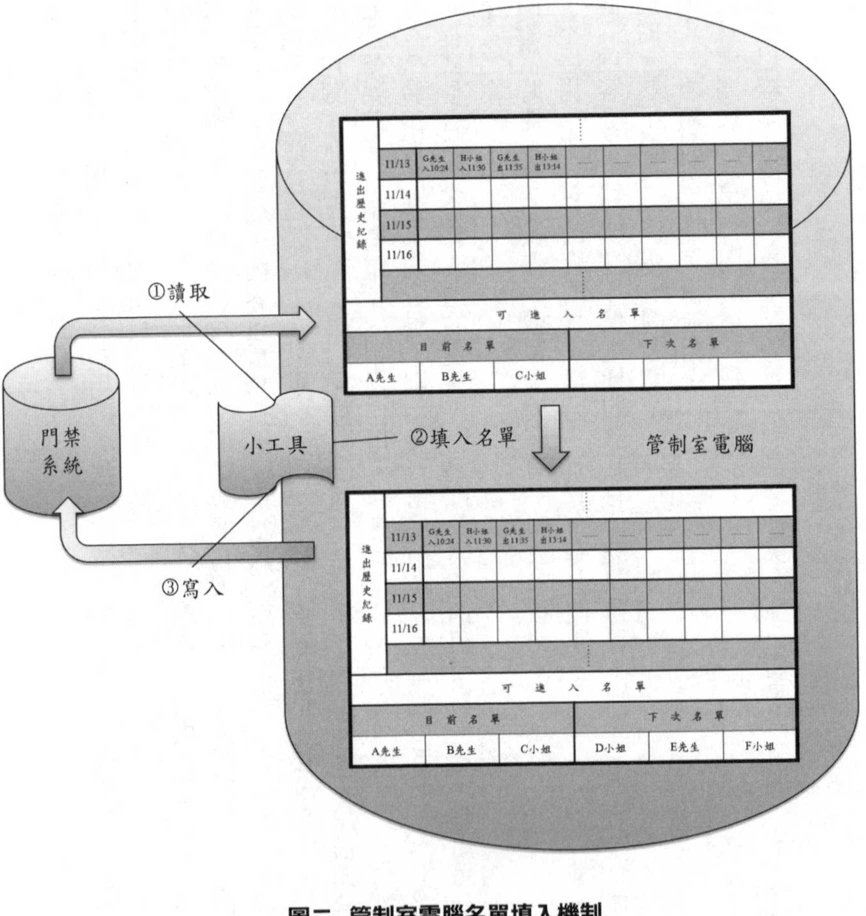

圖二 管制室電腦名單填入機制

「值班結束後，可以來調查官室一趟嗎？有事想問妳。」

（不能被看穿，否則就沒戲唱了……）

亞沙美即刻應允，語氣沒有任何變化。亮子頓時有些放心。

不過接下來才是關鍵，對方成敗取決於自己的行動，在此絕不能退縮，否則將對不起先一步察覺真相的郁大。如果他不幸傷重不治，自己更會後悔一輩子。

（希望能脫離險境……）

走廊上響起腳步聲，喀，喀，喀。規律而清亮的聲音，通知亮子她的到來。

調查官室的門被打開，亞沙美走了進來。亮子指向前方的辦公椅，請她坐在自己對側。

「我就開門見山說了，亞沙美，」亮子下了第一道戰帖。「為何妳們姐妹倆要傷害郁大？」

PROCESS FEI

（前略）

二、研究主旨：

人的記憶，在科學中是相當神祕的領域。記憶如何被形塑、製造與貯存？如何消失或轉化？這些問題一直被科學家們反覆探究。我們普遍相信，一個人的記憶由其自小到大的生活體驗所構成，然而，並非每個片段都會形成記憶，視體驗的強或弱而定，這樣的「不連續性」要如何形成腦中「連續的」記憶資訊呢？

過去科學家們發現，大腦有自行補足記憶的傾向。當記憶中出現空白，便會觸發其他相關記憶作聯想，將資訊揉合成一新的記憶，以填補空白。新生成的記憶與現實不一定相符，僅是確保記憶的完整性。這是大腦普遍具備的能力，卻有其限制。過大的記憶空白無法僅靠大腦的自發性填補，若仍留下無法填補的部分，便是失憶。

然而近期研究發現，這樣的記憶填補機制可以被激化，方法是對大腦中心某一神經元施加電流刺激。原本大腦無法補足的空白，利用此方法便可達成，甚至可透過不同的刺激訊號樣式，調整該記憶生成的情緒走向。於空白區域生成的記憶是喜？是憂？是幸福？還是悲傷？這些都可由訊號控制。

是故我們假設，一個完全失憶的人，要在短時間內透過手術建構另一套完整記憶，這樣的想法亦是可行。我們只須植入記憶的初始設定——即「種子」，透過上述的激化作用發酵，即可填滿所有的記憶空白。正如同一套人生快速模擬軟體，只要設定好角色的出身背景，並隨時調整走向，即可迅速模擬出該角色的人生故事。

這樣的記憶只須植入記憶種子，其他部分均透過大腦的填補機制「想像」而來，因此我們稱為「半想像式」（Half-imaginary）記憶。此種方式可塑性極佳。眾所周知，人生的幸福與否，均取決於該人的思考模式與記憶歷程，透過此法，要建構出一個完全幸福的人生也不是夢想。

植入種子的方法很多，其一便是透過熊谷手術。二〇三三年東京醫大的熊谷博士發現，對腦部某區域施以一系列的電擊、藥物、超音波等刺激，便可形成一小段記憶碎片。該碎片是組成記憶的基本訊號，可透過各項刺激的順序、強度做內容調整。記憶種子即由多段碎片組成。本計畫即採用此法，是以命名為「使用熊谷手術的半想像式記憶植入」（Half-Imaginary Memory Implantation with Kumagai Operations），簡稱 HIMIKO。

我們可以期望，未來本計畫除了記憶「生成」，亦可應用於記憶「置換」與「改造」領域。一九五三年美國中情局主導的 MKUltra 計畫，因將粗劣的實驗方式應用於人體而以失敗告終。八十多年後的今日，突飛猛進的科學發展已提供我們更精密的技術，必然不會重蹈覆轍，期盼有一天，人類得以控制記憶的時代終將到來。

（後略）

（這根本是科技驚悚小說……）

美古待在紙箱屋裡，閱讀剛取得的「國家計畫 HIMIKO」。文件的內容令他冷汗直流。裡頭提到可以透過手術，經由人工方式生成記憶，甚至藉由操作變因調整記憶內容，他完全無法理解這麼做有何意義。對他而言，記憶是伴隨人類成長的自然產物，擁有值得珍惜，失去也不足為懼，如此而已。無需透過外力「製造」。

（記憶置換與記憶改造？跟「洗腦」有何兩樣？MKUltra 不正是有名的洗腦研究計畫？）

只看完研究主旨，美古就因憤怒而呼吸急促。若真研究出洗腦的方法，一旦被有心人士用以進行思想控制，人類再也沒有自由意志可言。

很難相信弘叔會參與。在美古心目中，弘叔是個親切又嚴厲的大叔，有點酷的徵信所社長，和學術研究八竿子打不著邊。不過說到「科技」，他倒是科幻迷。

就在美古熱中於文件時，紙箱屋的門被推開。

是誠哥，看他的眼神，似乎已擺脫整瓶威士忌的酒精作用。高大粗壯的身軀要進入紙箱屋有些侷促，他稍微駝起背。美古轉過身來，手上的文件映入他眼簾。他端詳片刻，露出可怕的表情。

「小子，你看了不該看的東西呢。」

他取出一把手槍，指向美古。美古雙眼圓睜。

「誠哥，這是做什麼？」

「你手上那疊是HIMIKO吧？那是極機密，看過的人都無法活命。」

「上頭沒寫保密等級。」美古指著文件。

「別耍嘴皮子，我知道首頁被你拿走了。」

美古內心一凜，他想起電視新聞。自己去過的費思哲住家成了命案現場。

「院長是你殺的？」

「你說那個胖子？沒錯，他死都不肯交出來，我只好宰了他。」

「所以這份文件是你拿走的。你跟蹤我？」

「因為你跟政府官員接觸，覺得可疑就跟蹤了。沒想到因此發現失落的文件。」

美古想起，白天誠哥和他借用五樓時，曾說：「出門時通知我。」想必自己一出發，誠哥就緊跟在後。他應該有聽見自己與院長的對話，等自己一從院長家離開，他便闖入要脅。院長很快就找到剩下的部分，誠哥拿到文件便滅口。

這麼說來，自己幫杏里顧店時誠哥有來光顧，一坐下便拿文件出來看。

「你在『紫陽花』讀的就是這個？」美古問道。

「只是想檢查一下，沒想到後來喝得有點多，忘了帶走。那時沒帶槍，不然可以斃了你。」

誠哥應該是讀完文件後塞回牛皮紙袋，置於一旁的凳子，然後便喝醉了。之後杏里回來，將鱷紋包包放在另一張凳子上，送走誠哥時只帶上他的公事包，沒注意到文件。兩樣東西放在一起，美古還以為文件是杏里的。

「你對媽媽桑怎麼了？」

「小子，我才想問你對她怎麼了。她睡得不省人事，我只好下來找你。」

（看來杏里仍好端端的……）

「誠哥，你不是金融業老闆吧！到底是什麼人？」

「既然你快踏入棺材了，」對方仍未放下手槍。「我就透露一下。我替政府工作，主要任務有兩個：第一是抹消與HIMIKO有關的一切——包括知道內容的人，第二就是偽裝、監視、回報。」

「偽裝、監視、回報？」

「小子，你知道監察系統吧？」

「知道。你和那個有關？」

對方哼了一聲。「監察系統是個屁，我們才是主角。從太平戰爭結束開始，日本政府就靠我們蒐集民間人士情報。網路自動情蒐？別開玩笑了！機器哪比得上我們完善。」

「你是……」美古恍然大悟。「公安警察！」

「沒錯，如果你是反政府組織成員，還能考慮先饒你一命，帶你回局裡調查，」對方晃了晃手中的槍。「可以晚一點死。」

「還是得死？那不就虧大了。出賣組織只多活兩、三天，就算是也不會承認。」

「螻蟻們很重視生命的，一丁點機會都不會放過。看來你和高柳那傢伙一個樣，都很頑固。」

美古大為震驚，腦中彷彿有雷劈下。

弘叔車禍過世不久，誠哥就來到櫻桃大廈，理論上他們不認識才對。

「弘叔難道是你……」他全身發抖，牙齒咯咯打顫。

「他的死是意外。」對方搖頭嘆息。「可惜了，國家痛失這麼優秀的人才。」

「為什麼要殺害他！」

幾滴眼淚迸了出來。美古大聲吼叫，作勢撲上前。

「砰」的一聲，槍口迸出火光，一顆子彈劃過美古頭上。

「小子，給我安分點。」對方板起臉孔。「那傢伙身為研究員，竟私自放走實驗『活體』，還盜取機密文件。我只是找到他，想逼他說出藏匿處，一個不小心……」

「殺人兇手！」美古大吼。

「隨你怎麼說，他死了我也很麻煩啊。為了得知文件與活體的下落，只好來到這裡。你們是好人，不過很抱歉，凡是得知計畫內容的人都得消滅。」

對方的手抵住扳機。

美古不禁將手伸向屋子角落。那兒有他的「武器」。

赫然想起一件事。「朝顏」的真央，最近都沒開店，也見不著人影……

「二樓的媽媽桑，莫非也被你……」

「別亂說，去問三樓的女人吧。上週她們經常密會，不知談些什麼……啊，你沒機會問了。」

「我死後，你拿回文件就會離開這兒嗎？」

「還得找到活體並行刑。」對方臉頰抽動了一下。「那不能算是人了，只是個實驗廢料。」

聽到「實驗廢料」四字，美古緊繃的情緒登時斷了線。

「嘎啊啊啊——」

他握住手中的東西，以低跪姿朝對方小腿撲去。對方沒料到這一著，整個人向前倒。「砰！」又是一聲槍響，子彈再度射偏。

兩人在地板上扭打，美古的腹部結實地挨了一拳。「嘔！」他強忍痛楚，將武器——十五萬伏特電擊槍的開關打開，朝對方的脖子捅去。於此同時，對方槍口也指向美古的臉。

美古閉上雙眼，卻只聽見「喀嚓」的空擊聲。「混帳！」對方罵了一句後臉孔扭曲，原來他被電流擊中，身體一陣痙攣，不久便動也不動了。

美古躺在地上，他感到十分疲憊，嘴裡不停喘著粗氣。

折騰數分鐘，他終於拖著身子站起，走到屋子一角撿起備用的麻繩，將對方五花大綁。不知對方何時會恢復意識，這麼做是保險起見。

他知道還有疑問沒解決。如果文件是誠哥拿走的，杏里應當沒讀過。既然如此，當美古問起HIMIKO時，為何她有那種反應？

（杏里肯定知道什麼……）

美古拾起掉落一旁的手槍，扣兩次扳機，確認已沒有子彈。不知自己運氣為何這麼好，大概是誠哥槍殺院長時用掉不少吧。雖無子彈，基本的威嚇作用還是有的。他將手槍與剩下的麻繩帶在身上，走出紙箱屋。

天色已經很晚了，月亮高掛天空，美古卻無暇欣賞。

他來到三樓，「紫陽花」店裡仍是一樣的光景，吧檯上留著沒喝完的長島冰茶與柳橙汁，杏里仍以坐姿倒在吧檯內側，可以聽見她的呼吸聲。

美古用麻繩，將杏里的雙手繞至身後反綁，雙腳綑牢，到洗手間倒了一杯水。

一切就緒後，美古大力搖晃杏里，將她搖醒。杏里仍睡眼惺忪，美古將水潑在她臉上。她打了個噴嚏，睜開雙眼，第一眼見到的便是持槍對著她的美古。

她對眼前狀況一時無法反應，過了半晌，驚恐的情緒才逐漸攀升。

「醒來啦？」美古模仿誠哥的動作，將手槍晃了晃。

「美、美古？你這是幹什麼！」

「別怕，我有問題要問妳。關於那個叫HIMIKO的研究計畫，」他開門見山道：「弘叔放走的實驗活體，就是我對不對？」

PROCESS RYOKO

「亮子，我們沒有襲擊郁大。」亞沙美面露悲傷。「為什麼妳這麼認為？」

（女人每經歷一段災難，就會多一張臉。這是她今天說的……）

亮子端詳眼前的女人，思考她究竟有幾張臉孔。這看似無辜的表情是剛生出來的嗎？還是以前就有？

「亞沙美，郁大到現在還沒恢復意識。」亮子試圖說服對方。「我相信妳們一定有苦衷，我不是會出賣同事的人。可以對我誠實嗎？」

「我現在很誠實。亮子，我們不是一直在管制室嗎？」

果然開始抗辯了。亮子覺悟到，動之以情是沒用的，唯有戳破真相一途。

「襲擊郁大的不是妳，是安治美。妳只是共犯。」

「安治美早就回家了。」

亞沙美的呼吸很平穩。她是天生的演員，亮子心想。

「回家還是可以再出門。只要中央處理室的『可進入名單』有她，就有行兇機會。」

「進出會留下紀錄的，亮子。刑警沒跟妳說嗎？」

「嗯，我知道，有人叫出記錄給刑警看嘛。」亮子直視對方的雙眼。「郁大六點半左右進去，下一筆資料是快九點進入的津田，期間沒有其他人進出——表面上沒有。」

「表面上？所以，實際上有？」亞沙美笑了出來。「妳是想說，有人躲過門禁系統？」

「說『躲過』不太精確。應該說利用資料的『不同步性』，將該有的紀錄刪去了。」

出現一瞬間的靜默。對方似乎有些動搖。

「門禁系統的歷史紀錄只會增加，沒辦法刪除。」亞沙美雙手抱胸。

「那是在正常操作下，但妳發現了程式漏洞。就是管制室那個用來填入『可進入名單』的小程式。」

亮子起身走向白板。那裡被巨大的投影幕給遮住，亮子操作開關升起簾幕，露出白板上的圖表。有兩個表格，是方才岩崎對亮子說明「同步」問題用的。亮子決定用這個圖揭穿亞沙美的把戲。（圖三）

「我問過技術人員了。他說那個程式是將門禁系統的資料，複製一份到管制室電腦。但之後兩份資料就沒有任何關連，即使改了其中一份，另一份也不會有變化。」

亞沙美歪著頭，挑起嘴角，像是期待亮子的解說。

「我將可能狀況詳細說明一遍。首先妳在郁大進入中央處理室後，開啟程式，讓管制室電腦對門禁系統進行『讀取』，這樣兩個裝置會各有一份資料，且內容相同。」

亮子指向兩個表格，上頭「進出歷史紀錄」的最後一筆都是「鈴木郁大：入18:24」。（圖三①）

「接下來……如果安治美是兇手，假設她在晚上七點二十分進入中央處理室，襲擊郁大後在七點四十分離開。這樣門禁系統便會添上她的進、出資料，但管制室電腦的資料不會改變。」

她在左邊的表格填上「河合安治美：入 19:20，出 19:40」。（圖三②、③）

「等安治美離開後，妳這邊才執行程式作業。妳在程式視窗的『下次名單』空格填上三個名字，這名單預備十二點生效，管制官只要在那之前填好即可。」

亮子的手移到右邊表格，在「下次名單」的欄位填入三個名字。（圖三④）

「填好後按下『寫入』，『下次名單』的內容就會更新至門禁系統。然而，被寫入的不僅是『可進入名單』，由於內部記憶體必須整塊讀取的特性，『進出歷史紀錄』也會一併被覆蓋。如此一來，門禁系統的紀錄便會和管制室電腦一樣，缺少安治美進出的兩筆資料，等於本來有的資料被刪除了。」

她在左邊表格的「下次名單」填入和右邊表格相同的名字，並將紀錄中的「河合安治美：入19:20，出19:40」用板擦擦去，使兩個表格內容完全相同。（圖三⑤）

「再來就是下一位進入者，津田在快九點的時候來到中央處理室，在那裡發現被刺傷的郁大。」

亮子在左邊的表格填上「津田喜人：入 20:53」。（圖三⑥）

「之後發生的情況我們都知道了，津田跑來通知，三人前往中央處理室。如果是上述流程，那麼安治美行兇時的進出資料，可以毫無痕跡地抹去，就像沒發生過一樣。」

亞沙美依然歪著頭，她走近白板端詳一陣，似乎感到很有趣的樣子。亮子猜不透她在想什麼。

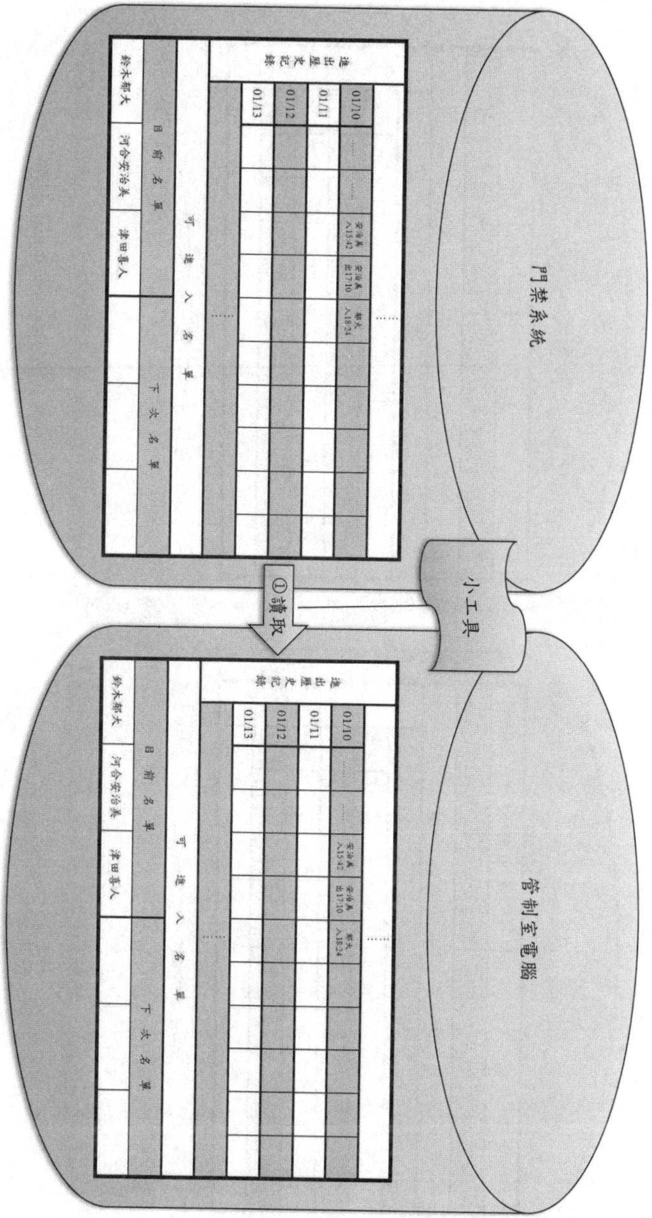
門禁系統
小工具
①讀取
管制室電腦
進出歷史記錄
01/10
01/11
01/12
01/13
可進入名單
目前名單
下次名單

圖三 ①

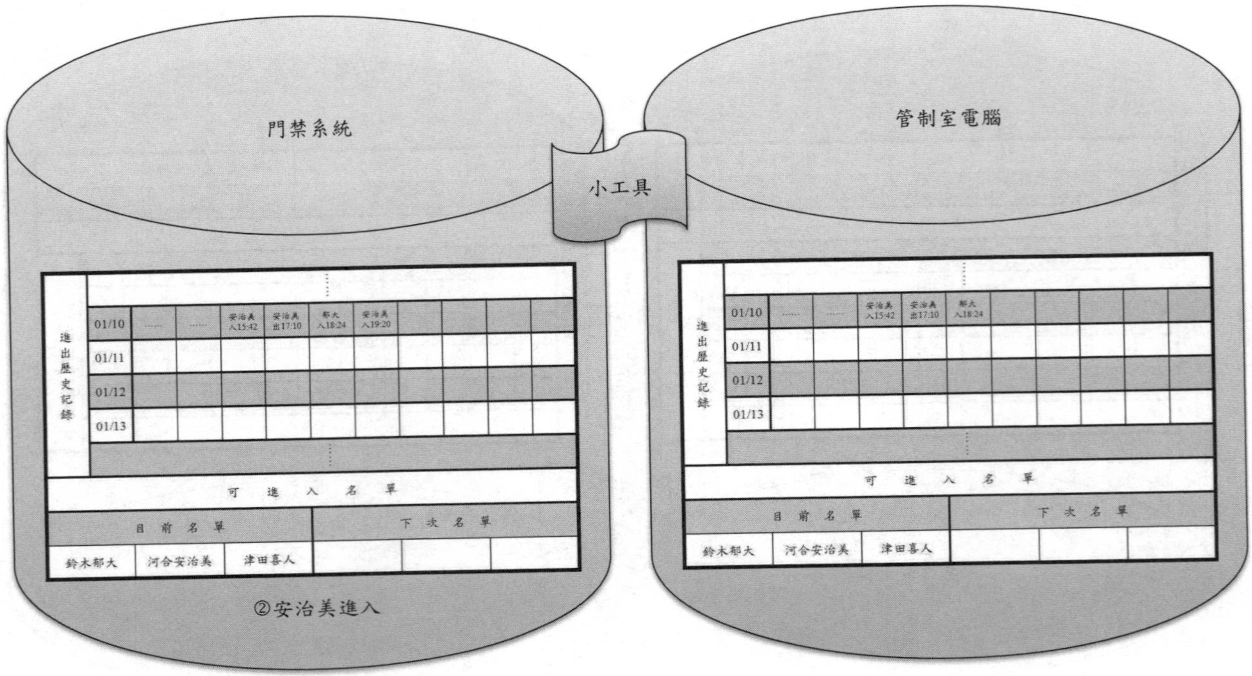
門禁系統
小工具
管制室電腦
進出歷史記錄
01/10
……
……
安治美
入15:42
安治美
出17:10
郁大
入18:24
安治美
入19:20
01/11
01/12
01/13
可進入名單
目前名單
下次名單
鈴木郁大
河合安治美
津田喜人
②安治美進入
進出歷史記錄
01/10
……
……
安治美
入15:42
安治美
出17:10
郁大
入18:24
01/11
01/12
01/13
可進入名單
目前名單
下次名單
鈴木郁大
河合安治美
津田喜人

圖三 ②

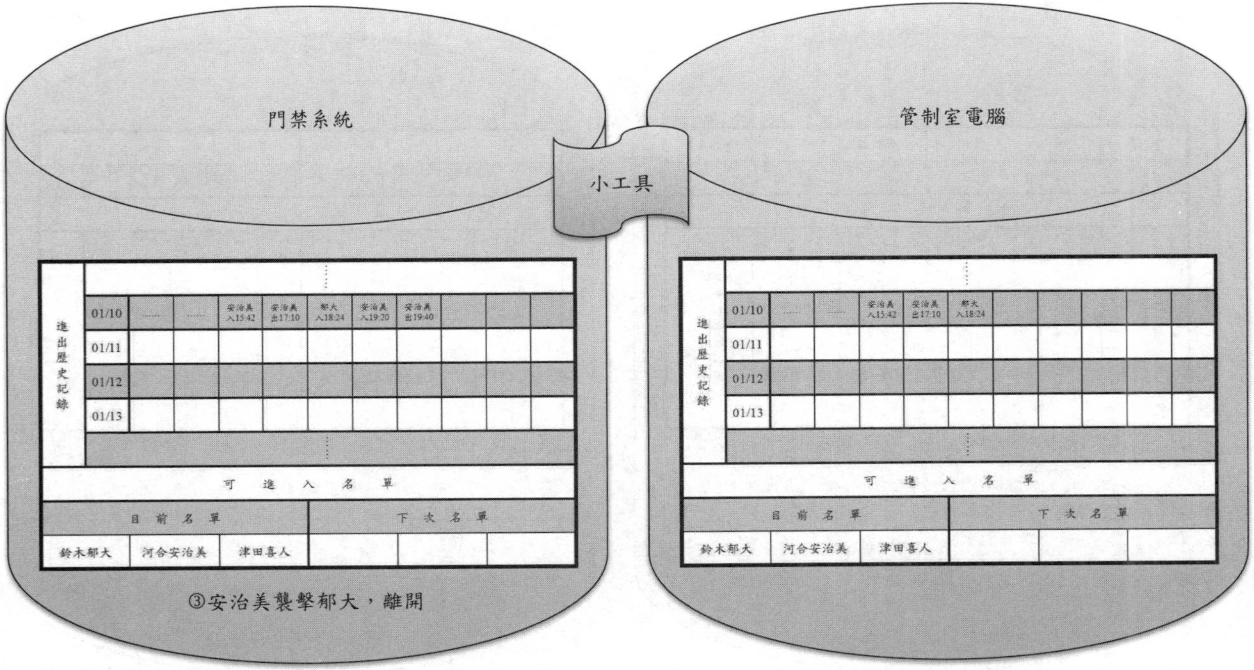
門禁系統
小工具
管制室電腦
進出歷史記錄
01/10
01/11
01/12
01/13
安治美 入15:42
安治美 出17:10
郁大 入18:24
安治美 入19:20
安治美 出19:40
可進入名單
目前名單
下次名單
鈴木郁大
河合安治美
津田喜人
③安治美襲擊郁大，離開

圖三 ③

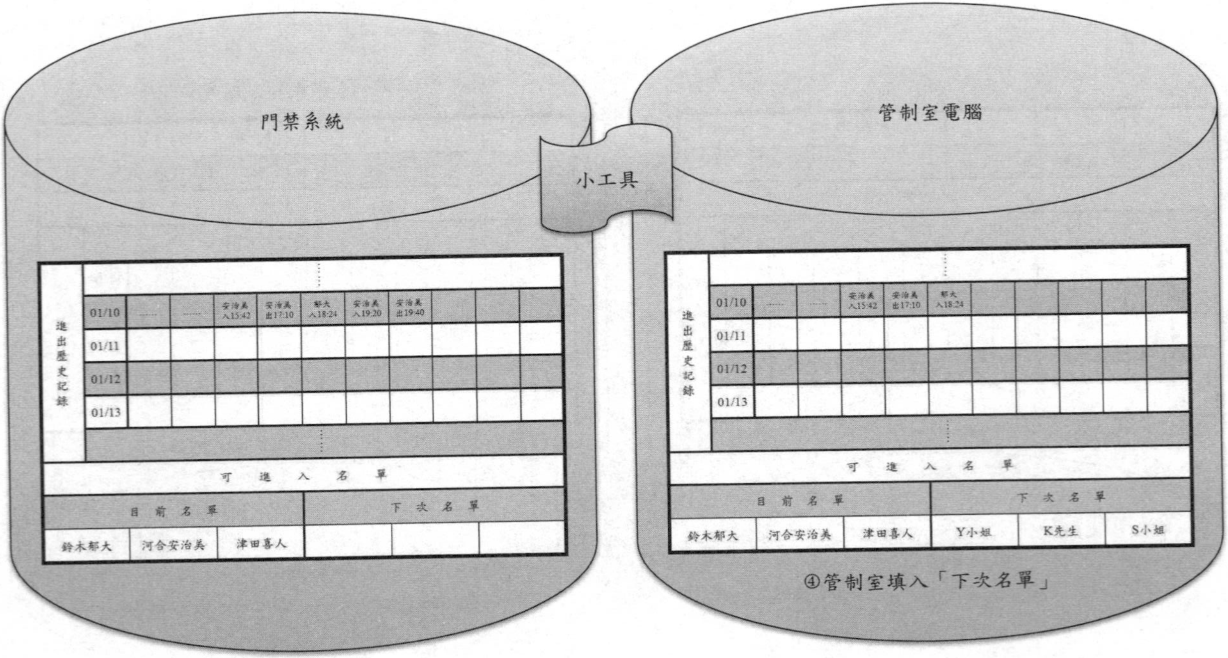
門禁系統
小工具
管制室電腦
進出歷史記錄
01/10
01/11
01/12
01/13
安治美 入15:42
安治美 出17:10
郁大 入18:24
安治美 入19:20
安治美 出19:40
可進入名單
目前名單
下次名單
鈴木郁大
河合安治美
津田喜人
Y小姐
K先生
S小姐
④管制室填入「下次名單」

圖三 ④

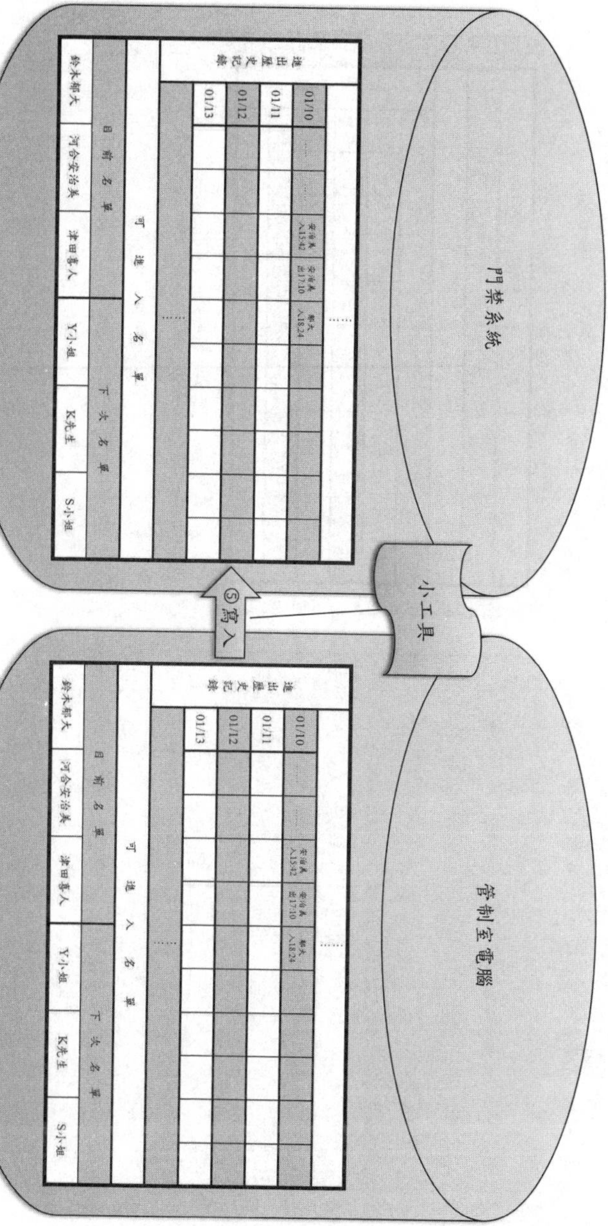
門禁系統
管制室電腦
小工具
⑤寫入
進出歷史記錄
01/10
01/11
01/12
01/13
安治美入15:42
安治美出17:10
郁大入18:24
可進入名單
目前名單
下次名單
鈴木郁大
河合安治美
津田基人
Y小姐
K先生
S小姐

圖三 ⑤

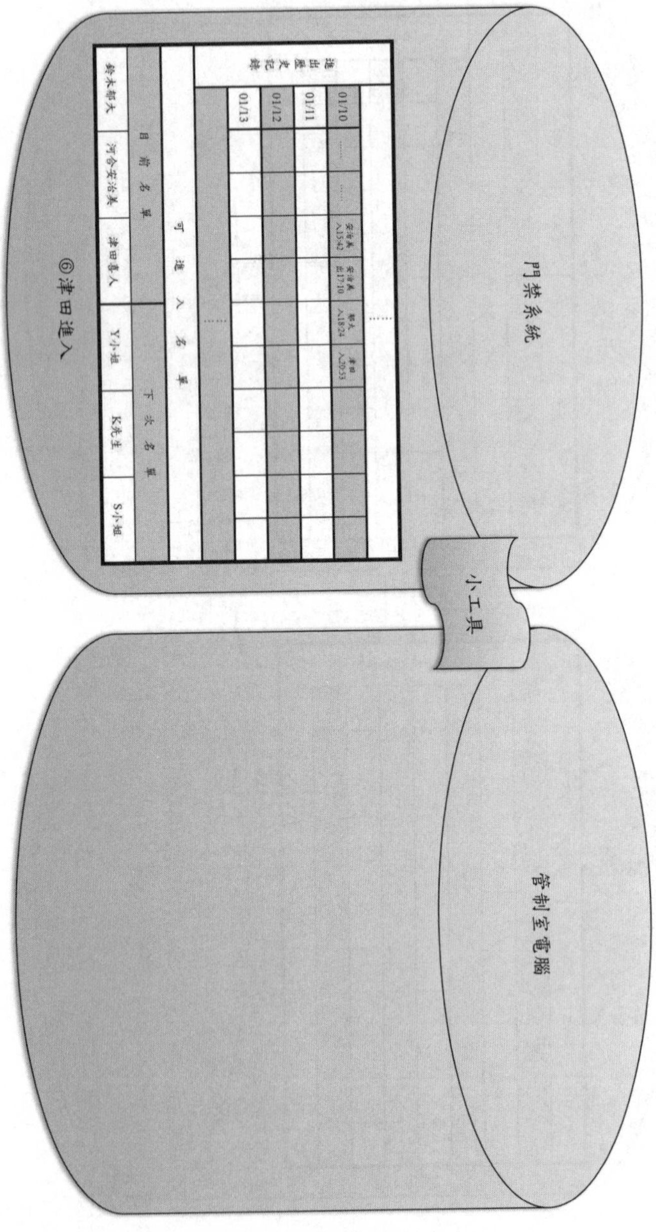
門禁系統
小工具
管制室電腦
進出歷史記錄
01/10
……
……
安治美 入15:42
安治美 出17:10
郁大 入18:24
津田 入20:53
01/11
01/12
01/13
可進入名單
目前名單
下次名單
鈴木郁大
河合安治美
津田喜人
Y小姐
K先生
S小姐
⑥津田進入

圖三 ⑥

「照妳的話聽來，若要達成這樣的行動順序，」亞沙美湊上前，兩人的臉靠得很近。「我得將小程式開啟一陣子不作業，還得知道安治美何時進出中央處理室，才能在完成行兇後『寫入』，將她的進出資料抹除。可能配合得這麼剛好嗎？」

「照妳的行動來看，的確可以。妳那時將一些程式視窗開開關關，卻獨留更新『可進入名單』的程式沒有關閉，就是在等待安治美犯案。若兩人事先說好，時間點的安排也不成問題，但我想妳們應該沒有。妳之所以一直傳電子郵件，就是在跟安治美聯絡吧！整個行動的順序，妳開啟程式讀取、寫入的時機，以及她進出廳舍的時間……這些都要密切配合，正因為妳們是臨時起意犯案，才用郵件討論這麼多。」

「嗯哼。」亞沙美不置可否。「那為什麼我們不另選一天，非得這麼麻煩呢？」

「因為明天以後，郁大就會發現真相了。」

亮子想起郁大離開前，兩人正為了去年「仙人掌」遭破壞的事件，討論門禁系統的可能漏洞。最後郁大說有了頭緒，明天就可以進行驗證。當時，管制室門口站著準備輪班的亞沙美。

（那一刻，就是「殺意」形成的瞬間……）

「妳們……是破壞『仙人掌』的犯人吧？」

對於亮子更進一步的指控，亞沙美沒有回應。

「要植入F.M.G. Japan，妳們得在中央處理室超過兩小時，為了消除那些紀錄，妳們也用了同樣的伎倆吧？這件事絕不能被揭穿，妳們是這麼想，才對郁大下手的吧？說話呀亞沙美！」

面對有些激動的亮子，亞沙美佇立半晌，最後嘆了口氣。

「證據呢？」

「咦？」

「妳說我是安治美的共犯，利用資料不同步的漏洞，將她案發時進出中央處理室的資料抹除。這些都是妳的臆測。我將小程式一直開著，只是忘了關上而已，至於那些電子郵件……我承認是和安治美通信沒錯，但內容並不是妳想的那樣，只是討論週末逛街的行程。要檢查我的手機嗎？」

亞沙美從口袋取出手機，作勢要遞給亮子。

亮子搖頭。她認為亞沙美在案發後，一定將案件相關的郵件刪除了。兩人傳郵件時，除了互通犯罪訊息外，也加了一些無關的郵件，為的就是案發後不會將郵件全數刪除，造成不自然。畢竟傳訊次數太多，她也不記得亞沙美通了幾次，無法核對郵件數量。

亮子感到不甘心，破壞「仙人掌」、傷害郁大的犯人就在眼前，卻無法令其認罪。

「如果無法證明推論，那就失陪了。現在已經很晚，我得回去休息。」

語畢，亞沙美轉身走向門口。

「別想走！」

亮子一個箭步衝向辦公桌，拉開抽屜將手探了進去，很快便找到內藏的按鈕，將其按下——

那是她身為調查官最後的撒手鐧。

室內頓時一聲巨響。強化玻璃門被用強力的磁場鎖住，任憑怎麼推都文風不動。

「妳！」亞沙美轉身瞪著亮子。

那白皙的臉上，第一次浮現憤恨的表情。

「你不要開槍！我、我說就是了……」

杏里面露恐懼，幾乎快哭出來了。美古看她這樣子有些於心不忍，然而為了讓對方吐實，這是必要的程序。自己也不能放鬆戒心，剛才被誠哥拿槍一指，已經不知道該信任誰了。

杏里開始娓娓道來。

「阿弘是我、真央姐……他是我們引以為傲的親人。」

起初聲音有些顫抖，說話斷斷續續，但或許是美古的神情太專注，她述說的聲調逐漸清晰起來。據杏里的說法，她是弘叔的妹妹，真央則是弘叔的妻子，兩人是姑嫂關係。杏里和真央都是假名，弘叔也不姓「高柳」——研究計畫因為是極機密文件，本來就不會顯示真名。他們的真名一直沒有告訴美古。

三人過去都在國家研究院工作。某日阿弘興奮地向兩人宣布，說他入選一個大規模的研究計畫，該計畫牽涉多項科學領域，關係到全人類的福祉。

「那時是九年前，計畫名稱就是HIMIKO。」杏里說道：「起初我和真央姐不清楚內容，只知道是和大腦有關的研究。哥哥對我們也一概保密。」

「弘叔對這個計畫沒有任何質疑嗎？」

「別看哥哥後來那樣，一開始他也是摒除私念，奉獻給科學的純粹研究者。且他當時被入選的喜悅沖昏頭，根本無心思考理念是否正確。」

隨著參與程度加深，阿弘開始發現其中的不對勁。

研究單位認為，人的記憶可以經由生成「記憶種子」，以及激化「記憶填補機制」，迅速地從無到有。而在一開始的活體實驗中，也的確產生顯著效果，研究人員莫不欣喜若狂。

然而為了確立效果的再現性，必須對同一個活體反覆進行實驗，結果發現隨著激化次數增長，「記憶填補機制」會逐漸減弱，終至消失。最後留下的活體，是一個腦中有許多記憶空白，甚至幾無任何記憶，相當於新生兒的成人。另一方面，為了生成種子而施行的「熊谷手術」，本身的程序就有副作用。腦部承受過多的電擊、藥物、超音波等刺激，會使活體產生各種精神症狀。即使記憶層面達成預定效果，精神層面早已承受過多損害，變成心靈殘缺的廢人。

當然，研究單位不會就此罷手，雖然兩項主要技術未臻完善，他們仍認為是策略問題，開始提出新的改良辦法。進行更多實驗，消耗更多活體，當然，也造成更多的不幸。

這些阿弘都看在眼裡，隨著活體大量犧牲，他對科學的信仰也逐漸崩解。計畫開始三年後，他終於受不了內心的苛責，做出某件事。

「他對我和真央姐坦白一切。並請我們幫忙，將一個活體『釋放』……」杏里囁嚅道。

「就是我吧！」

杏里點頭。她的視線無法直視美古。

為了避免私人感情帶入研究，那些成為活體的人，研究員大抵都不知道來歷。因此杏里和真央也不清楚要將那個人送到哪裡，只好將他丟在人潮擁擠的東京車站，任其自生自滅。

「如果實驗室『製造』出的記憶，他還保有一點點的話，多少懂得如何活下去吧……我們是這麼想。」

「我的確有記憶，」美古點頭。「在車站一醒來，就『想起』自己從長野縣的孤兒院來東京打拚，思考接下來住在哪裡……現在看來，那些記憶是偽造的啊！」

姓名、出身地，以及對院長的印象，其實都來自弘叔的實驗手術。之所以取名「費美古」，想必是從當時有名的安德魯．基廷事件得到靈感，用 F.M.G. 這個程式的名字，搭配友人的姓氏「費」，以及研究計畫的縮寫 HIMIKO，拼湊出費美古三個字。出身地也設為友人管理的孤兒院。

（難怪院長完全想不起我的事，因為我本來就不是在那裡長大……也難怪自己除了院長、院內景色之外，對孤兒院其他事物一無所知，因為腦中已存在許多記憶空白，再也無法補回……至於來到東京後，經常患有莫名的偏頭痛，一定是「熊谷手術」的副作用……）

「那一年發生很多事。」杏里嘆道：「哥哥除了放走活體，還開始與反政府團體接觸，加入一個叫『人科共進會』的組織。」

「人科共進會！」

美古不禁驚呼。人科共進會是集結許多高科技菁英，多次癱瘓政府各項機制的組織，這幾天媒體大幅報導的各地「地方更生保護委員會」系統遭攻擊事件，網路上也傳聞是人科共進會的傑作。他一直很嚮往這個團體，沒想到弘叔竟是成員之一。

「哥哥相當認同人科共進會的理念。說聽了他們的想法後，才知道以前的自己多麼愚蠢。他開始為組織做事。」

美古想到，弘叔將機密文件偷出來，暫放在友人費思哲那裡也是在這年。背後應該有人科共進會在運作，為的是日後向大眾揭露 HIMIKO 這個慘無人道的研究計畫。

（他無法預料到，這項行動竟會讓自己與友人都遭遇不測吧！被公安警察追殺……）

想到他們的遭遇，美古不禁悲從中來。

「之後沒多久，他辭去政府工作，開始以徵信所幹員的身分作掩護，正式與國家對抗。」杏里望向遠處，像是在緬懷什麼。「這時期的哥哥，給人的感覺很孤獨。或許是他的個性問題，加入組織後沒有任何稱得上『戰友』的人，直到四年多前……」

「他再度遇見了我。」

「是……哥哥說，他那時感到非常內疚，很對不起你。」

曾經釋放的活體，成了無法在社會立足的遊民，這都是自己造的業。阿弘懷著愧疚，將美古帶回徵信所，訓練他獨當一面的能力。甚至買下櫻桃大廈後，指定美古為繼承者。

如此厚愛他，一切都是為了贖罪。

「但我有種感覺，這時候的哥哥很快樂，他終於找到『戰友』了。」

美古想起和弘叔的相處時光。這個時期的記憶，不是用機器製造出來，而是具有感情，最真實的片段。短短兩年間，弘叔對科技的觀念，對政府的憤懣，都傳遞到自己身上。

眼眶有些濕潤。對人的思念成為最真實的記憶，今後的自己將真正活著。

「弘叔和妳、和真央不以兄妹、夫妻相稱，是怕連累妳們嗎？」美古問道。

「算是吧，畢竟我和真央姐不是組織的人。哥哥搬來後，隱約覺得周遭暗藏危險，我和真央姐入租時，還特別叮囑要隱瞞彼此的關係。我們都覺得無所謂，就他特別頑固。」

（就結果而言，弘叔是深謀遠慮啊……）

「我、我說完了。」杏里的神色比剛才好很多，但仍透著不安。「可以給我鬆綁嗎？」

美古反芻著資訊。還剩最後一個問題——關於亮子的委託。

為何攻擊「仙人掌」系統的 F.M.G. Japan，會在模擬劇本中指定自己當「操弄者」？

「最後一個問題。是不是有我認識的人，攻擊政府一個叫『仙人掌』的系統？」

「咦！」

聽見這個問題，杏里立刻瞠目結舌，隨後露出「糟了」的表情。這反應沒有被美古放過。

（為何她這麼慌張？難道……）

「杏里，妳還隱瞞了什麼？」美古舉起手槍。

「沒、沒有。」

「說！」

槍口逼近杏里的太陽穴，她瞬間打了個哆嗦，然而卻只是一直搖頭，表示自己什麼都不知道。

「不說我開槍了！」美古威嚇道。

「不、不要開槍……我、我真的不知道……」

美古將手指伸向扳機，杏里死命閉著雙眼。

（她真的很害怕。但為何死都不肯說？）

美古雙手握著槍把，維持射擊姿勢，倒退走向角落的座位。

「我看妳什麼時候說。」他突然靈光一閃。「或是我去問真央？」

「不！」杏里死命吼叫。「不要問她！」

他露出微笑，手伸向口袋拿出手機，從通訊錄找出很久沒撥過的真央手機號碼。作勢撥打前，仍繼續觀察杏里的反應。

她只是一股勁兒搖頭，堅決不吐實。美古感到不耐煩，只好按下「通話」。

打不通。

美古又試了兩、三次，依然打不通。不知真央是未開機，還是在收訊圈範圍之外？

他突然想到一個問題：真央回來了嗎？

時間已超過十二點。最近真央都在店裡打地舖，該是回來的時候了。美古走到窗邊，探出頭向下看，正下方可以看見二樓窗戶。真央即使睡覺也會開小燈，有人便會有燈光。

沒有，一片黑暗。

「真央什麼時候回來？」他手槍仍指著杏里。

「不，不知道！應該快了……」

「那好，」美古走回座位，蹺起二郎腿。「我就等她回來。這段時間內，妳好好考慮要不要跟我說。」

杏里開始抽泣，只是一味地抽泣。

美古持續等待著……

(deadlocked)

等了許久，仍不見真央回來。手機也一直撥不通。

杏里仍在抽泣。美古百無聊賴地觀看四周。驀地，他的視線停在一處——坐凳上的鱷魚紋包包。它大大、鼓鼓的，像是塞滿了東西。

美古覺得疑惑，為何杏里當時要提這麼大一包東西出門？裡頭到底是什麼？好奇心驅使下，他走向那裡。

杏里察覺他的企圖。「不要！」她的頭晃得更加劇烈。看見這反應，美古深信關鍵一定在包包裡。

他拉開拉鍊，手朝裡頭探了探。

似乎有套衣服。拿出來一看，是一般上班族女性穿的套裝。上頭有些許血跡斑點，攫住了他的目光。杏里死命搖著頭。美古繼續查看包包裡的東西。

一雙橡膠手套，清潔婦常戴的那種。各處都染有鮮血。

一包普通的卸妝棉。

下一樣物件。美古從包包中取出一支手機。是杏里的手機。

上頭顯示有十通未接來電，由於是震動模式，剛才兩人完全沒聽見鈴聲響起。

美古將手機解鎖，查看未接來電的內容。都是同一個號碼，一支通訊錄未記載的市內電話。

（嗯？這號碼似乎有印象……）

他操作手機，選擇「回撥」。

PROCESS RYOKO（DEADLOCKED）

「妳太亂來了！」亞沙美朝亮子大吼。「到底在想什麼……」

看見她判若兩人的暴躁反應，亮子覺得自己佔了上風。

方才亞沙美以缺乏證據為由，想直接走人。亮子情急之下，按下許久才用一次的隱藏開關，房間頓時成為密室狀態。

「不好意思，可是我話還沒問完呀。」亮子露出冷笑。「調查官室就是這點方便。如果有人被問到一半想逃跑，就只能將她關起來囉。啊，妳也不用想打手機找人幫忙，因為訊號遮斷器也啟動了，現在是收訊範圍外。」

「妳到底想怎樣？這樣關著我有意義嗎？」

「我再問妳一次：是不是妳們破壞『仙人掌』？是不是安治美襲擊郁大？是不是妳利用程式的同步漏洞，刪除安治美的進出紀錄？」

「啊——對啦！都是我們幹的啦！」亞沙美有些歇斯底里。「如果妳想聽的是這個，那我就這麼講。這樣妳滿意了吧！都、是、我、們、幹、的！可以放我出去了嗎？」

亮子相當洩氣。這根本算不上自白，充其量只是想應付過去，以求脫身的情緒反應。自己當然不會這麼開門，但也想不出下一步。

（只好再動之以情了。現在她態度不一樣，說不定有效……）

「亞沙美，」亮子做出懇切的表情。「可以告訴我更多嗎？」

「更多？妳還想知道什麼？」

「動機呀！妳們攻擊郁大，一定是不想讓去年的事曝光吧！但去年的行動呢？妳們破壞『仙人掌』有什麼好處？有人指使妳們嗎？還是想表達什麼訴求？妳們應該不是反政府組織的人吧？最近辦公室都在傳，說『人科共進會』有人混進這裡，妳們該不會是臥底……」

「才不是咧！」亞沙美立刻回答，斬釘截鐵。

「那麼，為什麼？」

「哼，」對方稍微收斂怒火。「為何要告訴妳？」

「亞沙美，我想幫妳們。」

「……」
「調查官的職務，不是進行懲罰，而是找出問題，我希望妳認清這點。」
亮子垂下雙眼，試圖讓姿態變得更低。
「妳們如果對工作有什麼不滿，我可以當個聆聽者。如果是因為有訴求才這麼做，我也能代妳們向上級反應。如果只是情緒化的破壞，我也可以分憂解勞。我是站在妳們這一邊的。」
「……」對方不發一語，但已看得出怒氣漸漸平息。
「我只想幫妳們的忙……哪，亞沙美？」
「嗯……」
「現在，可以告訴我了嗎？為什麼要破壞『仙人掌』。」
「遺志……」
「嗯？」
「只是繼承遺志而已。」亞沙美嘆道：「那個人上天堂了，我想完成他未完的事。」
亮子點頭表示理解。亞沙美輪班時，曾和亮子聊到戀愛話題，當她談起自己的最後一個男人，看起來相當幸福。她說那個人為「義」而死，一定會上天堂。
「只不過，因為人生經歷了一些事，他變得有些反骨……尤其是針對政府，總是挑某些政策的毛病。雖然我是認同他的，但人就在政府機關工作，總是有些為難。」
「我懂。」亮子拍拍對方肩膀。「所以 F.M.G. Japan 跟他有關？」
「對，完全是他改良開發的。」
亞沙美開始訴說往事。她身為「仙人掌」研發團隊的創始成員，當年的美國司法研習自然也跟去了，她在那裡聽見加利．米勒的理念，感到十分興奮。受刑人的再犯率可以靠機器判斷！這是多麼強大啊！當她與留在日本的丈夫通信時，便興高采烈地將這份理念照本宣科。

結果被潑了盆冷水。

「這是侵犯人權啊，親愛的。」

丈夫一向關注科技新聞，美國的這項措施他很早就知道，打從一開始就採反對立場。他認為機器是為人類服務，但不可主宰人類，決定人類的生死或刑期。加以美國先前爆出安德魯．基廷事件，讓他對這種「人類用錯誤方式依賴機器」的做法完全沒有好感。

「他一向滔滔雄辯，原本傾向贊成的我漸漸被說服了。結果回日本後，我做出違反職業倫理的事……」

亞沙美將團隊的系統架構與變數內容，洩漏給丈夫知道。

她明白丈夫會有所行動，結果如她所料，丈夫在駭客網站上找到當年基廷開發的「碎片化建模裝置」，也就是 F.M.G.，並參考亞沙美給他的資訊，修改成「仙人掌」的相對應版本。其效率令亞沙美十分吃驚。

「他是個天才。妳知道嗎？F.M.G. Japan 他很快就寫好了，但到了隔年年底，研發團隊才將整個『仙人掌』建構完成。這順序根本反了吧？哪有附屬程式比主程式先寫出來的？」

但丈夫只是笑著說，美國 SABOTAGE 系統的各元件原始碼，網路上都找得到，日本也一定會大幅沿用，要想像開發團隊的邏輯，其實沒那麼難——況且有人在團隊中的妻子協助。

而且程式寫出來也不代表能用，得經過測試才知道。他很自豪地告訴妻子，這個程式和 F.M.G. 一樣，會依附在某個劇本人物底下，造成系統癱瘓，依附的人選他已經決定好了，是個很有「從地獄歸來的復仇者」形象的人物，有一天一定要試試看。

「我不知道他這番話有幾分認真，對在政府機關工作的我而言，不要惹麻煩最好。他也的確到死為止都沒有執行 F.M.G. Japan，程式完成後不久，他從街上帶回一個孩子，說為了『義』必須照顧這孩子。我很瞭解他的狀況，也樂意將那孩子視作親生兒子般疼愛。隔年，我們三人與安治美，一同搬去丈夫名下的一棟房子生活。」

說到這裡，亞沙美有些哽咽。

「好景不常，一年後丈夫就為『義』而死了，細節我不想多談……那孩子繼承那棟房子，之後我們繼續生活了兩年，直到去年十月……」

「妳找到了 F.M.G. Japan？」亮子很快進入重點。

「是，我在丈夫遺留的舊磁碟裡發現的。他到死前都還留著程式，但為何不『執行』呢？答案我當時並不清楚。我只知道，那瞬間有股力量推著我，要我將程式植入『仙人掌』。」

據亞沙美的形容，那是一股因複雜情緒產生的力量。

「妳知道嗎？身為妻子的人，一直都希望成為丈夫的支柱，化作他的力量。然而他總是給我一種孤軍奮戰，拒人於千里之外的悲壯感。就連程式完成後他也從未開口，要求我幫忙植入。但他又將程式一直留著，直到死前都未刪除，這代表什麼呢？代表他一直想這麼做……這是他的『遺志』啊！結果當我著手執行，將程式植入『仙人掌』後，才曉得這是自己的一廂情願。」

肯定不會是「遺志」吧……亮子已經看出來，這是椿誤會引發的犯罪。

「F.M.G. Japan 在劇本中依附的人選『操弄者』，竟是他帶回來的孩子！發現這點的同時，我也明白為何之後他絕口不提 F.M.G. Japan 的事了。一旦植入『仙人掌』的話，會讓那孩子被相關機構調查，身陷險境啊！他是在程式完成後才將那孩子帶回的，和人有了感情，怎麼也做不下去吧！這麼看來，他將那程式留在磁碟中，也僅是當成自己的罪惡過往，不時警惕一番。我卻曲解他的意思，犯了這個罪。」

那孩子——具有「從地獄歸來的復仇者」形象的人，就是白天亮子前往拜訪的人物，T&E偵探事務所社長費美古。

「因誤會而犯罪，而為了隱瞞這樁罪，又犯下另一個罪……」

「對不起！請原諒我們的失心瘋。我們對不起那孩子，也對不起郁大。」

（希望這番話是肺腑之言……）

亞沙美垂下雙眼，她這番面容，與先前的精明與潑辣大相逕庭，又換了另一張臉。

「亞沙美，我明白來龍去脈了，」亮子清了清喉嚨。「我會再想想如何處理。刑責可能免不了，但動機背後的複雜因果，我會想辦法不讓上頭知道。」

「謝謝。所以我可以回去了嗎？」對方神色有些憔悴。

「很抱歉，還不能回去，得請妳幫一件事。」

「什麼！」

亞沙美聞言，臉色驟變。亮子對這樣的改變雖有預期，還是嚇了一跳。

「我說這些還不夠嗎？妳還要我做什麼？」一張貌似夜叉的臉。

「那個……雖然已經很晚了，但我想請妳撥通電話，請安治美過來這裡，讓她接受警方調查。」

「不要欺人太甚。」

「不，妳想一下利弊。」亮子做出手勢安撫。「如妳所言，在妳身上的確找不到證據，但在妳妹妹身上是有的。據我所知，安治美一向是搭電車通勤，如果收到妳的郵件時她已回家，之後又回來霞之關的廳舍襲擊郁大，那她的ＩＣ智慧卡一定留有紀錄，連搭車的確切時間都能查出。即使她察覺這點而買了車票，那售票口的監視攝影機也會拍到她本人。退一萬步想，就算沒有上述線索，光憑警方的大規模搜查也一定能找到目擊者。如此一來只是時間問題，明天她會上班吧？與其被警方揪出，不如她自己主動配合。」

「現在過來和明天上班時過來，這兩者有什麼差別嗎？」

「犯人自首的時間早晚，說明其悔悟的時間早晚，可是會影響判決時的量刑喔。而且啊，如果在出面之前被警方查出真相就糟了，那就不叫自首，是投案，刑責會更重些。」

「唔……」

亞沙美低頭沉吟，失去氣勢。這說明她態度的確已軟化。

「好吧。」她答應道：「我打電話，不過妳剛說手機訊號會被遮斷，我要用什麼打？」

「用這裡的市內電話。」

亮子指向身旁的話機。亞沙美拿起話筒，迅速按下數個按鈕。看來她已將妹妹的手機號碼銘記在心。

等待片刻，她又切斷通話。

「有開機，但沒接。」亞沙美雙手一攤。

「可能湊巧沒聽見，待會再撥吧。」

過了幾分鐘，亞沙美撥了第二通電話。

「還是沒接。」她又掛上話筒。

「會是在睡覺嗎？」

「她睡前會將手機放在床頭當鬧鐘，有來電一定叫得醒她。再試試吧！」

然而，之後的第三通、第四通、第五通都沒有聯絡上。亮子逐漸感到焦急。

（是真的沒接嗎？還是她故意撥錯，跟我虛耗時間？）

看亞沙美的臉色，不像在耍什麼伎倆。但亮子也知道，她不是光從表面就能判斷的人。現在這種情況，也只能請她每隔一段時間嘗試通話。

亮子持續等待著……

(deadlocked)

等了許久，電話終於有了反應。

鈴——

但不是打過去的手機接通，而是對方打了過來。來電顯示正是安治美的手機號碼。亮子請亞沙美直接接聽。

「喂？」話筒傳來聲音。

「安治美，我跟妳說，」亞沙美直接發話。「我這邊出了點麻煩，調查官想請妳來一趟。雖然有點晚了，但不用擔心，聽姐姐的……」

「喂？喂？喂？請問那邊是哪裡？」

這時，亞沙美才察覺對方是男性，聲音有點耳熟……

「等等……是真央，妳是真央對吧？怎麼還不回來？」話筒另一端聽起來相當雀躍。

「這聲音是……美古？為什麼你會用安治美……呃，杏里的手機？快點把手機給杏里，我要找她……」

「美古？是偵探事務所的社長嗎？」一旁的亮子驚呼出聲，將話筒奪了過來。「您好，這裡是新島亮子。美古先生，您是打來做偵探報告的嗎？這麼晚辛苦您了。」

「呃，妳是……哦！是新島小姐。我不是要做報告的，只是試撥個電話……」

「做人要守信喔。」亮子提高音量。「您說，除非您主動聯絡我，否則我們不會交換任何情報。所以現在是誰聯絡誰？」

「這個，我打過去之前也不知道是妳接的……」

美古似乎感到困擾，亮子決定捉弄到底。

「您以為這裡是哪裡？這裡是省廳情報管理局總務課調查官室，我給您的名片上就是這個號碼喔。」亮子微微一笑。「快報告今天的進度吧，偵探先生。」

◉

「郁大，這份劇本很滑稽啊！」讀到結尾處，新島亮子失聲笑了出來。「真的會發生這種事嗎？」

「調查官，這世上沒有不可能的事。」

鈴木郁大模仿某名偵探的台詞，讓自己看起來正經點。然而觀察他的裝扮：往後纏成十幾束細辮的黑人頭、像是將戒指夾在嘴唇上的唇環、連眉毛也能遮住的大框墨鏡，原本的貼身短T恤因為本人怕冷，又在外頭罩了件連帽式羽絨外套，整體從電台DJ變成少年幫派成員風。從他口中說出名偵探的句子，完全就是「突兀」的代表。

「但是結尾的劇情發展，就是一連串巧合啊！」

「許多的程式臭蟲（Bug）都是巧合造出來的。事實上，人們一直在製造巧合。」

「是啦，撇去這點不看，這份劇本滿有用的。真是幫了大忙！」

郁大露出笑容。若真如此，那他在劇本裡被刺傷，在現實中被冷醒的遭遇就值得了。

亮子為了調查去年十月「仙人掌」遭惡意程式破壞的案件，白天帶了份模擬劇本TE0000213865 7496去拜訪「T＆E偵探事務所」，見偵探費美古一面，要求分頭進行調查。雖然對方勉強答應，但她十分不安，覺得沒什麼效率。

就在亮子於調查官室思考往後策略時，一道突發奇想在她腦中成形。

既然安德魯．基廷的「碎片化建模裝置」，可以透過「小裝置」的「一次模擬」，達到「多次模擬」的效果，是否也能「反向應用」在自己與美古的合作關係上？亦即，在相同的環境起始變數下，分頭進行兩部主角不同的模擬劇本，會發生什麼樣的事呢？這可說是將「多次模擬」結合成「一次模擬」的反向應用。

她立刻興奮地前往管制室，將這個想法告訴當班的郁大，沒想到郁大說：

「那樣的小裝置，我剛來這裡就寫過了。這樣跑測試比較方便嘛！」

亮子喜出望外，立刻拜託他交班後前往中央處理室，用他的小裝置幫忙跑這樣的「分頭模擬」劇本：時間點設在亮子剛離開偵探事務所那一刻，兩份劇本的主角分別是美古與亮子。跑的次數愈多愈好，亮子想看看這樣的劇本能否當成辦案參考。

郁大一口答應了。就過程而言是失敗的，但結果來說相當成功。

過程失敗，指的是郁大最終只跑出「一份」劇本。他因為太相信小裝置自動化處理的能力，經常在跑測試劇本時打瞌睡。想說既然一覺醒來就有很多劇本可以檢閱，何必全程盯著呢？結果反而弄巧成拙。他採用多程序處理（Multiprocessing）以模擬多份劇本分頭進行的功能，卻又沒做好完善的同步（Synchronization）機制，第一次模擬就出現死結（Deadlock [7]）的情形，使得模擬測試完全停滯。直到他被中央處理室過強的空調冷醒，才發現自己搞砸了。

「啊，就是這兩個地方嗎？標示(deadlocked)的部分。」亮子指著劇本中的兩處問道。

「是啊，我直到睡醒才發現這個狀況。」郁大做出抱歉的手勢。「於是趕緊除錯（Debugging），發現是美古程序（Process Fei）佔據了亮子程序（Process Ryoko）所需的資源『安治美 Ajimi＝杏里 Anri』，而亮子程序卻也佔據了美古程序所需的資源『亞沙美 Asami＝真央 Mao』，形成互不相讓的狀態。最後是直接讓兩程序進行訊息傳遞（Message Passing）才得以解開死結，讓它們繼續跑下去。唉，以後不敢打瞌睡了。」

「沒關係啦，雖然只有一份，但這份劇本太強大了，我想要的資訊都有！」

郁大點頭。他也看過內容了，雖然看見劇本中的自己被刺傷送醫很不自在，還是捺著性子讀完。

亮子隨意翻閱，思考著其中資訊。真是太豐富了——豐富到有點恐怖。

7. 死結。在計算機程式語彙中，意指兩個以上的運算單元，各方都在等待彼此釋出系統資源，卻又同時佔據彼此需要的資源而不釋出，造成僵持不下的狀況。

安治美與杏里、亞沙美與真央……這樣的雙重身分不用說，美古是國家研究「活體」的身世，美古周遭那些人的隱藏身分（國家研究員、反政府分子、公安警察），以及亮子自己對局長的人格懷疑，這些內容「仙人掌」全透視得一清二楚。去年十月「仙人掌」破壞事件的元兇也一目了然，等於是讀過劇本便能破案了。

當然亮子知道，模擬劇本僅是一種可能性，只能當成辦案時的參考依據，不能全然倚賴之。但即使是「可能」也是立基於「事實」推測的。這份劇本所提供的大量資訊，哪些是「事實」？哪些是根據事實模擬出的「可能」？她並不清楚。

如果事實佔大多數的話……國家是怎麼取得這些資訊的？透過監察系統？還是公安警察？什麼都無所謂，一想到自己無時無刻被國家監視著，亮子就感到不寒而慄。然而若缺乏這些監視工具，她能這樣坐在辦公室，只憑看劇本便能擬定調查方針嗎？答案是否定的。

在實際調查之前，亮子有很多事可以做。

她可以告訴局長，多留意測試官中的亞沙美、安治美兩姐妹（可能實際上是姑嫂），因為她們死去的親人（姓名可能是河合弘）是反政府組織的一員。

也可以通知河合兩姐妹，說殺害她們親戚的仇人是個公安警察，是櫻桃大廈四樓金融公司的老闆。

更可以聯絡費美古，揭露他被國家體制玩弄的可憐身世，以及親友的隱藏身分（特別小心誠哥）。

但有哪些值得相信？又該選擇哪一步？讀完這份劇本，她反而更迷惘了。

「郁大，我該怎麼做呢？」

她不小心將心中想法問出口。郁大笑了。

「我只是小小測試官，妳才是調查官啊！」

「說的也是，那我換個問題。」亮子改口：「人性與科技發展的衝突下，郁大會選擇哪一邊？」

「唉呀，這問題妳也問過別人嘛！我想想……」

郁大開始搔頭。亮子有些擔心，他那顆幾乎不洗的辮子頭會搔出別的東西來。

「我認為，沒有選哪一邊的問題，只有兩邊如何配合的問題。」他似乎有了結論。

「什麼意思？」

「妳剛才的問法，好像是在說『人性走在前面，還是科技走在前面』哦！但無論哪一邊在前面，都不是長久之道。兩者就像兩人三腳一樣，當人性走太快，科技就會要它走慢點，反之亦然，若科技發展過於迅速，人性也會要科技慢下來。」

「兩人三腳……」亮子低吟。

「如果將人性與科技視作兩道不斷進步的『程序』（Process），那麼它們也需要『同步』。人性與科技這樣才能共同發展、齊頭並進啊！否則只著重其中一邊，那有什麼意思。我說完了，如果沒其他事的話，就失陪啦！」

郁大揮手示意告辭，走向調查官室的門，留下品味這番話的亮子。

「『人』性與『科』技『共』同發展、齊頭並『進』……」

（不會吧！）

她抬起頭，郁大的臉龐正要從門口消失。

那穿著唇環的嘴整個咧開來，浮現一絲詭異的笑容。

S.T.E.P.

EPILOGUE

馬修．費雷揹著一個帆布包，站在烈日之下，遙望著遠方的地平線。雖然透過監獄洗衣房的窗子也能看到相同的景色，但對費雷來說，兩者無可比擬。因為此刻他是站在監獄大門外欣賞這風景。

他回頭瞄了圍牆一眼。灰白色的水泥牆，彷佛已經成為他生命中不可或缺的一部分，然而從今天起，他便不用再在這個籠牢裡生活。

他已在裡面困了三十年。

費雷伸手沿著面頰，從眼角的皺紋往下摸到下巴的鬍鬚，想起二〇二三年入獄的情景。當年他三十三歲，他沒料到從這所監獄出來時，自己已變成一個六十三歲的老人。

「他媽的政府，他媽的司法制度。」

費雷在心裡罵道。

因為奧克拉荷馬州的司法改革，費雷從入獄的一天開始，一直不知道自己何時獲釋。相比起死刑或無期徒刑，他認為這種制度更殘忍。假如他被判死刑或無期徒刑，他可以心安理得在獄中度過餘生，假如是有期徒刑，他可以數著日子期待獲釋或假釋的一天。可是過去三十年，他從來不知道翌日何去何從，日復一日做無止境的等待。獄中有犯一級謀殺的夥伴突然出獄，但也有販毒的傢伙一直被關至老死。費雷覺得，那什麼「刑期評估模式」真是既混帳又兒戲。

而最混帳和兒戲的是，他今天卻因為另一個原因獲釋了。

費雷從新聞看到，全國推行多年的「刑期評估模式」被新國會推翻，量刑制度回復舊時的面貌。他不知道詳情，只聽說跟什麼人權和政府監視之類有關，而且不單在美國發生，世界各地曾向美國借鏡改革司法制度的國家也上演著相同的戲碼。費雷聽獄中一位混黑幫的囚犯說，事件的

「震央」來自日本，據說幾年前有個叫什麼「人科共進會」的組織揭發了日本政府對國民進行非法監控活動，餘波在幾年間擴散至全球。

回復舊制後，奧克拉荷馬州州政府逐一評核每個囚犯個案，費雷符合假釋的條件，於是文件一發下來，他在第二天便能離開監獄了。

離開監獄前，醫生在費雷的後頸植入晶片，說是用來監察假釋囚犯的工具。四十年前用的是鎖在足踝的腳環，今天卻變成了依附脊椎的電子儀器。費雷摸了摸後頸，心想一定要找方法解除這根肉中刺。十多年前他在獄中認識了一個來自波多黎各的駭客，他想或者可以找對方幫忙——如果那傢伙未死的話。

由於事出突然，費雷沒想到出獄後要幹什麼。他依然想找前妻艾琳——那個「臭婊子」——報仇，但六十多歲的他已沒有精力去做這種事。

「假如我碰到她，我一定要叫她好看……」費雷邊走邊想。他在監獄前的公車站等了半個鐘頭，坐上一輛開往市區的公車，漫無目的地回到三十年前生活的城市。他知道他要先找個落腳的地方，再到市政府的就業中心找工作，可是，他就是忿忿不平，心裡不住埋怨他的前妻、他的國家、他身邊的所有人害他失去三十年青春。

他走到下城區，周圍的環境跟他入獄前差不多，一樣髒亂，一樣窮困，街頭巷尾的人們依舊一副寒酸相。他急步走過馬路，因為他看到遠方一輛裝飾誇張的黑色皮卡車正朝著他飆過來，他猜開車的一定是個混混。

「森姆！等等我啊！」

「傑克！跑快點！」

費雷剛橫過馬路，兩個看來只有六、七歲的黑人小孩向他迎面跑過來。前方的小鬼邊跑邊回頭向另一個小孩喊叫，對方正努力追上他。

叫森姆的小鬼經過費雷身旁時，仍回頭催促後方跑得慢的傑克，他不知道他只要往前多踏一步便踏出馬路，而一輛疾馳的車子正向他衝過來——

「呀！」

剎那間，森姆發出驚呼。他沒有被車子撞倒，那輛皮卡車沿著馬路繼續飛馳。他呼叫是因為有一隻手從後揪住他的衣領，令他幾乎向後仆倒。

揪住他的，是馬修．費雷。

看到車子在面前飆過，森姆愣了一愣。他不知所措地回頭望向這個抓住自己、滿臉鬍子的老頭，沒吭半句聲。

費雷鬆開手，森姆和已經追上來的傑克打量著費雷，然後戰戰兢兢地橫過馬路。走到另一邊後，那兩個小孩再次大步奔跑。

「臭小鬼。」費雷啐了一聲。

費雷不明白為什麼自己剛才伸手拉住那小孩。由他被車子撞死就好了嘛，跟自己又沒有半點關係。

「我會幹這種多餘的事，一定是腦袋壞了。」費雷搖搖頭，繼續往前走。他很清楚，自己遇上這種情況，大概十萬次裡才有一次會出手吧。

《S.T.E.P.》年表

二〇二二・美國奧克拉荷馬州進行司法改革，使用名為 SABOTAGE 的電腦系統決定囚犯刑期

二〇二三・馬修・費雷（33）因縱火、嚴重襲擊、意圖謀殺等罪名入獄

二〇二八・加利・米勒（42）以囚犯馬修・費雷（38）的個案向美國聯邦政府司法部顧問鮑伯・D・安東尼（68）說明奧克拉荷馬州的刑期評估模式（Ep1）

・美國干預非洲剛果民主共和國內戰

二〇二九・美國司法部成立「關押與釋囚管理局」（BIR）

二〇三〇・美國華盛頓區試行 SABOTAGE 系統評估囚犯刑期

・日本法務省成立「情報管理局」以控管國內受刑人、更生人背景資料

二〇三一・安德魯・基廷（22）於麻省理工畢業，就職美國政府商務部

・羅伯特・亞當斯（27）於軍隊退役

二〇三三 ・東京醫大研發出「熊谷手術」

二〇三四 ・羅伯特・亞當斯（30）犯下二級謀殺罪入獄

二〇三五 ・日本祕密組織「人科共進會」結成，欲對抗正在醞釀的國家計畫HIMIKO

二〇三六 ・法蘭克林・普拉特（19）加入BIR的「支援及顧問辦公室」擔任測試小組組長

二〇三七 ・日本國家計畫HIMIKO正式啟動，河合弘（45）（Hiroshi Kawai，即弘叔，假名高柳）入選國家研究員

・英國、加拿大及以色列引進SABOTAGE系統用作評估囚犯刑期

二〇三九 ・羅伯特・亞當斯（35）出獄

・安德魯・基廷（30）受加利・米勒（53）之邀，跳槽至BIR的「支援及顧問辦公室」擔任主管

・爆發安德魯・基廷殺害羅伯特・亞當斯的事件，F.M.G.組件透過網路外流（Ep3）

・法蘭克林・普拉特（22）著手開發「護衛」（伴遊者）

・美國全國使用SABOTAGE系統代替原有制度評核囚犯刑期

二○四○

・河合弘（48）將植入記憶的實驗用活體，取名「費美古」，靈感來自基廷事件的F.M.G.、友人費思哲（51）的姓氏，以及研究計畫的縮寫HIMIKO

・河合弘請妻子亞沙美（43）、妹妹安治美（33）幫忙，暗中將費美古（18）釋放

費美古甦醒於東京車站（已植入長野縣孤兒院的記憶），展開流浪生活

・河合弘將HIMIKO計畫文件的一份副本，交給友人費思哲保管

・河合弘辭去政府工作，加入人科共進會，以徵信所幹員身分掩護

・澳洲及法國應用SABOTAGE系統

二○四一

・日本法務省派遣司法研習團，至美國學習SABOTAGE技術，竹內邦雄（46）、河合亞沙美（44）均為其中一員

・竹內邦雄結識法蘭克林・普拉特（24），透露HIMIKO計畫的事

・日本司法研習團歸國，以SABOTAGE為基礎開發「仙人掌」，河合亞沙美為開發團隊一員

・河合弘（49）從妻子亞沙美處取得「仙人掌」開發相關資訊，將F.M.G.修改成對應版本F.M.G.Japan

・河合弘於東京街頭巧遇費美古（19），將其帶回撫養

二○四二

・HIMIKO計畫暫告中止，活體與文件副本流出事件東窗事發，公安警察金村誠（39）受命調查

・河合弘（50）與費美古（20）將事務所遷至櫻桃大廈，開設「徵信所Hiroshi」

・河合亞沙美（45）、安治美（35）入租櫻桃大廈，分別化名真央、杏里，開設「朝顏」與「紫陽花」
・日本「仙人掌」系統開發完成
・義大利及德國應用 SABOTAGE 系統

二〇四三
・河合弘（51）車禍身亡，疑與金村誠（40）有關
・費美古（21）繼承河合弘名下的櫻桃大廈
・金村誠入租櫻桃大廈，開設「快樂金融」，繼續追查流出的 HIMIKO 活體與文件本下落

二〇四四
・葡萄牙應用 SABOTAGE 系統

二〇四五
・日本法務省開始將「仙人掌」應用至受刑人假釋之評估
・河合亞沙美（48）發現丈夫遺留下來的 F.M.G.Japan，與安治美（38）一同破壞「仙人掌」
・竹內邦雄（50）邀請法蘭克林．普拉特（28）來到日本解決問題，期間法蘭與任職於保護局的新島亮子（30）會晤
・日本版「護衛」開發成功，產生測試劇本 TE00002138657496（Ep2）

二〇四六
・新島亮子（31）轉調至情報管理局，祕密追查 F.M.G.Japan 破壞事件，委託費美古（24）進行個別調查（Ep4）

・人科共進會開始對日本各地更生委員會的情報系統（主要以「仙人掌」相關）進行破壞

二〇四八 ・原定使用 SABOTAGE 系統的韓國、荷蘭及南非宣布擱置計畫，原因並未公布
・費美古（26）加入人科共進會

二〇四九 ・人科共進會提出關鍵證據，揭發日本政府使用「監察系統」，對人民進行非法監控

二〇五〇 ・使用 SABOTAGE 系統的國家政府陸續被揭發非法蒐集數據監控國民
・日本法務省取消「仙人掌」對受刑人假釋評估之應用，恢復過往制度

二〇五二 ・除美國外，所有使用 SABOTAGE 系統作為評估受刑人刑期的國家取消應用，恢復舊制
・美國總統選舉中主張取消刑期評估模式、放棄監控的候選人獲勝

二〇五三 ・美國取消 SABOTAGE 系統於司法制度中的應用
・馬修・費雷（63）出獄（Epilogue）
・新島亮子（38）與費美古（31）再度碰面（Prologue）

《S.T.E.P.》後記

我從小就是個重度電玩兒童。

操縱一至數名角色，依照喜好行動，打倒沿途中的敵人，探索整個世界……這樣的角色扮演與模擬元素令我著迷不已，有時太過沉迷，還會不自覺地連結遊戲與現實世界。像是面臨難以抉擇的時刻，會不切實際地想：「如果是在遊戲裡，可以隨時儲存進度的話該有多好？」職場上與他人分工合作時，也會想起那線上遊戲組團打怪的時代，那需要考量的諸多「同步性」因素。這樣的思考模式，或許讀者們從〈T&E〉與〈Process Synchronization〉兩個故事中也可以窺見端倪吧。

在電玩遊戲中，「數據」經常是重要的因子。像是RPG遊戲的角色生命、法力值，以及養成、戰略遊戲裡角色的諸多參數（智力、武力、統率或外交能力），或是一塊行政區域的農業、商業發展程度，都可以用數字量化表示。

這些數據提供了便利性，成為玩家參與遊戲的行動準則，就像我們一看見主角的生命值探底時，便知道要唱回復咒語，或是內心盤算要培育出智將、武將，還是智勇兼備的武將。這些遊戲策略都是依循著數據。

在玩遊戲時，我們不會質疑這些數據的真實性，以及取得數據的正當性。彷彿有這麼一個大機器，可以告訴我們一個城市的暴動指數，一個角色的身心靈發展狀態，玩家就像是全能的天神，從系統取得多項「正確無誤」的資訊，藉以「管理」遊戲角色。

但是到了現實層面，問題似乎就不是這麼簡單。

在過去，這種想法幾乎是「不可能的任務」。如何收集這些多得驚人的資訊？就算成功收集資訊，又如何整理這些數據？而即使把數據整理得條理分明，又如何利用它們去找出正確的策略？以前光是為了製定人口政策，政府便要勞師動眾去進行人口普查，而最後決定的卻可能只是一個大方向而已，不見得這個「管理」一定成功。

然而隨著科技發展，過去的不可能任務漸漸變得可能，甚至超越了我們的想像。

收集資訊不再需要耗費大量人力物力，今天每個人也可以透過網路交流訊息，再加上電子消費普及，數據能夠在不知不覺中蒐集。電腦運算速度提升則解決了整理數據的麻煩，無論是數百萬、數千萬甚至數億筆資料，要排序、篩選、計算比例也不過只要鍵入一句短短的指令。在決定策略上，更可以使用模擬程序，讓電腦將數據進行一遍又一遍的運算，就像氣象局能夠從各地區的溫度、濕度與風向數據，去判斷未來一星期的天氣變化。

在這個現實之下，我便會想，到底這發展的「下一步」，會是什麼？

假如我們收集的數據再精細一點，電腦效能依據摩爾定律（Moore's Law）每一年半至三年再提升一倍，模擬程序可以根據龐大的資料庫去進行天文數字級的複雜運算，到時，我們能不能藉此……掌握未來？

「掌握未來」——這四個字多麼的理想，多麼的誘人啊。可是，在這美好願景之下，道德兩難會不會同時出現？

玩電玩時，「道德」從來都不是問題。我可以驅使主角自由練功升級，縱使那意謂著必須殺害更多生靈；我也可以對手下的武將恣意行使生殺大權，儘管那麼做不是仁君該有的表現。在遊戲世界裡「秩序」便是一切，地位如同神一般的玩家，只要按自己心中的秩序行事就好，毋須考量道德。

但現實不是電玩遊戲，所有角色（人）不是為了那唯一的統治者而存在，他們有著各自的信念，會獨立思考，更有所謂的「自由意識」。

於是我們發現，儘管人類在處理龐大數據上進展神速，未來能克服一切的技術面，終究還是得碰上人權與道德的高牆。一旦資料牽涉個人隱私，為了社會秩序，人民是否能允許這些數據被政府任意取得、使用？即使電腦不會出錯，我們真能保證躲在機器後方觀察的人——決策者的判斷正確無誤？更重要的是，我們可以相信這個人的人格嗎？有沒有可能這些數據不僅用於公眾發展，也被用來遂行其政治或經濟陰謀？

英國作家喬治．歐威爾（George Orwell）的小說《一九八四》裡，有句著名的標語：「老大哥在看著你。」（Big brother is watching you.）

言猶在耳，或許人類在科技的應用上，本來就無法拋下名為「人性」的包袱。但這也不是一句「科技以人為本」就能概括說明的，完全服從於人性的科技亦不存在，有時，甚至是科技引領人性。

一百年前，歐洲人要到亞洲只能搭乘郵輪，通訊只能依賴書信，或者「先進」一點的使用電報。在那個時代，倫敦和香港彷彿像地球跟火星那樣遠，對歐洲人而言，黃皮膚的華人跟火星人大抵差不多（看，當時英國作家諾克斯提倡的「推理十誡」中就有「故事中不可出現中國人」一條，因為大多數歐洲人認定中國人懂法術）。然而今天我們除了有飛機航班連接兩地外，還有人造衛星、海底光纜等等將彼此連繫起來，人與人之間的距離大大縮短了。憑藉科技進步，溝通與認識增加，人的觀念亦不斷改變。

不過，有些人性卻是科技如何進步也無法撼動的。

我早陣子在 Youtube 看了頻道「Computerphile」的一條影片，談論電子投票為什麼是個糟糕透頂的念頭。影片中談到二〇一二年颶風珊迪吹襲美國東岸，剛巧遇上美國總統大選，於是部分州政府容許選民以電子方式投票。影片中的主持人詳細說明為什麼到了二十一世紀的今天，投票還是沿用幾百年前的模式：親自跑到票站、用指定的工具在紙上標記、親手放進票箱、在所有人注視下點票。理論上，科技可以取代不少步驟，例如用網路投票便不用花時間跑到老遠的投票地點，但科技卻解決不了使詐的可能，甚至令作弊變得更容易。原來的模式雖然麻煩，卻是人類去蕪存菁、防止任何一方耍手段、追求人性中最大可能的公平性的方法。

（各位有興趣可以看看這影片：https://www.youtube.com/watch?v=w3_0x6oaDmI Why Electronic Voting is a BAD Idea – Computerphile）

科技帶來人類過往難以想像的新面貌，而新發展肯定會繼續出現，我們將要面對科技帶來的種種好處、壞處、意外和麻煩。這部小說不是預言書，故事中的情況我認為現實裡不大可能出現，不過，如果能讓讀者在娛樂之餘反思一下科技對我們自身的影響，考慮一下我們追求的「繁榮富裕社會」跟自由、道德或人權價值觀有沒有衝突，這作品便充分發揮它的價值了。

P.S. 感謝平雲先生、總編春旭、責編平靜、企劃凌瑜、撰寫推薦文的臥斧、各位推薦人，以及出版社上上下下，全靠你們，這本書才能順利出版，送到讀者手上。

寵物先生×陳浩基

二〇一五年一月十七日

國家圖書館出版品預行編目資料

S.T.E.P. / 陳浩基 × 寵物先生著. -- 初版. --
臺北市：皇冠，2015 [民104]. 面；公分.
--(皇冠叢書；第 4455 種)(JOY; 179)

ISBN 978-957-33-3139-1（平裝）

857.81 104001519

皇冠叢書第 4455 種
JOY 179

S.T.E.P.

作　　者—陳浩基 × 寵物先生
發 行 人—平雲
出版發行—皇冠文化出版有限公司
台北市敦化北路 120 巷 50 號
電話◎ 02-27168888
郵撥帳號◎ 15261516 號
皇冠出版社（香港）有限公司
香港銅鑼灣道 180 號百樂商業中心
19 字樓 1903 室
電話◎ 2529-1778　傳真◎ 2527-0904

責任編輯—平靜
美術設計—王瓊瑤
著作完成日期— 2014 年 11 月
初版一刷日期— 2015 年 3 月
初版三刷日期— 2023 年 2 月
法律顧問—王惠光律師

讀者服務傳真專線◎ 02-27150507
電腦編號◎ 406179
ISBN ◎ 978-957-33-3139-1
Printed in Taiwan
本書定價◎新台幣 300 元 / 港幣 100 元